Doris Dörrie
Alles inklusive

奇跡にそっと手を伸ばす

ドーリス・デリエ 著
小川さくえ 訳

鳥影社

Alles inklusive by Doris Dörrie

目次

奇跡にそっと手を伸ばす

凡例

一、本書は Doris Dörrie: *Alles inklusive.* Roman. Zürich 2011 (Diogenes Verlag) の全訳である。

二、原著では、章題の上の数字はないが、本訳書では、各章が全体の中で占める位置を明示するために数字を付与した。

三、翻訳にあたり、スペイン語を始めとするドイツ語以外の外国語はカタカナで表記し、本文中に〔 〕で日本語訳を示した。

著者まえがき
『奇跡にそっと手を伸ばす』日本語版に寄せて

親愛なる読者のみなさま
このたび小川さんがふたたびわたしの小説の日本語訳を引き受けてくださったことを、大変嬉しく思っています。
この作品の登場人物たちは、部分的にですが、昔からわたしと親交のある現実の人たちをモデルにしています。なかでもとくにわたしが興味を持ったのは、自国ドイツで日常生活を送っているかぎり手に入らない別の人生を夢見ているスペインのドイツ人たちでした。彼らは、オールインクルーシブのホテルですべてのサービスを望むのとまったく同じように、あらゆるものを、すなわち太陽も浜辺も今よりもっと軽やかな生活も、一挙に手に入れることを夢見ています。彼らは、自分自身から解放されたい、そうすれば別の人間に、もしかするともっとよい人間になれるかもしれないと夢想しているのです（ちなみに日本について同じような夢を見ているドイツ人は少なくありません……）。その人たちが、やがてスペインでいかにして現実に直面し、自分自身と自分の過去に向き合うことになるのか、それがこの小説のテーマです。

六〇年代には、若者たちが海岸で暮らしながら自由な人生に憧れた、トレモリノスのヒッピーの夢がありました。そのうちの一人が主人公のイングリトです。彼女は、幼い娘のアップルとともに、社会の外で生きるつもりでした。そのあとイングリトとその娘になにが起きたのか。アップルは母親の自由にどう向き合ったのか。イングリトはどのようにして自分の生き方を貫くことができたのか。社会はイングリトのような人間たちにどう向き合ったのか。わたしたちはどこまで自由に生きることができるのか。誰がどんな代償を支払うのか。そして他の人びと、たとえばアフリカの過酷な生活から解放してくれるはずのヨーロッパの生活に憧れるアフリカ難民たちの夢はどうなっているのか。わたしたちは個人としてどこまで自由でありうるのか、そしてどこまで適応しなければならないのか。

これらすべての問いがわたしの心を占めています。それらの問いが、同じように読者のみなさんの心を動かしてくれることを願っています。

みなさんが読書を大いに楽しまれますように。最後に、翻訳によってわたしの小説を日本のみなさんの身近なものにしてくれた小川さんに、もう一度感謝の意を表します。

ヨロシクオネガイシマス。

二〇一八年七月五日

ドーリス・デリエ

I　ようこそいらっしゃいませ

――アップル

いくつかのことを、わたしは見たのだ。そのときわたしはよその少年といっしょにプールサイドに残るように言われていた。母は前もって少年の名前を教えてくれていたが、わたしはうわのそらだった。いまとなってはもう少年に名前を尋ねる勇気がなかった。

アップル、プールサイドに残っているのよ、と母が言った。プールで泳ぐ機会なんて、めったにないんだから。二人ともずっとここにいなさい。少し遊ぶといいわ。カールがちょっと家を案内してくれるの。

母はうなじにかかるふさふさとした髪を持ち上げて空気をあおぎ入れ、ひどい暑さ、とうめくように言った。来る日も来る日も暑さに変わりはなかった。なぜ彼女が急にそんなことを口にするのか、わたしにはわからなかった。

母はもう一度わたしに目くばせしたが、ふだんはそんな仕草をしたことがなかった。そして少年の父親であるカールといっしょに家のなかに入った。くすくす笑う母の声が聞こえ、あとは静かになった。

見知らぬ少年は、日焼けした褐色の腹部と、水泳パンツの下の白い肌の違いをわたしに見せた。わたしも、彼のものよりはっきりしている肌の違いを見せた。わたしが前にかがみこむと、腹部はまっ黒になったが、ビキニパンツの下の肌は白雪姫のように白かった。わたしたちは尿のように黄色い、なまぬるいレモネードを飲み、代わる代わる相手をプールに突き落とした。それが終わると、突然なにもすることがなくなった。

一匹の犬、アイリッシュ・セッターがプールの縁を行ったり来たりしていたが、とうとうあくびをして日陰で丸くなり、頭を前足にのせて目を閉じた。わたしは犬の気持ちがよくわかった。休息したいのだ。誰かと遊ぶ気もなければ、話す気もない。

見知らぬ少年はミッキーマウスの小冊子を読んでいた。わたしは、黒い点が目の前で蚊のように踊りだすまで青い空を凝視した。そして赤いブーゲンビリアの花を水中に投げ入れた。やめなさい、という人は誰もいなかった。わたしは家のなかに入った。足の裏で感じる石床がひんやりと心地よかった。肌には湿ったビキニが貼りついていた。そのとき、ソファーの背もたれの上に伸びた母の素脚が目に入った。わたしはそこに立ちつくした。足の裏から腹の奥までぞっとする冷たさが走り抜けた。母の脚は空中でぴくぴく痙攣し踊っていた。背もたれの向こうで、少年の父親が母の上に深々と身をかがめていた。

テレビからスペイン語の声が大きく鳴り響いていた。でも二人はそれを気にしていなかった。

犬が室内に入ってきて、濡れた鼻をわたしの手に押しつけた。わたしは犬といっしょにプールに戻り、熱いコンクリートの上に横になった。皮膚はあたたまったが、腹の奥の冷たい感覚は消えなかった。犬がわたしの横に寝そべって、わたしを静かに凝視した。

犬の目は麦芽糖ドロップみたいに茶色く輝いていた。犬はわたしに言った。きみはなにも見なかった。万事うまくいっている。わたしはこの犬に恋をした。母は犬が好きではなかった。

わたしの母はトレモリノスの浜辺の女王だった。彼女の裸の乳房がみんなのなかでいちばん美しいのは誰が見ても明らかだった。それは玉のように丸くてかたく、少しピンとはね上がっていた。わたしは、どうか自分もそんな乳房が持てますようにと祈ったが、いまに至るまで、前からはなにも見えず、横からわずかな盛り上がりが見えるだけ、しかもお腹を引っ込めたときだけだった。わたしはいつも、紅白の縞模様の青いビキニを着ていた。この浜辺で裸にならないのはわたし一人だった。湾の反対側にはプチブルの俗物たちがいると母が言った。彼らはカラフルな水着を着て、マーブルチョコレートのスマーティーズのように、向こう岸の日向で横になっていた。できることならあちら側にいたかった。あそこにはカールも彼の妻も息子も犬もいた。もしわたしに犬が与えられるのなら、母が父親と息子を取っても構わなかった。さらにその妻がわたしに与えられたとしても構わなかった。彼女は親切だったし、きれいな水着を着ていた。

もしかしたら母も同じような夢を見ていたかもしれない。もしかしたら母もときどき、本格的なベッドとなめらかにアイロンがけされたひんやりした白いシーツのある家を、すべての蛇口から軟水がほとばしる、トイレとシャワーつきの浴室を夢見ていたかもしれない。

わたしたちは、海岸のすぐ後ろの松の木陰に張ったテントで、くさい寝袋にくるまって眠った。松葉が足にちくちく刺さり、腐ったバナナの臭いがした。

わたしも母も孤独で、最悪なことに、互いがそれを知っていた。

わたしたちのテントは黄色だったので、朝、わたしが母より早く目覚めて太陽がすでに高く昇っていると、二人の顔が黄色になっていた。テントの壁の上で、風を受けた松の枝影が揺れていた。ほかの子どもたちは休暇の家で過ごし、テレビでアニメを見ることが許されていた。母は軽くいびきをかき、ときおり眠りながらため息をついた。

わたしたちがここに来ているのは休暇のためではなく、金を稼ぐためだった。故郷のゲッティンゲンでは、母は学生酒場で働いていて、夕方家に戻ってくるといつもビールとトースト・ハワイの臭いがした。母はその酒場で、夏にスペインに行けば装飾品で大儲けできると耳にしたのだった。

わたしは真珠のネックレスに糸を通して結ぶ手伝いをした。そしてレストランからフォークをくすねてきた。母はそれらのフォークを少し柔らかくなるまで熱い砂のなかに埋め、それからペンチで曲げてブレスレットをつくった。それは彼女が考案したもので、去年の夏は大ヒットしたが、今年はもう誰も欲しがらなかった。

そのためこの夏、わたしはグスタボのビーチバーで、高価すぎるボカディーリョ[1]を食べさせてもらえなくなった。わたしたちはスーパーマーケットでパンとソーセージを買った。ソーセージで指とパンが赤だいだい色に染まった。グスタボは、わたしにときどきただでレモネードやポテトチップスをくれた。その代わりわたしはテーブルを片づけ、くしゃくしゃになったナプキンを砂のなかから拾い集めた。ナプキンには薄いブルーの文字で「グラシアス・ポル・ス・ビジータ」と書いてあった。ようこそいらっしゃいませ、その程度のスペイン語はこの間に小耳にはさんで覚えていた。

母は、装飾品を並べるために、毎日大きな岩のそばに一枚の敷布を広げた。その岩陰でわたしは午後になるとよくうたた寝をした。湾の反対側にはパラソルと寝椅子が置かれていた。母は首にカラフルなネックレスをつけ、多くの曲げたフォークを上腕部まではめているだけで、いつも裸だった。

男たちは軽くキスをして彼女に挨拶した。女たちはたいてい彼女を無視したが、その代わりわたしの髪を撫でて、古くなったべとべとするボンボンを握らせた。わたしたちは日没後まで海岸にいた。太陽が海に沈む直前――長いあいだわたしは、太陽は水中でもなお輝きつづけ、昼間わたしたちを照らすように、夜は魚たちを照らしているのだと考えていた――人びとがボンゴ太鼓と、ビールを詰めこんだ箱を運んできて、太陽が見えなくなるまで太鼓をたたいた。そして、あたかも太陽がまたしてもとりわけ見事な日没をやりとげたかのように、みんなが拍手した。母は女たちといっしょに踊り、わたしは装飾品の見張りをした。ときどき夜になってもなお相当にいい商売ができたからだ。わたしは母が踊っているのを見るのは好きではなかった、踊っているときの彼女は、まるで周囲のことをすべて、わたしのことさえ忘れているように見えた。

夜、テントのなかで母はよく泣いていた。泣き声を懸命に押し殺していたが、わたしにはいつもその声が聞こえた。スペインでは母をママと呼ぶことが許されず、イングリトと呼ぶように言われていた。イングリトと呼ぶと、母だという感じがあまりしなかった。

週末には埃っぽいヒッピーマーケットへ行き、そこで一日中、炎暑のなかで敷布にすわって過ごした。観光客を満載したバスが何台もやってきた。観光客はときおりフォークのブレスレットを手に取って、ドイツ語で値段を尋ねた。母が値段を言うと、彼らはたいていそれをもとに戻した。何人かは、わたしが学校へ行かなくていいのか、そもそもいつ髪を洗っているのかと質問した。また、わたしのブレイドヘアを可愛いと思う人たちもいた。しかしわたしはその髪が好きではなかった。海に入ると髪がますますもつれたからで、できれば切ってしまいたかったが、母が許してくれなかった。ときおりひそかに、高価なミネラルウォーターの瓶をあけて髪にぶちまけたが、ほんの短いあいだしか効き目がなかった。わたしは、ゲッティンゲンにいる友人たちや涼しい雨の日をとても恋しく思ったが、それと同じくらい真水が欲しくてたまらなかった。わたしはスペインの暑さが大嫌いだった。朝テントから這い出るときにはすでに、ハンマーのように頭になぐりかかってくる暑さ。そのせいで一日中のどが乾き、目がひりひりして、身体がぐったり疲れ、汗まみれになる暑さ。

わたしはできるだけうたた寝して故郷の夢を見ようと思い、敷布の上で、母の装飾品に囲まれて小犬のように身を丸めて横になっていた。

アップル、起きなさい、片づけるのを手伝って、と母が言った。

母はため息をつきながら、稼いだわずかばかりの金を数えた。彼女が疲れていて、埃と汗にまみれ、すべてをただ二人がなんとか食いつないでいくためにやっていることは見ていてわかったが、にもかかわらず、わたしからドイツの夏を奪った母が憎らしかった。

わたしは故郷では裸足で朝、草原を走っていくのだが、朝の草はまだ濡れていて冷たい。なめくじが何匹もゆっくり道をはってくる。指でちょっと触れると、なめくじはびっくりして触角を引っ込める。つまみ上げると、湿っていてつるつるしている。ちょうど口の中から引っ張り出そうとしたときの自分の舌のような感触だが、ただしもっと冷たい。わたしは数匹のなめくじを脚の上にのせ、空気がきれいだと思ったなめくじが、つぎつぎにふたたび触角を伸ばし、這って進むまで待つ。なめくじの粘液の跡が、日差しのなかで乾いて銀色になり、肌の上で装飾品のようにほのかに光る。順番に、行儀のよい幼稚園児のように一列に並んで、彼らはわたしの脚を上ってくる。叫んでも、くすくす笑っても、払い落としてもいけない。そうすれば負けだ。

花畑では、草のなかに身を投げてヒナゲシを下から眺め、丸々と太ったマルハナバチがやってきて、欲望におののきながら花にもぐりこみ、赤い花びらをぶるぶる振動させる様子を観察する。

マルハナバチたちは、まるでカーニバルでハチの仮装をしているかのように見える。わたしは、彼らが夕方その衣装を脱ぎ、釘にかけ、裸の痩せた灰色の身体でちっぽけなテーブルにすわり、お腹が破れそうになるまで蜂蜜をスプーンですくって食べる姿を想像する。

わたしは高木の森を進むように、ラズベリーの茂みのなかを歩いていく。ラズベリーの実が目と同じ高さで左右にぶら下がっている。それをつぎつぎに口に詰め込むが、いくらでも食べられる。ラズベリーの実を、小さな帽子のように五指にかぶせて、順番に唇でつまみ取ることもできる。ときどき、実のなかに小さな白いウジが身体をくねらせていることがあるが、わたしは嫌がらずにいっしょに食べる。虫と実を分けて味わおうとするが、虫はとにかくなんの味もしない。

わたしの背丈は、ラズベリーの森に消えてしまって誰にも見つからないほど低い。わたしはジャングルを行く戦士みたいに突き進む。反対側にはセイヨウスグリが茂っている。黄色い実と黒い実があり、黒い実は厚めの皮をしている。ほんとうに熟している実が一粒でも手に入れば、申し分なく幸せになれる。その場合には、うっとりする甘さが口のなかではじける。黄色い実には柔らかい毛が生えているので、それを小動物のように頬でこする。セイヨウスグリの藪はわたしの腕と脚をひっかき、とげが肉に刺さったままになるので、勇気をもってそれを抜かなければならないが、抜いたあとは、とても誇らしい気持ちになる。

ヨハニスベーレは、実が甘かったためしがなく、種が苦いので、いつも少しがっかりさせられる。しかし茎から払い落とした実はとても美しくて、赤い実を手のひらのくぼみにのせると、まるでガラス玉の宝石のようだ。一粒たりとてつぶしてはならない。宝物を家に持ち帰り、枝が地面まで垂れていてひとが隠れることのできるブナの木の下まで運ばなければならない。そこにわたしは住んでいる。毎日繰り返しそこにひそんでいる。雨が降ってもここにいれば濡れない。暗くなっても皆にわたしの名前を呼ばせておく。やがて彼らはあきらめて家のなかに戻ってしまうが、そうなると、もう探してもらえないことに傷つき、隠れ場から出て行って、大きな台所でラズベリーのシロップを飲む。台所の石の床は、足が痛くなるほど冷たい。

夕方には牛たちが牧草地から牛小屋へ戻される。黒い蹄が、窮屈すぎるハイヒールのように身体と比べてあまりに小さいので、牛たちはアスファルトの上をおぼつかない足取りで慎重に歩いていく。急がず、興味深そうにあたりを見まわす。灰色の湿った口でわたしを軽く突き、ざらざらした舌でわたしの手をなめ、まるでため息をつくように、ゆっくり息を吐く。わたしは両足で、あたたかく蒸気を上げている真新しい牛の糞のなかにとび込み、緑がかった茶色のどろどろした糞が足指のあいだから湧き出てくる様子を眺める。そのときに、できるかぎり大声で叫び、金切り声をあげなければならない。そうすれば牛たちはもう一度ふり向いて、大いなる夏の幸福に対して穏やかに微笑む。

わたしはヒッピーマーケットでカールの妻に初めて会ったのだが、それまでにすでに彼女の家に行ってプールで泳ぎ、彼女の椅子にすわって食卓で食事をしたことがあった。彼女が誰だかわかったのは、ほかでもない、わたしが名前を覚えられなかった息子がそばにいたからだった。

彼女はわたしたちの敷布の前に立ちどまった。ぴったりとした白いワンピースを着て、その服によく合う日よけの帽子をかぶっていた。彼女の髪は、わたしが知っている他のあらゆる女たちのように、単純にまっすぐ垂れさがっているのではなく、複雑に整えられていた。口紅は薔薇色で、ハンドバッグは白い花で飾られていた。彼女は上品にしゃがんでブレスレットをひとつ手に取り、息子に、ごらん、ほんとに奇抜ね、と言った。息子はドイツのサッカーシャツを着て退屈そうに彼女の横に立ち、わたしと面識がないふりをした。

少年は美しい犬を同伴していたが、この犬も同じようにわたしを認識しようとしなかった。そのせいでわたしは、まるで裏切られたかのように悲しくなった。少年は肩をすくめて目を逸らした。

「クワント・ケスタ」〔いくらですか〕と彼女はわたしのほうを向いてきいた。わたしがドイツ語で値段を告げると、彼女は微笑んで尋ねた。値引きしてくれる？

わたしにはできません、とわたしは答えた。でも母がすぐに戻ってきます。

これ以上高いと、夫の了承が必要なのよ。

彼女は身を起こして、探すようにあちこち見まわした。そのわずか数秒後に、カールとわたしの母が別々の方向から同時に姿を現した。そしてわたしは、二人が相手に向かって飛ぶように駆け寄る様子を目にした。誰が見てもわかる、とわたしは考えた。いったいどうして誰も見ようとしないのだろう。

しかし彼の妻は母にやさしく微笑みかけ、母も微笑みを返した。一方に、バチック染めの安物の服を着た、髪がぼさぼさの奔放で美しい母、そしてもう一方に、アイロンを当てた真っ白いワイシャツを着て、褐色の髪をきちんと切りそろえたハンサムな男性。彼は、増えつづける母の男友達とは大きく異なっていた。長髪で、濃い髭を生やしたそれらの男たちは、ときどきわたしには区別するのが難しかった。カールと妻と息子と犬は、完璧に、そしてよそよそしく、母とわたしに向き合って立っていた。妬みがこみ上げてきて、吐きたいような気分になった。

名前は何というの、とカールの妻がわたしに尋ねた。

カールとその息子は固く押し黙っていた。わたしは、自分のまぬけな名前が恥ずかしかったので答えなかった。

りんごのアップルよ、と母が答えた。

可愛いわね、とカールの妻がわたしに言った。りんごは大好きよ。

カールは妻のためにブレスレットを買い、去っていくときに手を彼女の肩に置いて、それからもう一度ふり返った。その視線はわたしと母を同じようにとらえたが、明らかに母を見ようとしていた。


翌日、カールはふたたび浜辺に母を訪ねてきた。彼はいつも青い水泳パンツをはいていたので、裸でない人間は、もうわたし一人ではなかった。彼はわたしと握手した。やあ、と彼が挨拶した。アップル、元気かい？

わたしはとまどって黙っていた。母は喜びに顔を輝かせた。

彼らはわたしが海に入るまで待っていた。だからわたしは、母がわたしを追い払わざるをえなくなり、わたしが彼女を咎めるようににらむことができるまで、その場を離れようとしなかった。水中でわたしは、あたかも水上の世界は存在しないかのようにふるまった。強い流れのなかで岩にしっかりつかまった。波に身体が揺すぶられた。わたしはシュノーケルのなかで響く大きな息の音に耳を澄ました。透明なカニが何匹も海底を徘徊していた。青い小魚がおずおずとわたしの両腕をつついた。わたしはお気に入りの児童書に出てくる「小さい水の精」[2]のように水中で暮らしたかった。もう二度と水上に出て行きたくなかった。けれどもわたしの指は、まるでわたしがもう死んでしまったかのように白くなり、しわしわになった。わたしは水中で潜水めがねをはめたまま泣いてみた。そして、あたたかい海のずっと下のほうで氷のように冷たい水流を両足で感じとったときのように、突然襲ってくるに違いない――わたしにはその確信があった――恐怖がどんなものか試してみた。

わたしが浜辺に戻ると、二人の姿はなかった。唇がしびれ、口にはゴムの味がして、シュノーケルを噛みしめていたせいで歯が痛かった。装飾品の敷布はきちんとたたまれて、石の重しがのせてあった。グスタボがわたしにレモネードをくれた。ときにはボカディーリョもふるまってくれて、気の毒そうにわたしをじっと見た。「グラシアス・ポル・ス・ビジータ」。

わたしは砂遊びをして城を建てたが、こんな遊びをするには自分が大人になりすぎていることに気づいた。もう昔のようにうまくいかなかった。そこにはばかげた砂の城があるだけで、カエルといっしょにベッドに寝ている王女さまはいなかった。

母はいつも一人で戻ってきて、なにか重要な用事があったかのようなふりをした。

このときは犬がふたたびわたしに気づいた。犬はスーパーマーケットの前で横たわっていたのだが、わたしを見て立ち上がったのだ。わたしの胸は喜びでどきどきした。母はすでに中に入っていた。そこにカールの妻がいくつか袋を下げて出てきた。彼女もわたしに気づいた。

わたしたちの家は気に入ったかしら、と彼女が尋ねた。あなたが最近訪ねてきたと、ティミーが話してくれたのよ。

そのことは秘密だと思っていたので、わたしは狼狽した。プールが素敵、とわたしは答えた。その声は、幼い子どものように甲高く響いた。

いっしょに浜辺に行かない？　ティムがきっと喜ぶわ。あの子はここでほかの子どもたちを知らないから退屈してるのよ。いいかどうかあなたのお母さんに尋ねてみるわ。

彼女はふたたび中へ入った。わたしはめまいがした。誰に危険を警告すればいいのかわからなかった。彼女にか、それとも母にか。

犬がわたしの手をぺろぺろなめた。わたしは不安のあまり泣きだした。

二人の女性は、まるで友達のようにいっしょに出てきた。

母がわたしの頭にキスをした。なんだって泣いてるの？

泣いてないわ、とわたしは言った。海水のせいで目が炎症を起こしただけよ。

この子は実際に水中で暮らしているの、と母が笑った。この子は小さな水の精なの。もうすぐ水かきが生えてくるわ。ビルカーさんにお行儀よくしてね。それじゃあ、大いに楽しんで。

わたしたちが車で横を通り過ぎるとき、母は手をふった。わたしは助手席にすわっていた。犬がわたしのうなじの匂いをくんくん嗅いだ。車のルーフは開いていて、ビルカー夫人は白い日よけの帽子をかぶり、白いサングラスをかけていた。わたしの髪は風になびいて顔にかかった。頭上の空がスピードを上げながら飛び去っていった。なぜビルカー夫人と犬とわたしは、ここからさっさと逃げださないのだろう。

急いでエスプレッソを一杯飲ませてね、と彼女が言った。

わたしたちは道路沿いのカフェに腰をおろした。わたしはアイスクリームを買ってもらった。誰もが彼女をわたしの母親だと思っている、とわたしは考えて誇らしくなり、できるだけゆっくりアイスクリームをなめた。ビルカー夫人は、日差しを受けてまぶしいほど明るく輝くフォークのブレスレットをはめていた。

アップル、と彼女が切り出した。そのように彼女に発音されると、わたしの名前はいつものように悪い感じはしなかった。そもそもあなたのお父さんはなにをしているの？

わたしは自分でも意外なほどすばやく嘘をついた。仕事を休めないんです、医者なので。

え、ほんとうに？　と彼女は言ってめがねをはずした。お父さんがまったく休暇にごいっしょできないなんて、あなたたちにとっては残念なことね。

ええ、まあ、でも父はそうでなくてもいつも日焼けしてしまうんで、とわたしは早口でしゃべった。最初は雪のように真っ白で、それから真っ赤。わたしがいつも背中にクリームを塗ってあげるんだけど、なんの効果もなくて。

じゃあ、わたしと同じね、とビルカー夫人が言った。でも幸いお父さんの肌はあなたに遺伝しなかったのね。

父は海も好きになれないの、とわたしは早口でつけ加えた。わたしもとくに好きではないわ、と彼女が言った。海が怖いの。泳いでいるとき、下に何匹も巨大な魚がいて、わたしを下から眺めながら、食いつこうとしていると考えてしまうの。観察されているような気がして、突然、もうちゃんと泳げなくなって、死の恐怖を覚えるわ。なにを言っているかわかる？

わたしはうなずいたが、一言も理解できなかった。

夫はわたしを笑いとばすわ、と彼女が言った。ばかげていると思っている。夫はわたしを完全にばかげていると思っている。わたしがものごとを妄想していると言うのよ。幻覚を起こしている、ヒステリックだって。

アイスクリーム、ありがとうございました、ビルカーさん、とわたしが言った。

遠慮せずにハイケと呼んでいいのよ、と彼女が言った。しかし彼女にそう呼びかけたことは一度もなかった。頭のなかでそうしただけだ。頭のなかではそれからもよく彼女をそう呼んだ。

ティムとカールは、といってもわたしはカールのことをそのとき行儀よくビルカー氏と呼んでいたのだが、とっくに浜辺で待っていた。二脚の寝椅子と一本のパラソルを借りて、冷たいコーラを飲んでいた。ビルカー氏は本を読んでいた。わたしはこのとき反対側からわたしたちの浜辺を眺めた。全員が裸だったので、カラフルな斑点はなく、白色と濃淡の褐色の斑点が砂と溶け合っているだけだった。おそらくそこで、母はいつものように装飾品を並べた布の上にすわっていた。

お母さんに寝椅子をゆずりなさい、とビルカー氏が本から目を上げずに言った。ティムは立ち上がって砂に身を投げ出した。犬は日陰に入って横になった。わたしは犬のあたたかい毛をそっと撫でた。ビルカー夫人はワンピースを脱いで、慎重にパラソルの中骨の上にかけた。彼女は赤いケシの花模様の白いビキニを着ていた。肌がほんとうに雪のように白くて、ビキニの色とほとんど違いがなかった。

なぜあなたたちはなにかして遊ばないの、と彼女がティムにきいた。

ティムはわたしを見なかった。父親の脚に砂をさらさら落としていた。いっしょに海に入らない、と彼が父親にきいた。いっしょに行かない？　いっしょに行かない？　ビルカー氏は本を顔の前にかざしたままだった。

いいかげんにして、カール、とビルカー夫人が言った。二人を連れていって。

彼はため息をついて立ち上がり、青い空気マットを後ろに引きずりながら、海のほうに歩いていった。

さあ、お行きなさい、とビルカー夫人がやさしくわたしに言った。

わたしはティムといっしょに空気マットの上に横になり、ビルカー氏が、マットの下にもぐってマットをひっくり返すクジラを演じた。わたしたちはできるかぎり大声を出してはしゃいだ。三、四回繰り返すうちに面白くなってきた。わたしはティムに、ティムはわたしにしっかりしがみつき、いっしょにクジラの背中にとびついた。クジラは息をはずませ、水しぶきをあげ、二人をふるい落とした。そしてわたしたちがふたたびマットの上に横になるやいなや、新たに攻撃してきた。わたしはカールの首に両腕を巻いて、もう離そうとしなかった。彼の広い背中に馬乗りになり、彼の濡れた肌をじかに感じた。彼はわたしを背中からもぎとって、一瞬わたしを腕に抱いた。わたしは顔を彼の胸に押しつけた。彼はわたしを高く放り投げて水中に落とした。わたしは下に沈んでいき、カニのように透明になった。すね毛の生えた彼の脚と青い水泳パンツが見えた。そのまま水中にいたかった。陸の上ではすべてがただ複雑なだけだったから。ふたたび浮かび上がったとき、カールはすでに浜辺に戻っていくところだった。彼は水泳パンツを引っぱり上げ、髪をふって水をはらい落とした。取り残されたティムとわたしは、二人でなにをすればいいのかわからなかった。わたしたちはカールのあとを追いかけた。

ビルカー夫人がカールにハンカチを渡した。

なんだい、ハイケ、砂だらけじゃないか、と彼が不愛想に言った。

ごめんなさい、ご主人さま、と彼女が言った。

わたしは濡れた身体で砂のなかを転げまわった。母はこれを衣をつけたシュニッツェルと呼んでいた。わたしはひりひりする目を閉じた。犬が、大きな毛深いクッションのようにわたしの横に寝そべった。

ちょっと新聞を買ってくる、と言うビルカー氏の声がした。

わたしは目をあけた。白いワイシャツを着たビルカー氏が、手を伸ばしていた。

ビルカー夫人はハンドバッグから車のキーを取り出した。でも、また長々といなくなったりしないでね、と彼女が言った、さもないとわたしはここでサクラソウのように干からびてしまうわ。彼女は短い沈黙のあと、ちょっと笑った。あたかもタイミングよく笑うことを忘れてしまったかのように。

彼はキーを取ろうとしたが、彼女はまだそれを手に握っていた。そして顔を彼のほうに差し出した。

キス、と彼女が言った。

軽くキスをすると、彼はそこから立ち去った。わたしたちは彼の後姿を目で追った。

「グラシアス・ポル・ス・ビジータ」とわたしはつぶやいた。

訳注
(1) 生ハムやチーズをはさんだパン。
(2) ドイツの文学者オトフリート・プロイスラー(一九二三~二〇一三年)の児童書『小さい水の精』の主人公。

II　ウサギさん

——ティム

いまでもなおぼくは夢のなかで母を呼ぶ、ママ！　どこにいるの？　ママ！

あのときぼくが母を発見した。もう三十年以上もたっているというのに、依然としてぼくは母を発見する。ぼくは家じゅうを走りまわる。足裏に冷たいタイルを感じる。家の外ではプールの水面が震え、ゆらゆら揺れる陽光の丸い斑点を白壁に映し出している。犬のことは思い出せない。まるでふっと消えてしまったかのようだ。犬はあのときいったいどこにいたのだろう。なぜ興奮して走りまわらなかったのだろう。なぜ吠えてぼくに危険を知らせなかったのだろう。

母はカーテンを閉めた寝室でしばしば横になっていて、偏頭痛だと称しているが、ぼくには何だかわかっている。ぼくが彼女を発見するのは、寝室でも居間でもなければ、ぼくの部屋でもない。母はときどきぼくのベッドで横になり、とっても幸せな匂いがするわ、と言う。彼女がそんなことを言うのは好きではない。もっと好きではないのは、彼女が泣いて、ほとんど息が詰まるほどきつくぼくを抱きしめることだ。どうやっても癒せない火傷のような彼女の痛みが感じられる。ごめんね、ごめんね、わたしってほんとにばかなの、と母は泣く。母がそんなふうに泣くたびに、ぼくは石のように押しだまる。慰めてあげたいが、どうすればいいのかわからない。母はぼくを放し、ベッドに身を投げて、ぬいぐるみのウサギさんを顔に押しつける。ウサギさんはぼくより上手に彼女を慰めることができる。ウサギさんをベッドに寝かせているのは彼女のためなのだ。ぼくはもう十二歳になっているので、ウサギさんのことは、じつはきまりが悪い。ウサギさんにはもう耳がなくて、古びた茶色の雑巾のようだ。ウサギさんを見るとぼくは昔を思い出す。あのころぼくはまだとても幼くて愚かだったので、何事も順調で自分の人生に何らかの変化が起こるようなことはあるまいと考えていた。

だが夜、父と争っている母のとても甲高い声が聞こえると――喧嘩の最中に父の声が聞こえたことはほとんどないので、ぼくは、母がひとりで喧嘩していて、すべて母のせいなのだと考える――結局ウサギさんを枕の下から取り出して、取れた耳のところを噛んでしまう。しかしウサギさんはもうぼくを助けることができない。ウサギさんが昔のようにぼくと話をしなくなったのか、もしくはぼくにもう彼の声が聞こえないのか、いずれかだ。ウサギさんは黙ってしまった。そしてぼくをひとりぼっちにする。

ぼくは夢のなかで母を呼ぶ。ママ！　いったいどこにいるの？　夢のなかのぼくはこの家をくまなく走りまわる。あたかもあれからまったく時が過ぎていないかのように。目が覚めると相変わらずまだ十二歳だ。内臓がからみ合い、もつれ合って、痛い。それからぼくは、枕の上に、皺だらけの皮膚をした老いた腕があるのを見て、自分がまだ生きていることにびっくりする。

ぼくは家じゅうを走りまわり、答えがないので、父のまねをして母の名を呼ぶ、ハイケ！　ハイケちゃん！　こんちくしょう！　いつもすべて順番どおり。ハイケ、ハイケちゃん、こんちくしょう。母は隠れたのだ。ときどきぼくたちはかくれんぼうをして遊ぶ。この家はぼくたちには退屈だ。父が家にいないことが多すぎる。ぼくたちは父がどこにいるのか、何をしているのか知らない。父が車を使うので、父がいないと、お気に入りの浜辺にさえ行けない。まるで日向の牢獄にいるように、この家から出られない。ぼくは、舌に塩素の味が残り、目がひりひりして、皮膚が指先から剝がれるまで、延々とプールで泳ぐ。それから家に入り、退屈する。母はぼくのベッドにいない。もしかしたらクローゼットかもしれない。クローゼットには父のシャツが白い帆のようにぶら下がっている。毎日、父は洗い立ての白いシャツを着る。ぼくがクローゼットのなかに隠れると、シャツが頭上で揺れてぼくの顔をそっと撫でる。洗濯糊の匂いがする。母がハノーファーの自宅で父のシャツにアイロンをかけるときには、ぼくは横のテーブルで宿題をする。アイロンがシュッシュッと音をたて、蒸気の雲が竜の息のように立ち上る。ぼくは深々とその匂いを吸い込む。その匂いがぼくを落ち着かせる。母がシャツにアイロンをかけているかぎり、すべては順調だ。母の前腕には黒ずんだ三角形がくっきり浮かんでいる。そこをアイロンで火傷したのだ。そのとき母は、くそっと大声で叫んだ。このくそシャツ！　こんなくそシャツにアイロンをかけるなんて、わたしはなんというばか女なの！　母は顔を真っ赤にして、頭をアイロン台に横たえた。ぼくは彼女の背中が上下するのを見て、息をとめた。アイロンは誰にともなく小さくシューシューという音をたてていた。最後に母は頭をあげて、静かにぼくを見つめた。ときには「くそっ」と言わなければならないことがあるのよ、と彼女が言った。心配しないで、すべて元どおり順調よ。

ぼくはうなずいた。母はアイロンをかけつづけた。

ぼくは家じゅうを走りまわり、すべてのドアをあける。ぼくの部屋、寝室、これまで誰ひとり泊まったことのない客間。ぼくの両親には友人がいない。ぼくは階段を駆け上ってテラスに出る。そこの床は足裏が焼けるほど熱い。テラスからは海が見える。そのせいで父は、ドイツにいるとき、スペインのわが家は海辺にあると言う。ぼくは自分の部屋に駆け戻り、ベッドに横たわる。背中の日焼けがシーツに触れてむずむずする。空気は蒸し暑くて、息が詰まりそうだ。暑い昼間は窓のよろい戸を閉ざしているので、室内は暗い。この日は食べるものがなにもなかったが、そのことにぼくはいつのまにか慣れていた。母は痩せようとして、もうパイナップルしか食べなかった。台所で好きなものを食べなさい、わたしは台所に絶対行ってはいけないの、さもないとがつがつ食べだすから、と母が言う。ぼくはひょっとすると眠り込んだのかもしれないが、もう覚えていない。ぼくはちょうどそのときまだプールにいたのだから、母を見たに違いないのだ。

暑さのせいで、あるいは寝ぼけていたせいもあるだろうが、ぼくは朦朧としたままベッドから起き上がって、窓辺へ行き、よろい戸をあける。ここからわが家のプールが見える。するとほんとうに彼女が泳いでいるではないか。ケシの花模様の白いビキニを着て、仰向けになっている。手首につけた薄い、赤いリボンが水に溶けていて、きれいだとぼくは思う。あとになって状況を把握した瞬間、それはもう決して忘れられない瞬間になる。身体は頭脳よりはるかに早く理解する。


救護員たちが母を水中から引き上げた。彼らの赤い上着には白い文字で「アンブランツァ」〔救急車〕と書いてあった。母のビキニパンツは少し下にずり落ちていて、担架にのせられていたとき、やや小麦色に日焼けしたスペイン人ふうの肌と、白いドイツ人の肌のわずかな違いが、ぼくの目にとまった。わたしは小麦色にならない、とにかくならない、と母はいつも嘆いていた。おまえの肌が父親譲りであることを喜びなさい。母は必死で努力して、毎日粘り強く日向で横になり、ピンク色になり、赤くなったが、まともに褐色に焼けたことは一度もなかった。

しかしきれいに褐色に焼けることこそが重要だった。ドイツの太陽では決してそうならないほど褐色に焼けること。

あなたたちの違いを見せて、と母がプールサイドの朝食のテーブルで叫んだ。朝からもう日差しはとても強烈で、バターが溶ける様子を眺めることができるほどだった。ぼくたちは水泳パンツをはいて朝食をとった。あなたたちの違いを見せて！　そこで父とぼくはパンツを、母はビキニパンツを少し下にずらした。ぼくたちの肌が暗褐色なのに対して、母は相変わらずひどく青白かったので、父とぼくはそれを見て笑った。おれたちはカルムック人《カルミュッケン》(1)みたいにほとんどまっ黒だ、と父が言った。ぼくは父がなぜ自分たちを蚊《ミュッケン》と比較したのか理解できなかった。

母は微笑んで言った、わたしはあなたたちより上品というわけね。

ああ、そうだね、と父が言い、そして語調を変えた。よく心得ているさ。毎度毎度、繰り返し教えてもらう必要はない。

まあ、カール、冗談よ、と母が言った。冗談がまったくわからないの？

ぼくは卓球の試合のように一方から他方を交互に見ながら、ボールが台から落ちるのを待った。

冗談は大いに理解するさ、ただしそれはもしかしたらきみが冗談だと思っているものではないかもしれない、と父が言った。父は朝食のテーブルから立ち上がり、プールに飛び込んだ。そしてモーターボートのように水を切って泳いだ。ぼくは父のようなクロールの泳ぎ方を習得したかった。

母はテーブルを片づけて台所へ行った。母のビキニパンツの上に赤いケシの花が咲いていた。

彼女のお気に入りの花。だが彼女はスペインで、春にオリーブの木の下で咲くケシの花畑を見たことがなかった

素敵、と母は叫んだことだろう。ぼくたちは夏にしかここに来なかった。三年間、夏だけ。しかしそのときにはもう花は全部終わっていた。

なにかとくに気に入ったものがあると、そのたびに母は、素敵と叫んだ。そのため父は母を「素敵のハイケ」と命名した。素敵、と母は太陽が輝いていると、毎朝そう叫んだ。

スペインでは、夏は確実に夏だった。

霧雨のなか、ぼくたちはハノーファーを出発した。母が茶色のチューブ入りのピッツブイン日焼けどめクリームを塗ってくれたにもかかわらず、三日後には、ぼくの肩と鼻と耳は真っ黒に日焼けしてしまった。クリームは黄色で、くさくて、皮膚にすり込むのが難しかった。母はそのクリームをぼくの顔に塗りまくり、ぼくがじっとしていないと、苛立って地団駄を踏んだ。

母は突然怒りを爆発させることがあった。その性格をぼくは母から受け継いだ。ふだん彼女はとても内気で謙虚だったから、誰も彼女がそのように激しく怒りを燃え上がらせることがあるなんて想像もしなかっただろう。ぼくは母が夜中に叫び声をあげ、父にものを投げつける音を聞いた。食器が割れ、サッカーボールのように何かが壁にどんとぶつかる鈍い音がした。しかし翌朝には、何ひとつ痕跡は認められなかった。あたかもぼくが夢を見ただけだったかのよ

うに。ふたたび太陽が輝いていた。素敵、と母が叫んだ。

　母はハノーファーからトレモリノスに向かう長い旅のあいだ、黄色いランゲンシャイトの小冊子でスペイン語を勉強した。「ブエノス・ディアス」〔こんにちは〕「ブエノス・ノーチェス」〔おやすみ〕「グラシアス」〔ありがとう〕「ドンデ・エスタン・ロス・セルビシオス」〔トイレはどこですか〕。毎年その繰り返し。ぼくは、口から悪臭が漂う犬といっしょに後部座席にすわり、限りなく長い三日間、両親の後頭部を見つめつづけた。母はピンアップした髪に、もじゃもじゃした茶色い髪でできたヘアピースをつけていて、そのヘアピースをベッピと呼んでいた。ぼくが母のベッピをくすねて逆さまにして頭にのせると、羊飼いの犬のように見えたので、それをかぶって居間を走りまわり、母を笑わせた。ぼくは彼女の夫よりもはるかに上手に彼女を笑わせることができた。父はよく鬱々としていたので、彼が居合わせると、ぼくたちはたちどころに自分がばかに思えるのだった。

　しかし父自身がばかなまねをすると、それは悪いしるしだった。父はシャツの裾をズボンから垂れ下げ、もはやひげを剃らなかった。

　カール、と母が言った。その格好はばかみたいよ。あなたはヒッピーじゃないんだから。

　いまでは父は、まるで自分の年齢に不意打ちをくらったかのように、動揺し、びっくりしているように見える。しかし相変わらずハンサムだ。トレモリノスの老人ホームのスター。父はあの家から出ていきたがった。こんなふうにたったひとりで家にいると変になりそうだ、と言った。ぼくはあの家に父を訪ねていったことは一度もない。二度とあそこに戻りたくなかった。いまでは、老人ホームで仕事をしているときにいつも父に会う。父といっしょに時をすごしながら、ときどき、自分はそもそも父が好きなのだろうかと自らに問いかける。父は、当時のことをちっとも考えていないように見える。ぼくは一日たりとも考えなかったことはない。

あのころはなにを考えていたの、とぼくは最近になってようやく父に質問した。父はぼくが言っていることをすぐに理解した。

なにも考えなかった。問題はまさにそこだった、と父が答えた。

でもなにか考えていたはずじゃない。

いいや、と父が言った。問題はまさにそこだった。なにも考えなかった。考えることは許されなかった。考えたら俗物になった。しかしそんなことはまったく知らなかった。なにしろ若くしてすでに結婚し、家族をもち、年金保険に加入していたんだからな。

父の目はいまではとても色が薄く、いつも少し涙をためている。昔はもっと黒っぽかった。彼の目はどんどん北欧的になり、スペインのぎらぎらする光にはもはや耐えられない。泣いているように見えるのだが、泣いているわけではない。父は一度も泣いたことがない。

スペインは母の夢であって、父の夢ではなかった。南へ！　われらは南へ、と母が大声で歌った。素敵じゃない？

父とぼくは白目をむき出した。ぼくたち二人は「素敵のハイケ」に少しばかりやりきれない気持ちになっていた。父は、ルーフをあけて走っても熱射病にならないように、旅行中いつもばかみたいな船長帽をかぶっていた。日が輝くとすぐにルーフがあけられた。あけないのなら、なんのために覆いがあるの？　後部座席にいるぼくの耳は、吹きつけてくる風のせいで耳鳴りがしたが、母はそんなことは気にしなかった。

船長帽とピンアップした髪が向き合い、言葉を交わした。なにを話しているのか聞き取れなかったが、ときどき母が大きな笑い声をあげた。南へ行けば行くほど、母はますます頻繁に笑った。母が父といっしょに笑っているのに、なにを笑っているのかわからないのが嫌だった。

太陽を浴びると、わたしは文字どおり花開くのよ、と母が言った。ぼくは赤いチューリップの母を想像した。学校でちょうどチューリップを学習対象に取り上げて、色鉛筆で花びらとめしべと花粉を描いているところだった。宿題をしていると、母がよく隣にすわった。いい香りがした。母が毎朝入念に描くアイラインを間近に見ることができた。

まっすぐ引けてるかしら、と母はよくぼくに尋ねた。ときどき少し歪みがあったので、そう告げると、また新しく引きなおした。母はぼくのことを美の助言者と呼んだ。母はスペインに来ても毎日かならずアイラインを引いていた。ぼくは浴室に呼ばれた。母は朝からもうビキニを着て化粧をしていた。白い肌の下で青い血管が不気味に光っていた。背中にクリームを塗ってちょうだい、と母がぼくに頼んだ。そこでぼくは浴槽の縁にのぼった。ぼくは一気に母より背が高くなり、父が母を見るように、母を見下ろした。小さくて弱々しげだ。母の肌はとても柔らかくて透き通っていたが、ぼくの肌は反対に黒くてごわごわしていた。母にもっと似ていればよかったのに。鏡に映った二人を眺めると、ぼくは彼女の息子に見えなかった。

わたしは南が大好きなのに、ここはわたしの居るべき場所ではない、と母はため息をついた。わたしの肌が、ここはとにかくおまえの居るべき場所ではない、とわたしに言うのよ。どうすればいいの？　わたしは南をこんなに素敵だと思っているのに！

「改善不能のハイケ」、と父が言った。

ぼくたちの車は森のような緑のシムカだった。シートには、小さな穴をあけた淡褐色の合成皮革が張られていた。それらの穴に、ぼくは、トイレ休憩中に駐車場で集めた先のとがった小枝やモミの針葉を差し込んだ。木陰の茂みにはトイレットペーパーやびりびり引き裂かれた漫画本が落ちていたが、それを拾うことは許されなかった。南国では駐車場がくさかったし、車から降りるときは、アスファルトがひじょうに熱いので靴をはかなければならなかった。犬が悲しそうにクンクン鳴いて、灼熱のなかで老婆のように喘ぎはじめた。この犬は母の犬で、サラマンカという名前だった。母がそう名づけたのだ。

母は茂みの陰に行かなかった。わたしは馬のような膀胱をもっているのよ、と言っていた。母は車のそばにずっと立っていた。父とぼくは、戻ってくるたびにその姿を遠くから眺めて、母がとてもきれいだったので、彼女のことを誇らしく思った。母は明るい色の細身の服を着て、三角旗のように風になびくスカーフをピンアップした髪に巻いていた。母の背後では、恐ろしいほどの猛スピードで車が何台も通り過ぎ、周囲には旅行者たちがひしめいていたが、彼女だけは、方位を示す目印のように、じっと動かずにそこに立っていた。わたしはここよ、あなたたちが戻るべき場所はここよ。だからぼくたちは難なく茂みからの帰り道を見つけることができた。

母の命日にぼくは車を借り、父を家具のように積み込む。住宅街へ入っていく。ぼくたちの家はもう「カサ・ハイケ」という名前ではなく、現在の家主によって「カサ・デル・ソル」〔太陽の家〕と改名されている。あのころぼくは、小さな貝殻を柔らかい漆喰に押し込んで文字をつくった。Kの文字がうまくできなかったことがとても悲しくて泣いてしまった。泣きわめくのはやめろ、と父が叱った。父が言うところのぼくの涙もろさが、彼をいらいらさせた。

そっとしておいて、と母が言った。みんながあなたのように強靭なわけではないのよ。

ぼくの横にすわった老人は、両手でしっかりシートにつかまっている。そうしなければ外に投げ出されるかもしれないと恐れているかのように。彼は、都合がよければ、好んで弱いふりをする。だがつぎの瞬間には、ホームの他の老人たちの前で、いかにまだ体調がいいかを自慢する。

ぼくたちは車をとめない。波打際まで行ってから父を車から降ろし、魚料理のレストランに入る。そこは毎年所有者が変わり、そのたびにひどくなっていた。父は、胃の三分の二を切り取ってからというもの、ほとんどなにも食べられない。波辺は混んでいて、カラフルな水着を着た人びとが、散らばった紙ふぶきのようにあたりに寝そべっている。

父が、あとで胸やけがするのにカフェソロ〔ブラックコーヒー〕を飲んでいるあいだ、ぼくは立ち上がって貝殻をさがす。母のために毎年一個の貝殻。この貝殻を父は老人ホームの自分の部屋に持ち帰り、窓台に置く。ぼくたちは母の話をしない、たとえ命日であっても。

父のために母は服装もアイラインも髪型も変えた。ベッピを投げ捨て、目をブルーに塗った。ぼくはゴミのなかからベッピを拾い出し、それを頭にのせて、家じゅうを走りまわったが、母はこれまでのように笑わなかった。母は突然髪を束ねなくなった。必要なときに両側から引っ張って閉じることのできるカーテンのように、長く垂らしていた。もはや細身の服ではなく、曙色の短いバチック染めの安物の服を着ていた。上腕部にはヒッピーマーケットで父に買ってもらった、古いフォークでできたこっけいなブレスレット。

子どもであるぼくにさえ、母がそんな恰好をするにはもう年を取りすぎていることがわかった。

湾の向こう側では、村の狭い通りで、若い女たちがこういう服や装飾品を身につけていたが、着こなし方が違っていた。もっとさりげなく自然だった。母は護身用の盾のようにぼくを伴って村へ行った。そしてぼくのためにアイスクリームを買った。ぼくたちは、人びとに関心がないふりをして、安全に離れた場所から彼らを観察した。男たちは髪とひげを長く伸ばし、互いにとてもよく似ていたが、女たちは多彩でユニークだった。しかし同時にぼくには女たちが多くの肢体を有する一匹の生き物のように思われた。その生き物は、褐色に焼けた鈍く光る肌とぼさぼさの髪と白い歯と光る目をもち、絶えず動きまわり、大声で笑い、さまざまな言語を話し、多くの頭を男たちの裸の胸にのせ、長い褐色の脚を男たちの身体に巻きつけ、男たちの口に、眺めているぼくがひどいめまいに襲われるまで、長々とキスをするのだった。

母は、なにか重要な用事を片づけなければならないかのように、ぼくを引っ張ってその場を立ち去った。それから二人はバスで帰宅し、引きつづき退屈な時間を過ごした。

父がいない家は奇妙に空っぽで静かだった。懊悩する母は苦悩をぼくと分け合い、ぼくはその苦悩を、子どもにはめったに与えられないプラリネ(2)のように喜んで受け取った。それはぼくの人格を高め、ぼくをいっそう大きくした。母はプールのなかに立って泣いていた。ぼくは足が立たないので、彼女のまわりをぐるぐる泳いだ。

ぼくは、父がどこにいるのか尋ねなかった。母は何時間もドイツにいる女友達と電話で話をしたが、ぼくが故郷の友達に電話をかけることは、高すぎるといって許してもらえなかった。あのひとは笑いものになってるわ、と彼女は電話口で泣いた。あんなヒッピー女と！ ぼくは両親の寝室へ行き、鏡の前に立ち、自分の痩せた少年の身体を、他人の身体を見るように観察した。すべすべした褐色の胸を撫で、胸毛が生えなければいいのにと思った。ぼくは母がいまではもう身につけなくなった細身の服を着てみた。それから靴をはいた。金色のイブニングドレスに金色のサンダル、白いドレスに合わせて白いパンプス、濃い緑色のシルクのドレスに緑の靴。母は、父やぼくといっしょに夕方浜辺の遊歩道を歩くのがとても好きだったので、これらすべての美しいドレスをハノーファーから持ってきたのだった。ぼくは、いつも数人で集まって見知らぬゲームをしているスペインの子どもたちを眺めた。ときどき彼らはぼくを仲間に入れてくれた。そのさいぼくは、実際以上に熱狂しているように見せかけた。母が、いわゆる友達づくりをとても喜んだからだ。

帰宅すると、ぼくたちは懸命に蚊を追いかけて退治した。蚊は、どんなに予防措置を講じても家のなかに侵入してくるのだった。母は、ぼくたちが蚊を壁の上で叩きつぶすことを嫌がったが、ほんとうに愉快に思うのは、蚊を手のひらでうまくやっつけて白い壁に血が飛び散るときだけだった。父とぼくは狩人で、母は、ぼくたち二人がしっかり守っている臆病な女性だった。

最後の年は、遊歩道へ行ったのは最初のころだけで、あとはもうまったく行かなかった。

母はビキニ姿でぼくの前に立ち、こう言った。ティミー、わたしを見て、ほんとうのことを言って。わたし、太ってる？

いいや、とぼくは答えた。

太ってるわよ、と彼女が言った。

彼女は、最初はニンジンとヨーグルトだけ、そのあとはパイナップルしか口にしなくなった。家にはパイナップル以外なにも食べるものがなかった。果実酸のせいでぼくの歯は先端が丸くなった。父がようやく戻ってきたとき、ぼくは文句を言った。

どうしてこの子になにも食べさせないんだ？

母は怒りに燃え、傷ついて、父をにらみつけた。どうしてあなたはこの子になにも食べさせないの、と母が叫んだ。どうしてこの子をいっしょに連れていかないの？　もしかしてあなたのじゃまになるの？

威圧するのはやめろ、と父が言った。

威圧するですって？　このわたしが？　なんてひどいひとなの！　母は泣きはじめた。

ぼくは、昼間の太陽があたためたプールサイドの石の上に横たわった。アマツバメが急降下しながら鋭く鳴いて、水上を猛スピードで飛んでいった。セミたちが大音量でジージー鳴くので、まるで自分の脳が振動しているような気がした。

母が家から出てきて、ぼくの腕を引っ張った。お父さんがあなたといっしょに食事に行くそうよ、と彼女が言った。さあ、きちんとしたシャツを着なさい。

ティミーを巻き込むな、と父が言った。そっとしておけ！　休暇中なんだから。

わたしの休暇でもあるのよ、と母が叫んだ。彼女の白い首に赤い斑点が浮かびあがった。

大騒ぎをするのはやめろ、と父が言ってタバコに火をつけた。

ぼくは自分の部屋へ行き、母の目にはきちんとしたシャツに映る、大嫌いな白い襟つきの水色のシャツを着た。

ぼくたちが出て行ったとき、母はプールサイドにすわり、音を立てて雑誌をめくっていた。ぼくには、彼女が空っぽの家で泣くことになるのはわかっていた。

気が滅入ったが、しかし滅入りすぎて父といっしょに出かけられないほどではなかった。家から出られるのが嬉しかった。犬は彼女のそばにいなければならないので、うらやましそうにぼくたちを見送った。

父はぼくを一軒の明るいセルベセリア〔ビアホール〕に連れていった。店内ではスペイン人たちがカウンターに立ち、タバコの吸殻を直接足もとのおがくずに投げ入れていた。数人の旅行客がぐらぐらするテーブルに腰かけ、自信なげになにかを注文しようとしていた。

それに対して父は給仕と顔なじみで、流暢なスペイン語でぼくには炒めたチョリソ(3)を、自分にはビーノ・ティント〔赤ワイン〕を注文した。これには感動した。父はぼくと話をせず、何度も繰り返し入り口のほうをうかがっていたが、突然、髪に手をやり、髪をぼさぼさにすると、もう一方の手でズボンから白いシャツを引っぱりだし、ボタンをはずして褐色の胸が見えるほど大きく広げた。ぼくは、品行方正な父が見知らぬ男に変化したことにひどく心を奪われてしまったので、ひとつのグループがまるごとぼくたちのテーブルに腰を下ろしたことにほとんど気づかなかった。ヒッピーマーケットの女性がそのなかにいた。彼女の娘はわが家に来たことがあったし、一度浜辺でもいっしょだった。名前はアップルで、母によれば可愛い、父によるとばかげた名前だった。おれたちは実際おまえをバナナとは名づけなかったからな、と父が言った。

アップルの母親が父の横にすわり、彼の頬に二回キスをして挨拶した。ぼくは赤くなり、おがくずにまみれた自分の足を見ていた。

ティミー、行儀よくこんにちはと挨拶しろよ、と父が言った。

彼女が手を差し出したので、ためらいがちにぼくはその手を握った。彼女は長く握手をしながら父に言った。どうしてこの子にこんなひどいシャツを無理強いするの?

父とぼくは目を見合わせて、二人とも黙っていた。

ぼくの後ろで一組のカップルがキスをしていた。喘ぎ声やチュッチュッというキスの音が聞こえた。

とてつもなくきれいな目をしてるのね、自分でわかってた？　と彼女がぼくにきいた。彼女の髪は日にさらされて色が落ち、ぼさぼさだった。目は緑色で、鼻は子どもように小さく、大きな口で派手に微笑んだ。十二歳のぼくにとってさえ、なにかとても魅力的なものが感じられた。彼女は絶えず動いているので、見つめつづけずにはいられなかった。彼女は早口でしゃべり、みんなを笑わせた。父は頭をそらし、大きく口をあけて笑った。家でそんなふうに笑ったことは一度もなかった。なんの話かわからなかったが、ぼくもいっしょに笑った。

父が全員分の注文をして彼女に尋ねた。で、きみは、イングリト、なにがいい？

突然彼女に名前が与えられた。ぼくは、ハイケが暗がりのなかでプールサイドにすわり、イングリトが父の横にいるのを見た。一瞬、ぼくはすべてを理解したが、つぎの瞬間にはもうわからなくなった。母のことは考えないようにした。すると実際考えずにすんだ。イングリトとぼくは、おがくずに捨てられた吸殻で連珠をして遊んだ。ぼくが勝った。誇らしくて、すばらしい気分だった。

ぼくたちが帰宅したとき、母はすでにベッドに入っていた。プールのあかりがついているだけだった。暗緑色の水が、気味が悪いほどぴちゃぴちゃ音を立てて、プールの縁からこぼれ落ちていた。

おまえを信用してもいいよな、と父がきいた。

ぼくはうなずき、父は家に入った。

ぼくはそれまで一度も夜中にひとりでプールサイドにいたことがなかった。ぼくは、自分のいない両親の生活を想像してみた。それはいまよりもっと単純でなごやかな生活に思われた。そう考えると嫌な動悸を覚えた。ぼくは、ハノーファーではるかに柔らかく親しげに見えた星々が不自然なほど明るく輝く黒い空の下で、たったひとり見捨てられたような気がした。それらの星がぼくを不安にした。ぼくは家のなかに駆け込み、階段を上った。寝室の扉は閉まっていて静かだった。家じゅうが静まりかえっていた。

ぼくはベッドに横たわり、ウサギさんを顔に押しつけ、ウサギさんにもうその力がないことはわかっていたが、慰めてくれるかもしれないという希望をいだいて、嗅ぎ慣れたかび臭い匂いを吸い込んだ。

訳注
(1) 西モンゴルの一部族オイラートに対するヨーロッパ人側からの呼称。
(2) 木の実やクリームなどが入った一口大のチョコレート。
(3) 豚肉の腸詰ソーセージ。

III　美しい手
――ズージィ

アップルがドアをあけたとき、ズージィはひと目で彼女を好きになる。アップルからは誠実さがあふれ出ている。まばゆいばかりに赤い紳士用シャツを着て、化粧をせず、少し太っている。ズージィの推測では、年齢は三十代の終わりか四十代の初めで、彼女よりちょっと年下だ。アップルは驚くほど小さな手を差し出し、吸血鬼を引き込んでいるとはつゆ知らず、ズージィをアパートメントに引き入れる。ズージィは上着をかけるとき、苦心して高価なデザイナーのラベルを内側にひっくり返す。

アップルは、自分のもっともいい面を見せる必要があるかのように、ズージィに微笑みかける。だがズージィは彼女の不幸によって生計をたてるだろう。それが仕事なのだ。

どこにすわりましょうか、とアップルが手を動かしながら質問する。その手の動きは完璧に整理された小さな二部屋の住居のどの場所でも構わないことをズージィに示している。

ズージィは、アップルのシャツと同じくらい赤い、どうやら彼女のお気に入りの色らしい赤いソファーに腰をおろし、録音機を取り出す。

まあ、とアップルが言って、上にかがみこむ。アイフォーンで録音するんですか？

ええ、アップルのね、とズージィが答える。そして意図していた以上に大声で笑ってしまう。この気の毒な女性は、きっと自分の名前に関する駄じゃれを絶えず聞かされているはずだ。

でもこれで録音されたものは放送できるほど質がよくありませんよね、とアップルが厳しい口調で言う。

会話を放送するつもりはありませんから、とズージィが言う。記録するだけです。

アップルは沈黙し、セミロングのくり色の髪を顔から払いのけ、まるで懸命に努力しているかのように、声をたてて笑う。

なにかお飲みになります？

いいえ、けっこうです、とズージィが言う。さあ、話を聞かせてください。

わたしは世界でいちばんのばか女でした、とアップルが語りはじめる。

いいです、とてもいいですよ、とズージィが鼓舞する。それこそわたしたちがシリーズ用に探しているものです。結局のところわたしがここにいるのはそのためですから。

残念ながらあなたがたの雑誌は読んでいないんです、とアップルが申し訳なさそうに言う。なんでもありませんよ。わたしも読みませんから。憂鬱になるので、基本的に女性誌は読まないようにしています。

アップルはうなずく。わたしも似たようなものです。読んだあと、毎回、首をくくりたくなります。

録音しますよ、とズージィが言って、アイフォーンを彼女のほうに押しやる。

アップルはまるで危険な昆虫を見るようにそれを凝視して、大きく深呼吸する。

なんだってあれほどばかになれるのでしょう、と彼女が堰を切ったように話しだす。世界じゅうの誰もわたしほどばかにはなれません。しかも二回続けて！　彼女は頭をふって、ちょっと目をこする。最後にはテラピストのところへ行ったのですが、効果はありませんでした。

でもいまあなたはその話をすることによって五〇〇ユーロもらえるのですよ、とズージィが冷静に言う。彼女は、このアップルという女性がさっさと核心に切り込んでくれればいいのにと思っている。この仕事は、それほど時間がかからないときにしか割に合わないからだ。

お金はどうでもいいのです、お金が問題だったことは一度もありません、とアップルが言う。わたしは心のあたたかい人間です。彼女は肩をすくめてズージィを見つめる。あたかもたったいまちょっとした不手際をやらかしたかのように、あたかもなみなみとついだグラスをひっくり返したかのように。

いまから十年ほど前のことです。当時はジーモンもアナウンサーとしてバイエルン放送で働いていたのですが、とてもハンサムでした。背が高く金髪碧眼。彼の肌が好きでした。彼はいい匂いがしました。そしてその声。なんとも素敵な声！　あのころはただ彼の声が聞きたくてニュースに耳を傾けたものです。いつも正時にラジオをつけて。女性はみんな彼をねらっていました。みんな。彼がアパートメントを飛び出したとき、わたしはすぐに自分の住居の一室に住んではどうかと提案しました。費用はすべてわたしの負担。彼が経済的に困っていることは知っていました。一方、わたしにとってお金は紙切れ同然。

アップルはそっと微笑む。わたしは物質主義者ではないの、どうしようもないわ。

彼女はため息をつき、沈黙する。シャツをつまんで引っ張る。彼女のソファーの背後には、赤い帽子が砂漠地帯をすいすい飛んでいる一枚の絵がかかっている。

わたしたちの間にセックスはほとんどありませんでした、と彼女が話を続ける。でもそれはわたしのせい。彼が相手だと委縮して、臆病になってしまったんです。兄妹のようにいっしょに暮らしたわ。わたしは昼も夜もせっせと働いた。昼間は放送局、夜はウエイトレス。家賃を払い、二人分の生活費を払った。ある日、森を散歩中に、ジーモンがわたしに、ぼくと結婚してくれる？　と尋ねました。ぼくたちは一心同体だ。お互いのことがとてもよくわかっている。きみ以外の誰ともいっしょに生きていきたくない。このせりふをよく聞いてください。

彼女はもう一度繰り返す。きみ以外の誰ともいっしょに生きていきたくない。

すばらしい、とズージィが言う。歌ってもいいようなせりふです。ズージィは、そんなふうに言ってはいけないことを知っていた。それなのに、いま自分の発言は録音までされてしまった。ズージィは皮肉屋であること、自分に厳しくあることに慣れていた。そうでなければ絶望していただろう。しかし辛辣な皮肉のせいで、彼女は定期的に女性編集長とごたごたを起こしていた。この編集長は新しいスカート丈の変化を重要事件とみなし、給湯用のキッチンで指を切るたびに泣くような女性だ。

アップルは微笑む。ええ、わたしはそんなせりふに弱いんです。信じられないほど幸福でした。やった！　みんなが彼を手に入れたがっていたけど、わたしが手に入れたんだ！　この瞬間、森のなかはとてもロマンチックでした。木漏れ日のきらめきや、小鳥のさえずりを覚えています。ブルーベリーが熟していたので、二、三粒摘んで彼に食べさせました。魔法のようでした。森で二人きりのヘンゼルとグレーテル。いつも憧れていたのです。二人でいればすべてうまくいくというこのイメージ。

アップルはいまなおとても幸福そうな顔をしている。だがそれに自分で気づき、両手で顔をぬぐって決然とその表情を消し去る。そして自嘲して首を横にふる。この動作を彼女はこれから何度も繰り返すことになるだろう。

わたしは彼をすぐさま戸籍役場に引っ張っていき、結婚式の手はずをととのえ、支払いを済ませました。七〇〇〇ユーロ。いっさい込みで。小さな教会の前に白いベントレーを用意させたわ。遠く離れた田舎で、このあたり一帯でいちばん美しい教会を見つけておいたの。すべて完璧。母はわたしを嘲笑しました。こんな低俗趣味になるなんて、どこで育て方を間違えたんだろうね！　母は結婚を市民的な牢獄とみなしていましたが、式に出席したうえに、ふつうのドレスを着てくれました。万事うまくいった幸福な一日だったけど、にもかかわらず——頭のなかに小さな赤ランプが点灯しました。注意！　わたしはジーモンが結婚式の客に混じって立っている姿を遠くから眺めました。とてつもなくきれいでした。笑い声も仕草もとても大きくて、声はなんともいい響きで、その声がまだ耳に残っています。わたしはひそかに問いかけました、いまではわたしというものがいるのに、なぜあなたは他の人たちのためにスタンドプレーをするの？　母がわたしに警告しました。あの男は美男子で、自分でもそれを知っている。彼が自分の魅力を絶えず試そうとしなければいいんだけど。

どういう意味なの、とわたしは、間の抜けた質問をしました。

ああ、アップルちゃん、と母はため息をつきました。やりたいようにやりなさい。自分の人生なんだから。

アップルちゃん、とズージィーがにやにや笑って繰り返す。

母は、わたしのことをとくにばかだと思うときには、いつもそういう言い方をしたの。結婚式の日にはもう別の女がいたことを、あとで知ったわ。文化部の映画批評家の女よ。オーダーメードのスーツを着た、小柄でおしゃれなブロンドの売女。そのことを放送局のみんなが知っていたのに、わたしだけが知らなかった。その女はわたしの倍の年齢で、ほとんど母と同じ年齢だったのよ！　彼は年上の女性に目がなくてね。結婚式にその映画おばさんを招待していたの。わたしは彼女と面識がなかった。会ったことがなかった。彼女は文化部だったから。まったくなにも知らなかったの。なにかお飲みになる？

ズージィは夢から覚めたかのようにびくっとする。彼女は、アップルが襟を大きく刳った少し窮屈すぎる花嫁衣裳を着ている様子を想像していた。ベールがすでにちょっとすべり落ち、日中の暑さのせいでメイクアップが少し汚れている。身体の節々の疲労、それは待ち望んでいた至福がもたらす全身の筋肉痛のようなものだ。ズージィはそれがどんな感じなのか知っている。彼女は、入院中のラルフに対する決定権を持つために、半年前に結婚したばかりだった。緊急事態におちいったとき、彼の生命を彼の望みどおりに終わらせるために。

水だけ、お願いします、とズージィが言う。

プロセッコもありますよ、とアップルが申し出る。

いいえ、けっこうです。

アップルは笑う。ちょっと言わせてもらいますね。わたしはプロセッコが大嫌い。ただ、女性誌の編集局ではそれが飲まれているだろうと考えたもので。

そのとおり、とズージィがにやにや笑う。ファッションに夢中のメス猫たちは、絶え間なくプロセッコをピチャピチャ飲んでいます。だからわたしはその飲み物が好きになれないんです。

アップルは小さなキッチンで二個のグラスに水を注ぐ。その様子をズージィは配膳口を通して眺めている。ほとんど十五分も経過していないのに、すでにズージィは、あたかも二人が親しい友人であるかのような、あたかも自分がすでに数年前からこのソファーにすわっていて、どうやら彼女自身の不幸よりはるかに面白そうなアップルの不幸によって元気づけられているような気がする。

それであなたがたは新婚旅行に行ったのですか、とズージィは何食わぬ顔で質問するが、内心では壊滅的な結末を期待している。ズージィの場合はラルフと新婚旅行に行かないことは最初からわかっていた。ラルフは婚姻を結んだ日の午後にはもうつぎの血液透析に行かなければならなかった。

ええ、でも苦労して彼を説得しなければならなかったわ、とアップルが答える。キューバよ。もちろんこの費用もわたしの負担。そこは旅行客を収容する一種のゲットーで、すべてがユーロ価格。外へ出てもハバナにはなにもなかった。人びとは食券で買い物をしなければならず、店の棚はすべて空っぽ。でもそんなことは知らなかった。頭のなかには、トルコブルーの海と、浜辺で出されるドリンクのイメージしかなかった。あそこにいた二週間でアルコールだけに一〇〇〇ユーロ支払ったのよ。アルコールだけで！

最初の夜にもうジーモンはわたしのクレジットカードを使いたがった。望みどおり与えたわ。ところがカードを手に入れるとドイツにいる例の年増のあばずれ女と通話してた。ずっとあとになって発覚したんだけどね。でもわかってたのよ、どうもうまくいっていないって。この結婚が間違いだって。でもそれを知りたくなかったし、認めるのが怖かった。ほかの人たちにどう説明するの？　そして最悪なのは、母が言ったとおりになったこと！

ズージィは理解に満ちた表情でうなずく。アップルは長いあいだ黙っている。彼女はカーニバルの仮装を脱ぐように、感じのよい上手な話し方をどんどんやめていく。彼女がいまでは悲しそうな表情をしているので、ズージィは自分もなにか話さなければならないような気持になる。

わたしは病気の男性に恋をしたのです、とズージィが言う。母はわたしをわきに引っ張ってこう言いました。あきれたね！　もういまから看護師になりたいのかい？　歳をとればどっちみちそうなるというのに。ズージィは笑って、アップルを同じように笑わせようとする。

しかしアップルはただこうつぶやく。愛されたかっただけなのよ。わたしはジーモンに銀行口座の全権を与えたわ。自分のものが彼のものでもあることを望んだの。彼の愛をお金で買おうとしたわけじゃない、絶対に違う。でもいまではそのことがほとんど恥ずかしい。わたしのお金で彼はそのばばあにプジョーのカブリオを買ってあげたのよ。わたしはその車がずっと欲しかったのに、彼女がそれを手に入れた。色はメタリックブルー。まさにわたしが欲しかった色。しかもわたしのお金で！　わたしは一度も銀行に行かなかったから、長いあいだまったく気づかなかった。給仕の仕事でいつも十分に現金をバッグに持っていたの。そのうち銀行から電話がかかってきて、そのときには残高がもうひどいくらいマイナスだった。ほとんど毎日のように彼はわたしの口座から一〇〇ユーロ下ろしていたのよ！

なんのためにそんなにたくさんお金が必要なの、とわたしは彼にきいたわ。

とにかく必要なんだ。彼はそれしか言わなかった。そのあと、いつもすぐに拒絶的な態度をとり冷たくなったから、それが怖かった。

六月のある夜、わたしは眠ることができずにベッドで横になっていた。ジーモンはおそらく例の年増女のところにいたのでしょう。徐々に夜が明けてきて、小鳥たちがさえずりはじめた。一羽のつぐみが、ありったけの声をふり絞るように、あまりに大声で絶望的に鳴いたので、わたしはその声に耳を傾け、考えたわ。哀れなブタよ、おまえは歌わなければならない、最後に誰かが聞いてくれるまで歌わなければならない。するとわたしのなかでまさにカチリという音がしたの。あたかもスイッチが切り替わったかのように。朝の五時だったけれど、ロックサービスに電話をかけて住居の鍵を交換してもらい、彼の荷物をドアの外に出し、離婚届を提出したわ。

敬服します、とズージィが言う。

アップルは満足して後ろに寄りかかる。獣のように苦しんだわ。大声で泣いて目を泣きはらした。もう家の外へ出なかった。彼にそんなふうに利用されるなんて！　全身から血が滲み出るような思いだった。彼はわたしに二万六〇〇〇ユーロの借金を残した。ところが離婚審理のさいに年金補償まで要求したのよ！　女性裁判官は、かみつく直前の蛇のように彼をにらみつけた。そこで彼自身ももしかしたら少し度が過ぎたかもしれないと気づき、それからじつに慈悲深くこう言ったの。まあそれじゃその件はあきらめましょう。このせりふは、まだはっきり耳に残っているわ。

アップルはやや前かがみになり、そのせりふを明確に一語一語強調してマイクに吹き込んだ。

まあそれじゃその件はあきらめましょう。

このとき二人は、つまり吸血鬼と、まるで献血のように喜んで自分の血を差し出す犠牲者は、声をそろえて笑う。ズージィの調子もすでにはるかによくなっていて、彼女はみずからの心配事を忘れて笑う。自宅ではラルフともう長いあいだそんなふうに笑ったことがない。

アップルは水から上がった犬のようにぶるぶると身体をふる。借金はわずか四年で完済したわ。ひとりきりで。誇りが高すぎたので助けは求めなかった。わたしは最終的に参ってはいなかった。わたしは陽気な人間なの、と彼女はきっぱりと言う。そしてもう一度その言葉を繰り返すが、そう言いながらとくに陽気には見えない。

わたしは自分がそもそもまだときどき陽気でいられるのが不思議なくらいです、とズージィが言う。

ご主人はいったいなにが問題なの、とアップルが小声で尋ねる。

まあ、面白いものではありません、とズージィが手で拒絶のしぐさをする。退屈でつまらない病気です。

自分もアップルにもっと詳しい話をしなければ、赤裸々に話してくれた彼女に応えなければフェアではない。しかしズージィは、身の上話をはじめると、大声で泣かずにはいられないだろう。

それから？　とズージィは自分のことは語らずに質問する。お話は二つという約束でしたよね。

アップルは両手をもみながら葛藤している。ズージィはすぐに事態をのみこむ。それはジャーナリストが使う古い手だ。ズージィは角砂糖を手のひらにのせ、疑い深いポニーにそうするように、アップルに根気よく差し出さなければならない。もしわたしの言い方が辛辣に響いたとしたらごめんなさい、とズージィが言う。でもわたしたちは、すでにお話したように、愚かな恋物語を集めたシリーズのために、何度も同じ過ちを繰り返した女性たちを探しているのです。どうやらほんとうに一生涯看護師になりそうなわたしもその一人です。わたしの最初の恋人は癲癇患者、二人目は片足を切断したひとで、結婚相手は腎臓を患っています。

アップルは考え深げに彼女をじっと見るが、話を再開しない。

ズージィは、トイレをお借りしてもいいですか、と尋ねる。アップルは黙って立ち上がり、行き方を教える。

そこはぴかぴかに磨かれていて、化粧品は安物で、品数もとくに多くはない。その代わり、浴室の戸棚には著しく広範囲にわたるホメオパシーの家庭常備薬が置かれている。ズージィの息づかいが荒くなる。いつのまにか彼女はホメオパシーを憎んでいた。その療法がラルフにまったく効かなかったからだ。戸棚の内側に一枚の長い、少し黄ばんだ一覧表がかかっている。

一、　蛋白質と炭水化物を決して混ぜないこと！
二、　一二時までは果物のみ！
三、　二一時以降は食事をしないこと！
四、　一日に二リットルの水！
五、　禁酒！
六、　若づくりしないこと！
七、　一日に一計画！
八、　一日に四回、息切れするまで運動！
九、　お人よしすぎないこと！
十、　新しい下着を買うこと！
十一、自分の話をしすぎないこと！
十二、鋭い声、金切り声、過度の大声を出さないこと！
一三、今後はあまり日向に出ないこと！
一四、愚痴をこぼさないこと！
一五、感謝の気持ちをもつこと！
一六、かならず化粧を落とすこと！
ズージィは、あとでもう一度トイレに携帯電話をもってきて、この一覧表を写真にとろうと心に決める。

彼女がふたたびソファーにすわったとき、アップルは無表情に彼女を見つめる。まさにいま一覧表の十一番目の項目を考えているのだろうか？　ズージィは彼女にやさしく微笑みかける。アップルは微笑みを返さない。長い沈黙。彼女がふたたび話しはじめたとき、まるで時間があまりないかのように、息を切らしたしゃべり方をする。あのあと、わたしは男たちとはともかくもう関わりたくなかった。でも数年後、スキーに行ったときに、真っ赤なスキージャケットを着た男性がいたの。それがペーター。

アップルはこぶしで安楽椅子の背もたれをたたき、大声で叫ぶ。なんというばか！　信じられないばか！　なんだってあんなにばかになれるのかしら！

アップルは助けを求めるようにズージィを見つめ、ズージィは励ますようにうなずく。

彼はとても美しい大きな手を持っていたわ、とアップルが小声で言う。それに背が高く、痩せていて、目は青かったけど、髪は褐色のブロンド。ジーモンのような淡いブロンドではなかった。彼はまったく違っていたわ、と彼女はにやにや笑ってつけ加える。

まったく違っていたんですね、とズージィは言って、同じようににやにや笑う。取り戻したわ、わたしの献血者を、と彼女は考える。

誰もがみなかならずわたしに悩みをぶちまけるのよ、とアップルが言う。ペーターは最初の晩にもう片思いの恋をしているとアプレスキーバーで打ち明けたわ。自分はビルの管理人だとも言っていた。ほんとうは大金持ちだったんだけど、そのことはずっとあとになってから初めて知ったの。レッドブルウォッカを飲んで酔っぱらって、わたしは彼に片思いの恋の対処法をアドバイスした。わたしはその道の専門家だから。そのひとにあなたが持っているすべてを与えなさい、と彼に忠告したわ。遊び半分はだめ。全力を尽くしなさい。気どってはいけない。すべてを捧げなさい！

彼はわたしの両手を握り、わたしに感謝のキスをした。きみはなんて心のあたたかい女性だろう、きみのような女性には会ったことがない、と彼が言った。誰だってもうきみを離したがらない。

うっとりするような言葉だった。きみのそばにいると凍えることがない、とも言っていたわ。ドリンク代はわたしが払った。毎晩。まったく気づかずに。

二、三週間後にSMSが送られてきた。ぼくところにおいで。

アップルは、初めて紙巻き大麻タバコを吸ったティーンエージャーのようにくすくす笑う。ぼくのところにおいで！　さあ、どうしよう？

「カム・トゥー・ミー[1]」とズージィが小声で歌う。「カム・トゥー・ミー、カム・トゥー・ミー」。

翌日、わたしはバイエルン放送に退職届けを出して、彼のいるベルリンに引っ越した。

アップルはズージィを見つめる。あたかも、ズージィが自分の行動にあきれて頭をふることを期待しているかのように。しかしズージィがそうしなかったので、彼女自身がいっそう激しく頭をふる。

ペーターはすぐにこう言った。さあ早急に新しい仕事を探さなきゃ。彼は自分が金持ちであることをわたしに知られないようにしていた。パーキングビルの億万長者だったのに。この町のほとんどすべてのパーキングビルが彼のものなのよ。でも彼のアパートメントはひどいもので、とても冷たくて非個性的だと思ったわ。すべて最高品質のものばかりだったけど、わたしの好みではなかった。でも変更は許されなかった。そのうえ一八〇平方メートルの住居なのに、彼には掃除婦を雇うつもりもなかった。一等地のシャルロッテンブルクよ。結局わたしが掃除したわ。毎日。夕方は、ヴェディングのかなりいかがわしい飲み屋でふたたび給仕の仕事をして、日中はずっと掃除。愛のためよ。この男を愛していると思っていたの。二年後のある夕方、青天の霹靂のようにレストランで彼はわたしに尋ねたわ。結婚してくれるかい？　彼は泣いた。だからわたしも大声で泣かざるをえなくなり、翌朝、承諾の返事をしたの。母は、ほんとうにそうしたいのかいって、わたしにきいたわ。

ええ、とわたしは答えた。

どうしてまた？

愛しているから。

で、彼からなにをもらえるの？

アップルはほとんど子どものような表情をして、わたしは母の質問がまったく理解できなかった、と言う。自分がなにをもらえるのか、そんなことは一度も自問したことがなかった。わたしは愛したかった。全力で愛したかった。彼が用意した三十六ページに及ぶ結婚契約書に対して、わたしの弁護士は言ったわ。もしこれに署名したら、あなたはババを引くことになりますよ。わたしは答えた、この人を愛しているんです。わたしは誰にも、母にも、この契約書の話はしなかった。

署名をすませたその夕べ、わたしは彼といっしょにお祝いに行きたかった。正式にきちんと。ホテル・アドロンで。わたしがそこを選んでおいたの。予約したテーブルにすわると、彼はメニューを見て、ぼくには高すぎると言ったのよ。そして立ち上がって出ていった。あっさりと。わたしはそこにすわったまま、最初はまだ彼が戻ってくるだろうと考えていた。給仕はすぐに事態をのみこんで、ひどく気の毒そうにわたしを見つめていた。あのまなざしは決して忘れられない。哀れな売春婦、そういう視線だった。でもペーターはそのあと結婚式には大金を出したのよ。キッツビュールのとてつもなく高いホテルでの式典。彼は、自分の好みに合うときにはお金を出したの。好みに合うときだけね。民俗衣装を着てほしい、と言われた。でもわたしは民俗衣装が似合うタイプじゃない。すると彼は、じゃ、結婚衣装代は自分で負担しろ、と言ったの。わたしは払ったわ。紺色のロングドレス。鏡で自分の姿を見たとき、蛾だと思った。光のなかに飛び込む愚かな小蛾。

蛾はランプと月を間違えるのです、とズージィが冷静に言う。蛾たちは、月が一定の方角に位置するように飛びます。蛾は、ランプを見るとそれを月だとみなし、正しい方向へ進もうとしてランプの周囲を飛びまわるのです。疲労して中に吸い込まれ焼け死ぬまで。

わたしの場合は、ランプをまさに男という言葉に置きかえることができるわね、とアップルが言う。二人はきゃっきゃっと声をあげて笑う。アップルは目じりの笑い涙をぬぐう。

結婚式の日、わたしはとても神経質になっていたので、ヴァリウム[2]を飲まなければならなかった。さもなければ心臓が口から飛び出ていたでしょう。ペーターはとてもクールで、ほとんど気持ちを乱されていなかった。二人で戸籍役場の待合室のベンチにすわっているあいだ、彼は携帯電話をいじっていた。興奮してないの？　ときいてみた。してない、決まった日取りをまもるだけさ、と彼は答えたわ。ところで妻であるきみに言わざるをえないことがある。そのドレス姿はまるでおいぼれ馬だ。

後日、彼は二〇〇〇ユーロもする高価な錦織のダーンドゥルを買ってきた。わたしは、もうぞっとして、それを着ることができなかった。すると彼は腹を立てて叫んだわ。ものすごく高かったんだぞ、さあ、着ろ！　だから着たの。わたしは、包みをあけてもらうのを待っている高価な贈り物のように、そこに立っていた。でもあけてもらえなかった。セックスは彼が望んだときだけ、それもそれほど頻繁ではなかった。わたしは彼が欲しくてたまらなかった、ちょうど……

蛾が月を求めるように、とズージィが助け舟を出す。

そう、とアップルがうなずく。月を求める蛾。彼はまるでわたしがセックス依存症であるかのようにふるまった。色情症。あたかもわたしが度を過ぎた行動をとっているかのように。彼にとって感情はべとべとしたものだった。そんなにべとべとするなよ、と彼はよくわたし言ったわ。会計は相変わらず別々。彼は、一度自分が払うと、つぎはわたしが払うように、細かく注意していた。

結婚式から三か月後、彼はミュンヘンで開催された会社の式典でダーンドゥルを着た女と知り合ったんだけど、その女が彼の耳にこうささやいたのよ。あなたとなら、わたしすぐに結婚するわ。どうやらそれにすっかりやられたみたい。自分が選ばれた人間だと感じたのね。その女はとても保守的な民俗衣装の似合うタイプ。毎年オクトーバーフェストの民俗衣装行列に、絢爛豪華な馬車のひとつに乗って参加していたんだって、彼が自慢げに話していたわ。

一週間後、ペーターは出て行った。

わたしは空っぽのアパートメントで、辛くて大声で叫んだ。彼は一度だけ戻ってきて、黙ってテーブルにすわり、家宝である銀食器を磨き、それを持っていった。おしゃれな民俗衣装女と引っ越してくるから、きみは出ていけと言われたわ。

わたしたちは十月に結婚して三月に離婚した。とにかくすべてにサインしたわ。もはや一文無し。離婚の二週間後に彼はその民俗衣装女と結婚したんだけど、ベルリンのアパートメントには住まず、ミュンヘンに引っ越したの。わたしが彼のために出て行った町よ！

わたしはもうなにも食べることができず、一〇キロ痩せて、衰弱のあまり自転車から落下する始末。神経性皮膚炎を発症し、保護服を着て眠らなければならなかった。全身が言うことをきかなくなり、そのせいでほとんど死にかけたの。

アップルは腕組みをして黙り、自分自身の物語を、霧のなかのテールランプを眺めるように、後ろから観察する。

もう録音機のスイッチを切ってもいいですよ、と彼女が言う。これがわたしのとてつもなく愚かな二つの物語です。もうあなたはわたしのすべてをご存じです。

ズージィは、アップルの背後の砂漠を飛んでいる赤い帽子の絵を凝視する。おそらくアップル自身が週末の絵画コースで描いたものだろう、と彼女は考える。

もう一度浴室へ行ってもいいですか？

アップルはうなずく。

ズージィは戸棚のなかの一覧表を写真にとる。鏡に映った吸血鬼を眺める。吸血鬼は血まみれの唇をなめ、少しも自分を恥じてはいない。ラルフに電話をかける。すべて順調かしら、と彼女はささやくように尋ねる。

眠そうな声。ああ、心配ないよ。

ズージィは帰宅することが、治癒の見込みのない病室特有のあの気が滅入るような静寂のなかに戻ることが恐ろしい。

彼女が浴室から出てきたとき、アップルは寝室に姿を消していた。ズージィはまだもう少し赤いソファーにすわっていたいと思う。このアップルの住まいは居心地がいい。

聞いてください、とズージィは半開きのドア越しに叫ぶ。お望みでなければ、この話は公表しません。報酬はお支払いしますが、編集部には、あまり実りのある話ではなかったと報告しておきます。

アップルがドアから出てくる。大きすぎる乳児用のおくるみのような不格好な白い全身服を着ている。

これが保護服なの。あなたには隠しておきたくなかった。この服を着て、わたしはどうにか生きてきたの。でもわたしの皮膚はとにかく治らなかった。完全にヒステリーね、と母は言った。わたしから遺伝したものじゃない。

それからしばらくして飛行機で偶然ひとりの男性の横にすわったとき、その人の両手が目についたの。とても大きなきれいな手。

まあ、とズージィが笑って叫ぶ。またしても手だなんて！

彼女はアイフォーンをバッグから取り出し、スイッチを入れてテーブルに置く。しかしアップルはそれを押し戻す。

いいえ、これはいまわたしたち二人だけの話、とアップルが言う。その人の手を見たとき、心臓が妙にどきっとしたわ。わたしは気を落ちつけるために、機内にアルコールもあるかどうか客室乗務員に尋ねた。手の持ち主とは関わりたくなかったのに、その人に話しかけられて、わたしたちは飛行中ずっとおしゃべりしたの。残念なことにそのフライトは、ミュンヘンの母を訪問してベルリンに戻るまでの都市間飛行にすぎなかった。四〇分後にわたしたちはすでに手を握っていたわ。そして飛行機が着陸態勢に入ったとき、二人とも「残念」と言ったの。

ところが帰宅して、服を脱ぎ、眠るために保護服を着ようとしたら、神経性皮膚炎がもう治りはじめていたの。

ズージィは顔に疑いの表情があらわれたことに気づかれまいとする。しかしアップルは叫ぶ。嘘じゃありません！ ほんとうです！ 間違いありません！ 誓ってそうだったんです。アップルは保護服を着て、クラウンのように部屋じゅうを飛びはねる。たとえ誰も信じてくれなくても、まったくそのとおりだったんです！

彼女はズージィのとなりに腰を下ろす。ズージィは、小さな暖炉のそばにいるように、アップルから放出される熱を感じる。

彼にまた会いたいとSMSを送ったの。でも返事がなかった。毎日、何か月も、毎朝同じSMSを送った。皮膚がどんどん快方に向かっていたから、そのせいで、うまくいくという確信があった。もし希望を捨てたら、ふたたび神経性皮膚炎が燃え上がるのはわかっていた。

ちょうど八か月後に電話がかかってきて、彼が言ったの。明日行くよ、きみと話さなければならない。彼はほんとうにやってきて言いました。もうこれ以上我慢できない、ぼくは飛行中にきみに恋をした。ぼくの魂はきみを求めて叫んでいる。

ぼくの魂はきみを求めて叫んでいる、とズージィがその言葉を繰り返す。またしてもヒットパレードの流行歌のせりふですね。しかしアップルは相手にしない。

彼は、別の女性との関係を解消するために、そんなに長くかかったの。わたしは彼のためにミュンヘンに戻ってきた。二か月後に同棲するのよ。アップルの目に涙が浮かぶ。ごめんなさい、とても感傷的になってしまって、とアップルが言う。

ズージィも鼻をすすりはじめ、自分でも驚いている。吸血鬼が泣くなんて。

アップルは保護服を脱ぐ。

ズージィが言う、わたしの夫はもう長くは生きられません。

訳注

(1) アメリカの歌手ボビー・コールドウェル(一九五一〜)のヒット曲。

(2) 精神安定剤。

Ⅳ　オレンジの月
――ズージィ

アルメリアの空港は海にじかに面している。紺碧の空と紺碧の海。これだけあれば彼女は幸福になれる。同じ飛行機に乗っていた人びとは、驚くほど早く姿を消した。現代的なガラス張りの建物は、昼休み中のドイツの銀行のように、ガランとして静かだ。足もとのヒールが大理石の床をこつこつ叩く音が響く。彼女は自分が新しい生活に踏みこんでいく音に耳を澄ます。彼女は決めたのだ、これをわたしの、わたしたちの新しい生活にするのだと。海と空と太陽。ハンドバッグのなかに二万ユーロ入っている。そのバッグをしっかり身体に押しつけて片時も目から離さない。ラルフはこのことをなにも知らない。

温度を調節した空港の建物から外へ出ると、暖かい空気がフェーンのように吹き寄せてきて、彼女の息づかいをたちまち変化させる。彼女は自分が若返り、いっそう躍動感にあふれ、元気になったように感じる。ここならばラルフはふたたび生きる力を取り戻すだろう。間違いなくきっと。

ズージィは旅行カバンを下に置いて待つ。そして背筋を伸ばすように気をつける。彼女は、手間を惜しまず、直前に髪をカットしメッシュを入れてもらっていた。上品なグレーの綿のパンツスーツを身にまとい、高価なサングラスをかけて、クールで自信に満ちた印象を与えようとしていた。決して悲しげで物おじしているようには見られたくない。つぎの瞬間、一匹のミツバチがズボンの脚に飛びこんできたと思って、ぎくりとする。すでに刺されたときの痛みを覚悟したそのとき、ズボンのポケットに入れた携帯電話のバイブレーションをオンにしていたことを思い出す。

もう着いたの？　アップルからだ。

ええ、陽光のなかに立っているわ。目の前にヤシの木、頭上に紺碧の空、後ろには海。

アップルは笑う。たぶんあなたは、海の見える別荘という触れ込みで売りに出されるスペインのゴミ捨て場のひとつにいるのね。

わたしはばかじゃないわ。

ええ、ばかじゃない、とアップルが言う。あなたはやりとげる、それが言いたかっただけよ。間違いなくきっとやりとげるわ。

ズージィの目が輝きはじめる。アップルは、ほかの誰もやらないような素朴で率直なやり方で彼女の心をつかむ。二人が仲良くなったのはそれほど昔のことではない。プードルとグレーハウンドが出会ったようなものだ、とズージィはときどき考える。不釣り合いなペアだが、だからこそ互いに惹きつけられる。

わたしは子どものときしばしばその海岸にいたのよ、とアップルが話す。もうちょっと南のトレモリノスにね。でも当時はまだきれいだったし、コンクリート砂漠もなかった。あれから一度も行っていない。あなたが家を持つことになったら訪ねていくわ。

約束して、とズージィが言う。わたしが最後にたった一人でここに残されることにならないように。

まさか、とアップルが言う。すべてうまくいくわ。きっと。

あら、不動産屋のアンヘリータが来たみたい、とズージィが言う。実際にはまったく誰の姿も見えなかったのだが。彼女はいま泣きだしたくないのだ。

アンヘリータという名前なの？　とアップルが笑う。不動産屋の可愛いエンジェルね。とり急ぎ二つだけスペイン語の罵倒の言葉を教えておくわ。ひとつは「メ・カゴ・エン・ラ・プータ」。売春婦にクソをひりかけてやる。

売春婦にクソを？

そうよ、スペイン人はかなり露骨なイメージを持っているわ、とアップルが言う。ズージィには、アップルがいまにやにや笑っているのがわかる。彼女はそれをアップルの猫笑いと呼んでいる。

「メ・カゴ・エン・ラ・プータ」とズージィが繰り返す。

それでいいわ。つぎに「ホデール」。ファック。

「ホデール」。

もう少しスイスふうの「ホ・ホ・ホ・ホ」。「ホ・ホ・ホ・ホ・ホデール」。ペパーミントのような効き目があるの。スペイン人はほかの人たちがペパーミントをしゃぶるように侮辱の言葉を吐く。息と脳を清めるの。わかった？

ありがとう、いとしい友よ、とズージィが言う。

「デ・ナーダ」〔どういたしまして〕とアップルが言い、電話を切る。

ズージィはあごを伸ばす。「ホデール」と彼女はつぶやく。ところで問題のアンヘリータはいったいどこ？

もともとアンゲラという名前であるアンヘリータは、このズージィを瞬時に査定し、服装とスーツケースから数値を算出し、それに基づいて相応の家を数軒見せようともくろんでいる。靴に注意するつもりだ。靴がそれ以外の衣装より安物であれば、すべては仮装にすぎない。靴が服より高価なものであれば、客はふつう、みずから認めるより多くの金を持っている。すべてリーメンシュナイダーの高額のセミナーで学んだ。さらにまたドイツ人の客は、少し待たせて不安で孤独な気持ちにさせなければならないことも学んだ。そうすれば、遠い異国のスペインで救済者が現れたと思ってもらえる。イギリス人は決して待たせるな、ドイツ人はいつも待たせろ、オランダ人はどっちでもいい。
そういうわけでアンヘリータは、まもなくこのドイツ女性を迎えに行き、太陽と海という永遠に変わらぬ夢を餌にして一軒の家をつかませるつもりなのだ。その夢が、現実になるといかに退屈であるかという話が、どうして徐々に広がらないのだろう。とり急ぎペイシェンス(1)をする。このゲームは彼女の末の息子がインターネットから盗んで彼女の携帯電話にダウンロードしたものだが、どうやっていつもそんなことができるのか見当もつかない。息子は電話回線とインターネット回線も盗んだのだが、しかしこれは町のみんながやっていることで、外部からは誰も、警察さえも、あえて立ち入ろうとしない。だったらどうやって子どもたちに礼儀を教えればよいというのか。彼女はため息をつく。ペイシェンスが「上がり」にならない。きょうは厄介な一日になるだろう。

ズージィは待っているあいだ、いらいらしないように努力する。なんといってもスペインなのだから、ここでは時計のたてる音も違っている。ミュンヘンからの飛行機の乗客はみなすでに出迎えを受けるか、貨物なみにバスで輸送されるか、タクシーに乗るかして、この場を立ち去っていた。飛行場はスペインのシエスタ〔昼寝〕に深々と沈み込んでいて、ハエさえも、ぶんぶん飛びまわるのをやめている。もはや動くものはない。ズージィが不動産屋のおばさんの携帯電話に電話をかけるのはすでに三回目だ。

空気はいまではもう心地よい暖かさを通り越して、うだるように暑い。ズージィは汗をかきはじめ、不快感をつのらせる。ラルフに電話をかけて、無事に着いたと手短に報告すべきだろうか。しかしたぶん彼は眠っている。疲れているときの彼とは話したくない。疲れている。これが、体調はどうかという問いに対する彼のいつもの返事なのだが、この返事を聞くと彼女は攻撃的になる。拒否されたと思うからだ。子どもじみているが、それでもやはりそう考えてしまう。彼が繰り返し、疲れている、放っておいてくれ、すごく疲れてるんだという拒絶の合図を送るたびに、それだけで彼女は、いかにしばしば激怒して彼を殴りたいと思ったことか。

ただ、血液透析を終えた直後には、まるで陽光を浴びて血液がゆっくりあたたまったトカゲのように、少しだけ活動的になる。その場合は、驚くほどすばしこくて、突然とび上がったり、なにかの動きをしたり、彼女がもうあきらめたころに電撃的に返事をしたりすることがある――身体がふたたび自家中毒をおこし、疲労で満杯になるまでは。

太陽は彼によい効果をもたらすだろう、と彼女が考えるのはもう百回目、いや千回目であって、彼女は自分たちの会話をもう暗記してしまっている。

なぜスペインなんだ、と彼が質問する。

太陽がいつもあなたにいい効果をもたらしたから、と彼女が言う。

なぜよりにもよってアルメリアなんだ？

アンダルシアのコスタ・デル・ソルにあるからよ。マラガは遠くない。太陽はアルメリアで越冬するというスペインの格言があるわ。そして海、ちょっと海のことを考えて。

オーケー、海のことを考えるよ、とラルフが言う。それから?

ラルフの消極性は彼女を半狂乱にさせる。彼らは出発しなければならない。さもなければ彼女は逃げだしてしまうだろう。彼女は、ずいぶん前から脱獄を計画している囚人のように、様子をうかがっている。彼女は自分のことをもうぜんぜん信用していない。彼女はラルフの病気によって閉じこめられた監獄から脱出するつもりだ。だから彼をいっしょに連れて行かなければならない。さもなければ彼女だけがもうすぐ姿を消すことになる。

アルメリアはまだそれほど有名ではないのよ、と彼女は話を続ける、物価は他所より安いし、マヨルカ島ほどドイツ的でもないし、イビサ島ほど成金趣味でもない。わたしたちはそんなところにはまったく向かないもの。

そうだね、とラルフが眠そうに返事をする。

それにチャーター便も飛んでいるのよ。これはわたしたちにとって重要だわ。あなたにとってね。

きみに任せるよ、とラルフは半ば閉じたまぶたの下でつぶやく。

もし電話がかかってきたら、あっという間に戻れるわ、とズージィが言う。

二年前からぼくの名前はリストにあがっているけど、もう誰も電話をかけてこない、とラルフが言う。

ばかなことを、あなたにもわかってるでしょう、と彼女は機械的に言って微笑む。

ラルフは目を閉じて黙っている。

しかもアルメリアにはほんのちょっと文化もあるわ、フラメンコよ。

フラメンコか、と彼はうめく。やめてくれ……

……クラシックコンサート、映画……

スペイン語で。

ええ、でもスペイン語は勉強するでしょう。

確かに、と彼が微笑む。彼は努力している。

住宅地にはドイツ人の医者がいるのよ、とズージィがすばやく言う。透析のための施設が三つ、それにオレンジの木とアフリカ行きの船。

アフリカ行きの船か。彼はうなずく。しかし目はあけない。それは重要だね。

彼が過去に有していたユーモアの火花がきらめいたので、ズージィは感謝して彼の手を握る。

彼女は、彼がささやかなしゃれを彼女のためだけに言っていることを知っている。彼自身は、自分がまだどこかへ行けるとは思っていない。


アンヘリータは目を細める。彼女はズージィをもっと若くて、力強くて、自信に満ちた女性だと想像していた。羽を逆立てた鳥のように、ズージィはそこに一本脚で立ち、足先でふくらはぎを掻いている。エレガントな装い。彼女は、自分が病気だと言っていなかっただろうか？青白くて神経質そうに見えるが、厳しい表情を口もとに浮かべている。この女は自分がなにを欲しているのかを知っている。自信なげで、かつ尊大。多くのドイツ女性がそうであるように。

アンヘリータはため息をつく。ああ、やれやれ、これは骨が折れそうだ。

手を伸ばして、彼女はズージィに走り寄る。

頭の上におかしなブロンドのヘアクラウンをのせて、自分のほうによたよた近づいてくるこの太った汗だくの女性が、例のアンヘリータなのだろうか。ズージィは電話で話したとき彼女のことを別なふうに想像していた。バイエルン方言ではあったけれども、もっと品位がありセンスがよくてエレガントだと。ところがここに現れたのは、グレートヒェンの髪型をした肥え太った主婦で、薄紫色のゆったりしたワンピースを着て、緑色のフリップフロップ(2)をはいている。

二人は媚びるように甘く微笑みあい、汗をかいた太い手と乾いた細い手で握手を交わす。アンヘリータは、それが高価な革のカバンであることを一瞬のうちに確認すると、ズージィの旅行カバンを持ち上げる。ズージィは黙って彼女のあとについて駐車場へ行くが、その間アンヘリータはひとりごとのようにべらべらしゃべりながら、家々をまわるルートを説明する。

ズージィは、若々しく断固たる態度を示そうとして、アンヘリータが彼女のために車のドアをあけるチャンスをとらえる前に、勢いよくドアをあける。それは鉄さびのついた古いメルセデス・ディーゼルで、ベルトが故障している。ズージィはほんのちょっとベルトをいじりまわす。ドイツ人である自分がいかに安全を求めているのかアンヘリータに気づかれたくないのだが、もちろんアンヘリータはそれを見逃さない。

壊れてます、と彼女がにやりと笑う。

ズージィは手でもういいという合図をする。アンヘリータは太った足でアクセルを強く踏みこみ、駐車場からバックで飛び出すと、騒々しくギアを入れて出口に突進する。ズージィは大きく深呼吸する。彼女は、ハンドルを握るアンヘリータのぽっちゃりした手と、完全に消滅した手首の関節の部分を食い入るように見つめる。そこには盛り上がった肉の丘があり、その上にあまりにもきゃしゃな金の腕時計がのっている。

時間はスケジュールどおりです、とアンヘリータがバイエルン方言で説明する。これまでにアルメリアに来たことはありますか？

ズージィは頭をふる。

いまではここはとても上品に見えますが、当時、二十年前です、わたしはここを海辺のDDRと呼んでいました、とアンヘリータが言う。あまり信じる人はいませんが、いまではアルメリアはスペインでもっとも裕福な県です。ここにはセビーリャやマラガよりも多くのマンゴとザラ[3]の店舗があります。

彼女はクラクションを鳴らしながら一台の車を追い越し、かろうじて対向してくるトラックを避けることに成功する。

「カブロン」（ばかやろう）、とアンヘリータが大声で叫ぶ。「メ・カゴ・エン・ラ・プータ！」

彼女はズージィをすばやく見る。いや、この女にはわからない、スペイン語は話さないと言っていたはずだ、そうじゃなかった？

ズージィはにやにや笑わずにはいられない。「メ・カゴ・エン・ラ・プータ」。ありがとう、アップル。

あそこからアフリカ行きのフェリーが出ます、とアンヘリータが言って、ソーセージのような指で大型の白い船を指し示す。ズージィはうなずく。

ラルフは、病気になる少し前、彼女といっしょにジープでミュンヘンからアルヘシーラス[4]へ行き、そこからモロッコに渡り、アフリカじゅうを三か月渡り歩くつもりだった。そのために長いあいだ貯金をしてきた夢の旅行だ。旅行前の型どおりの検査を終えて、ラルフは病院の階段を下りてきた。彼女は階段の下で彼を待っていた。初物のチェリーを入れた袋を手にもち、一粒を口にふくみ、ちょうど歯をかみ合わせて一年間ほとんど忘れていた味を楽しんだところだった。そのとき彼の顔を見て、映画のように巻き戻すわけにはいかない何かが起こったことがわかった。

腎臓がだめになってる、と彼が無造作に言った。まったく同じ口調で、車の照明器具が壊れていると言うこともできただろう。

隠れ糖尿病、たぶん何年も前から。いまではもう腎臓がぼろぼろになっている。もう手の施しようがない。移植以外は。

最初彼女は、まったくありえないことだと考えた。わたしたちは至極健康に生きてきた。赤身の肉はほとんど食べなかったし、脂と砂糖もほんのわずかしか口にしなかった。その代わり大量のブロッコリーとキャベツを食べ、ベータカロチンを摂取して、フリーラジカル⑤の増加を計画的に阻止し、いちごやナッツを食べ、ジョギングをして、タバコも吸わず、飲酒もほとんどしなかった。わたしたちはすべてを正しくやってきた！ つまりそんなことはありえないのだ。

あなたのためにあそこのグラン・ホテルに一室予約しました、と言うと、アンヘリータは腕を上げ、醜いコンクリートビルを指さす。薄紫のワンピースのわきの下に大きな汗のしみが広がっていて、その不快な臭いがズージィの鼻まで漂ってくる。

もしお望みなら、とアンヘリータが続けて言う、いまチェックインして、さっとシャワーを浴びることもできますよ。時間はぴったりスケジュールどおりですから。

たぶんあなたのほうがさっとシャワーを浴びるべきね、とズージィは考える。ああ、いいえ、このまますぐに先に行っても構いません、と彼女は申し出を断る。

アンヘリータは素直にうなずく。だが内心では、「ミエルダ」〔クソ〕、できれば急いでなにか飲んで静かに一本タバコを吸いたかったのにと思う。この女はとてつもなく精力的だ、大変なことになるかもしれない。でもわたしはこの女をねじ伏せてみせる。

アンヘリータはアクセルを踏みこんでズージィを座席にへばりつかせ、ふたたび街から出て海岸沿いを走る。海は左手にあって、怠惰に漫然とパチャパチャ音を立てている。ズージィは、この海にあこがれ、慰められることを期待していたが、いまではその海が奇妙にどうでもいいものに思われる。この青い、いつも変わらぬ水面を毎日見つめていたいだろうか？　そうなったら今度はなにを夢見ることになるのだろう？

アルメリアの日照時間は一年に三一〇〇時間で、冬も決して一三度以下にはなりません、とアンヘリータが一本調子に唱える。スペインの格言では、太陽は……

アルメリアで越冬する、とズージィが口をはさむ。ラジオをつけてもいいですか。彼女は相手の感情を損なったことを少し和らげようとして微笑む。スペインのラジオを聴くのがとても好きなんです。

アンヘリータはラジオをつける。チャンネルは「カデナ・ディアル」、女性の声がジングルを歌う。ズージィが窓をあけると、あたたかい風がやさしく髪を吹き抜けて、松と海の匂いがする。そう、いま彼女は、なぜ自分がここにいるのかを再認識する。ものごとが好転するとしたらここしかない。

計画はこうです、とアンヘリータは、実質的かつドイツ的な印象を与えようと努力しながら説明する。最初にウルバニサシオン・ラ・ロケタスに行きます。そこで関心を持っていただけそうな物件をいくつかお見せします。医療上の看護が受けられるかどうかが重要だとうかがっていましたが、そこはおそらくいちばん設備が整っている場所です。ドイツ人の医師、最高の設備のある診療所などが……

病気なのはわたしではなく夫です、とズージィが言う。必要なのは透析の施設、それだけです。

まあ、そうなんですか、とアンヘリータは言って黙る。透析って正確にはなんだったかしら。そもそもなぜドイツ人は絶えず病院へ駆けこむのだろう。ロケタスの診療所はしばしば海岸よりも込み合っていて、Tシャツの下にまん丸のビール腹をした赤ら顔のドイツ人たちがそこで列をつくっている。しかしズージィの夫はたぶん痩せていて、ハンサムで、シャツには小さなワニか疾走する馬のロゴをつけているのだろう。

この夫婦にロケタスはまったくふさわしくない。しかしそれゆえに、まさにそれゆえに、いまそこへ行き、ズージィの小さい上品な心臓を縮み上がらせて、高価で高級なものを買う気にさせるのだ。アンヘリータはきょう山奥に建つ邸宅を六五万ユーロでズージィに売りつけるつもりだ。その手数料が手に入れば、日々の心配がしばらくは消えるだろう。家族は彼女を誇りに思い、彼女はふたたび自由に息ができる。そうなるはずだ。

ロケタスにはお望みのものがすべて揃っています、とアンヘリータは興奮して大声を出す。おまけにレバーペーストや黒パンや白ソーセージもあります。なかなかのものですよ。ブレーツェルだけは乾燥ぎみですが。

彼女は満面の微笑みをズージィに向ける。太った丸い顔、高い頬骨、小さな目をした彼女は、このときバイエルンのモンゴル人のように見える。

丸一日どうやってこの女に我慢したらいいの、とズージィは考える。そうですか、と彼女は冷淡に応じて、窓の外に目をやる。

遠くのシエラ・ネバダ山脈は緑色の微光に覆われていて、どうやら雨が降ったようだ。それにしても前方の谷には雪が残っているのだろうか。ズージィは目を細める。まったくありえないことだ！　しかしアンヘリータには質問したくない。そうでなくとも自分は、ほんのわずかな陽光のために喜んで大金を一枚ずつ数えて差し出すようなばかなドイツ人だと思われているのだから。

雪のように見えるでしょう、とアンヘリータが言う。ときどき想像するんですよ、いまは冬で、すごく寒くて、空気がとても澄んでいて、わたしが凍えて帰宅すると熱いチョコレートが待っているってね。彼女はため息をつく。でもここは決して寒くなりませんから、あれは雪ではありません。単なるプラスチックです。

ズージィは、巨大な谷全体がほんとうにプラスチックの防水シートで覆われていることに気づいて愕然とする。

あなたたちが食べるトマトがあそこで育てられているのです、とアンヘリータが蔑むように言う。ドイツで一キロが六ユーロする冬トマトですよ。ドイツ人はカナリア諸島が大好きだから、ここで収穫したものにカナリア諸島のトマトと書くんです。それらのトマトは農薬漬け、それにイチゴときたら、ちょっとつかんだだけで指に吹き出物ができるくらいです。もっともその果物と野菜のおかげで、ここはいまではスペインでいちばん裕福な県なんですけどね、ご存じでしたか？

さっきあなたから聞きました。

ええ、世の中にただのものなし、です。

格言まで言うのはもうやめてちょうだい、とズージィはうんざりして考える。アンヘリータに話題を変えさせるために、もともとどちらのご出身なんですか、とていねいな口調で尋ねる。

わたし？　バイエルンよ。発音でわからない？　ヴァイルハイムの裏手の小さな村。ザンクト・レオンハルト・イム・フォルスト、知ってますか？

いいえ、残念ながら、とズージィが言う。

誰も知らないわ。

もうどのくらいここにお住まいなんですか？

長すぎるくらいよ、とアンヘリータが笑いながら答える。

ということは、できれば戻りたいと思っているのですか、とズージィは慎重に質問する。

返事はない。だしぬけにウィンカーも出さずアンヘリータは高速道路から逸れて細い裏通りに入る。ズージィは柔らかくクッションの効いたアンヘリータの肩にたたきつけられ、アンヘリータの鋭い汗の臭いと、オレンジの花を思い起こさせる香水という、極端に相いれない取り合わせの匂いを嗅ぐ。オレンジの花の香りはズージィのお気に入りなのだ。

少し風景をお見せしたいのです、とアンヘリータは陽気に説明するが、ズージィには風景ではなく、プラスチックしか見えない。プラスチックの海。土地全体が、クリストによる梱包芸術のように、プラスチックで梱包されている。殺虫剤の雲が車のなかに侵入してくる。

これはまたひどい、とズージィがつぶやく。

まあたしかに、いいものではありませんね、と言ってアンヘリータは、なだめるように腕で空気をあおぐ。でも前方に海が眺められるときには、あれはもう目に入りませんよ。

これは彼女のひそかな計画だ。というのはこの道は蛇行しながら山に入る坂道になっているので、はるか上の山頂で、彼女はこのばか女に、注釈ぬきで海への衝撃的な眺めを提供するつもりなのだ。そのときプラスチックの防水シートは、あたかもまったく存在しなかったかのように、くぼ地に消え失せる。海へのこの眺望はズージィのドイツ人の心を癒しがたい憧憬で満たすだろう。このやり方はいつだって成功する。

その山上にアンヘリータがきょうズージィに売ろうとする邸宅が建っているのだが、まだそれは見せないでおく。息をのむような海への眺望をほんの少し楽しませたあとで、ズージィをふたたび下の海岸まで連れていき、彼女をロケタスのコンクリート砂漠に置き去りにし、数時間後に、疲れきった彼女を回収するつもりだ。パブロで遅い昼食をとることを認めてやる。すべてもう注文済みだ、いちばん上等のタパスと少しのワイン。そのうちにこのズージィは、ただもう摘み取りさえすればいい大粒のイチジクのようにゆっくり熟していく。もう物件はひとつしかありません、とアンヘリータは冷淡に言うつもりだ。でもきっとあなたには向かないでしょう。山奥の山頂の一軒家、海への眺望、古い家、農家、フィンカ〔大農場〕……ドイツ人が大好きな言葉「フィンカ」をひとつ加えるのだ。いいえ、あなたには断じてお見せすべきではないと思います。あなたが持っておられるイメージにまったく合いません……。そうだ、そのようにことを運ぶつもりだ。まったくそのとおりに。いまはただアフリカの娘たちがまだ活動を開始しておらず、眠っているか、子どもたちに食事を与えていることを祈るしかない、まだ正午になったばかりだ、だから心配しなくてもいい。

でもわたしたちは海から遠ざかっているではありませんか、とズージィが言って、山を指さす。

いいえ、いいえ、とアンヘリータは低くうなるように言う。心配ご無用、道路が曲がりくねっているだけです。

アンヘリータの携帯電話がハンドバッグのなかで鳴る。アンヘリータがハンドルの上に深々とかがみこみ、バッグをひっかきまわすので、ズージィは曲がりくねった狭い道を不安げに見つめる。音が鳴りつづける。アンヘリータはスペイン語で誰にともなく罵倒の言葉を吐きながら、モグラのようにバッグのなかを掘り返す。ズージィがすんでのところでハンドルに手を伸ばそうとしたまさにそのとき、アンヘリータがブレーキを踏み、車が停止する。彼女が携帯電話を耳にあててふたたび姿勢を正したとき、ズージィは藪にひそむ女にすでに気づいていた。女はちっぽけなスツールに身じろぎもせずにすわっている。巨大な黒い裸の尻が、黒ずんだねり粉のようにスツールの縁からはみ出ている。尻たぶを二分するピンク色のタンガ、加えてピンク色のブラジャー。後ろからは、巧みに編んだ髪型が見える。女はものうげに車のほうをふり向く。裸の肌が陽光を浴びて、磨いた木材のように輝いている。彼女は不審げに車内の二人の女性をじろじろ眺める。

あの人はあそこで何をしているのですか、とズージィは子どものようにびっくりして尋ねる。

「ノー・プエド・アブラール、エストイ・トラバハンド」〔話せないの、仕事中よ〕とアンヘリータは携帯電話に向かって叫ぶと、それをバッグに投げ入れ、アクセルを踏む。車が道路に跳びはねるようにして戻る。忌々しいプータス〔売春婦たち〕、と彼女は考える。至る所に彼らはすわっている。どこにも安全な場所はない。あっちで影がひとつ動き、こっちで二本の黒い脚が藪のなかを走りぬける。一枚のけばけばしい色の布、空っぽのスツール。

ああ、そういうこと、とズージィはくすくす笑い、理解するのにそれほど時間がかかったことを恥ずかしく思う。

アンヘリータは黙っている。

あれが、わたしたちが繰り返しニュースで読んでいるボート難民ですか？　あの人たちはここまで来るのですか？

イナゴみたいにね、とアンへリータが顔をしかめて言う。まるでイナゴの襲来。災難ですよ。それでもみんな受け入れています。わたしたちはとても寛容なんです。お金があるんだから、そうでしょう？

あなたは自分の意志で故郷を去り、命がけでちっぽけなボートに乗って地中海を渡りますか、そのあと他国で藪のなかにすわって売春するためだけにですよ、とズージィはアンへリータになぜひきいてみたいと思う。しかし彼女は、そのような議論がいかに無意味であるか、そういう議論になるといかに自分が急激に興奮してしまうかを知っている。それに結局は、このバイエルン女から得たいものがあるのだから、口をつぐんでいるほうがいい。

アンへリータはズージィを横から観察する。イナゴの災害に関する彼女の短い標準的な話は、ふだんならかならず歓迎され、きまって客たちは難民申請者について長々と嘆き節を語りはじめるのだが、ズージィの場合は効果がなかった。しかし彼女の夢の家、山上の邸宅の真下で、大変な数の半裸のアフリカ女たちが、さらに最近ではルーマニア女たちもが藪のなかにしゃがみこんで、毎晩ここが父の日のレーパーバーンのような状態になっていることを知ったら、彼女はなんと言うだろうか。

まるで贈り物のように海への展望を差し出すために、アンへリータはひじょうにゆっくり最後のカーブを曲がる。ひそかに彼女は一〇まで数えはじめる。ちょうど八まで来たときに、ズージィが、あたかも横腹にナイフを突き刺されたかのように、うめき声を発する。アンヘリータは勝ち誇ったように微笑む。万事順調だ。

すごい、とズージィがため息をつく。なんて美しいの。

完璧に構成された絵画のように、いびつな松の枠に入った海がはるか下のほうに見える。アンヘリータが車をとめると、誰もがみなかならずそうするように、ズージィも車からとび出したが、ハンドバッグは離さず持っている。この女はだれも信用していない。ズージィのパンツスーツが風にはためき、髪がなびく。彼女は石の上に立って両腕を広げ、目を閉じる。

「タイタニック」だ、とアンヘリータは冷ややかに考える。船首に立つあの娘と同じポーズ、いま彼女はロマンチックになっている。これはいい、とてもいいことだ。ドイツ人はロマンチックになると従順になる。これからわたしはこの女をしかるべくこねあげてみせる。アンヘリータはタバコに火をつける。

風がズージィを空っぽのビニール袋のようにふり動かす。彼女は目を固く閉じる。もはや手の施しようのないものが、ここではどうにかなるとなぜ思えるのだろう。ズージィは風にやさしく包み込まれるが、つぎの瞬間、ふたたび激しく揺すぶられてよろよろする。彼女は目をあけない。この風の腕のなかに身を任せ、もはやなんの責任も負いたくないと思い、つぎの突風に向かって身を乗り出す。さあ来い、さあ来い、彼女はつま先立ちになる――そのとき急に後ろに引き戻され、つまずいて倒れる。ズージィは目をあける。

アンへリータが彼女を見下ろしている。ワンピースが大きな薄紫色の帆のように風になびいている。

いったいどうしたんですか、とアンへリータが叫ぶ。顔がびっくりするほど赤い。まさか崖から飛び降りようとしたんじゃないですよね。

車はほんの数メートルしか離れていないところに止まっているが、アンへリータは、まるでここまで延々と走ってきたかのように息切れしている。

ズージィは、母親を死ぬほどびっくりさせた子どものような気持になる。アンへリータに、そんなに心配しないで、と声をかけて彼女の気づかいを茶化したいと思う。そのときふとハンドバッグのことを思い出す。崖の下に落としてしまったの？　ありったけのお金といっしょに？

ハンドバッグ！　わたしのハンドバッグはどこ？

アンへリータがそれを彼女に渡す。ズージィはバッグをひったくって立ち上がり、パンツの砂を払い落とし、袖についた小さな固い乾いた棘を引きぬく。風のせいです、と彼女は笑って弁解する。

ぞっとさせられましたよ！　アンへリータが荒々しくタバコを吸い、箱を彼女に差し出す。

ズージィは数年前からもう喫煙していなかったが、このときは、あたかも禁煙したことなどなかったかのように、機械的に手を伸ばし、箱からタバコを一本抜き取る。箱の上には、大きな黒い文字で「フマール・マタ」――喫煙は死を招く――と書かれている。ズージィは煙を深々と吸いこみ、タバコを手にしている自分に、別の時代の馴染み深い女性のような若さと強さを感じる。ズージィは海の写真をとり、アップルに送信する。折り返しアップルから返事がくる。「ホデール」。うらやましい。ほんのちょっとだけ。スペインにはほんとにひどい一面もあるから……

お腹すいてますか、とアンヘリータが尋ねる。

わかりません、とズージィは正直に答えるが、そのあとパブロの店でガンバス・アル・アヒージョ[6]をたちまち二人分平らげる。その間アンヘリータは、彼女を観察しながらグラスワインをちびちび飲んでいる。

二人は外にすわって、はげしく照りつける陽光を浴びている。ドイツ人がいっしょなら、こうしなければならない。ドイツ人はつねに外にすわりたがる。計画どおりズージィはもう完全に疲労困憊している。アンヘリータは彼女にウルバニサシオネスで大きさと設備と価格の異なる六物件を見せたのだが、案の定、ズージィはとくに感激した反応を示さなかった。

アンヘリータは彼女を伴って新しい透析センターを視察し、身体的なリハビリテーションを受ける可能性がいくつもあることや、最近ここに定住するようになったマッサージ師やテラピストたちがいることを説明した。さらに二人は二か月前にオープンしたばかりのビオ製品店にさえ足を運んだ。しかしズージィはますます無口になっていった。

アンヘリータは食事をするズージィを微笑みながら観察する。アンヘリータは土曜日にはエビを決して食べない。なにしろどんな子どもでも、土曜日のエビが新鮮なはずがないことを知っているのだから。しかし客は王さまだ。彼女がエビを求め、エビを受け取った。アンヘリータはズージィにビーノ・ティント〔赤ワイン〕をつぎ、グラスを持ち上げる。

乾杯、とアンヘリータが言う。「サルー」〔乾杯〕。

ごめんなさい、とズージィが言う。ずいぶん骨を折ってもらっているのに……。ズージィの声が向かい側の圧搾空気ドリルの騒音のせいでしだいに聞こえなくなる。アンヘリータはよく計算してこのレストランを選んだのだった。

ズージィは少し声を大きくして改めて話しはじめる。わたしは……ほんとうに申し訳ないのですが、こういうふうには思ってなくて、ここではすべてがなんというか……。彼女はあいまいに手を動かす。

アンヘリータは首をかしげて、待っている。

ズージィは躊躇する。アルコールが頭に上ってきて、ミキサーにかけられたように、頭のなかでなにもかもごちゃごちゃに渦を巻いているのがわかる。暑さ、風、これらのぞっとするコンクリートのビル、悄然とうろつきまわる孤独な赤ら顔の年金生活者たち、壁に貼られたポスターのように海への眺望は確実にあるが、それ以外はなにも見えない、貧相な白塗りの壁の薄いアパートメント。

ここではすべてがこう……、と彼女がふたたび話しはじめる。

もうなにも言う必要はありませんよ、とついにアンヘリータが助け舟を出す。この場所がそれほどあなたに向いてないことは見ていればわかりますから。

というと？　とズージィは用心深く質問する。

計画された住宅地。狭苦しさ。俗物性。信頼をこめてアンヘリータはテーブルの上に身をかがめる。さあ、正直になりましょう。ここは見たところノイペルラッハと変わらない、違うのはただひとつ、太陽が輝いていること。当たっていますか、間違いないですか？

ズージィはつまようじで最後のエビを突き刺す。アンヘリータは絶えずこんなばかな言い回しをせずにはいられないのだろうか。

でも人びとはとにかくそれが好きなのです、人びとは自宅にいるときとまったく同じように過ごしたいのです、とアンヘリータが陰謀を企てているような口調で話を続ける。でもあなたは……彼女は一呼吸置く。あなたはちょっと違う……そうでしょう？

ズージィはお世辞を言われていい気持になり、アンヘリータが昔はとてもきれいな顔をしていたに違いないと思う。古風だが愛らしい。ある意味でバイエルンのマドンナ。もしこれほど太っていなければ、いまでもまだけっこうきれいなのかもしれない。

どうしてわたしが違うとおっしゃるのですか、とズージィが質問する。彼女はオイルのしたたるエビを口に押しこむ。家では決してこんなに脂ぎったものは食べないだろう。

ビンゴ、とアンヘリータは考える。あそこにまだもうひとつだけ物件があるのです、と彼女はゆっくり言い、同時にこの物件をわずらわしいハエのように追い払う。そうしながらワイングラス越しにズージィを正確に視線でとらえている。でもその物件はおそらくあなた向きではありません。その家は海辺ではなく、ぽつんと山の奥に建っていて、海が、広々とした海全体が眺望できて……

ズージィは反応しない。彼女は、タパスの皿に残っていたオイルの最後のしずくをていねいに一片の白パンでぬぐいとる。

古い家です、とアンヘリータが話を続ける、農家、フィンカです……。ズージィが頭をあげ、少し朦朧とした視線で彼女を見つめる。この青い目、アラブ人たちが、意味を読み解くことができないせいで陰険だという北方の視線、その視線は水のように冷たい。アンヘリータはもうずいぶん長いあいだ、ほとんど黒に近い暗褐色の目を見て過ごしてきたし、彼女の子どもたちもみなこの目をしている。そのため彼女にはいまではこの青い目が実際よそよそしく冷たく感じられる。彼女は息をとめる。

フィンカですか、とズージィがついに口を開き、アンヘリータは息を吐きだす。イタリア人が「ルスティコ」と呼ぶものですか？　かろうじてドイツ人にだけ安売りできるような、まるごと修理が必要な古い家ですか、とズージィがばかにしたように質問する。そんな家のことですか？
「ホデール」〔ファック〕。魔法の言葉が効かなかった、このズージィという女はほんとうに厄介だ。ふつうはおっしゃるとおりです、まったくそのとおりです、とアンヘリータは可能なかぎり穏やかに言う。これまでになんと多くの人たちがいわゆるフィンカにまんまと騙されたことでしょう。けれどもこの家はドイツ人建築家が、すべて最上質の資材を使って改修したもので、あいにく安くはありません。そもそもあなたにお見せすべきかどうか、わたしにもまったくわからないのです。この家は、その……なんというか、限られた人のための……

つまり？　とズージィが少し意識をはっきりさせて尋ねる。

ええまあ、どんな人かというと、純然たる……。つぎの言葉はアンヘリータに最終的な勝利をもたらす。彼女はその言葉を巧みに袖から取り出して、テーブルの上にパチッと音をたてて置く。個人主義者ですね。

彼女の賭は正しかった。

あらそう、とズージィはゆっくり言う、ちょっと見てみましょうか……

このあとアンヘリータは万事うまくやる。ちょうどよい時刻、つまり午後遅くに現地に到着する。半時間後には光が風景を薔薇色に染めるだろう。時間どおりに柔らかい風が吹きはじめ、さもなければひとを発狂させかねないハエたちを追い払った。下のほうの谷のプラスチック砂漠はまったく見えない。プラスチックと同様に、夜の仕事のためにいまごろ大挙してやって来るアフリカの売春婦たちもまた、この家の土台となっている岩の突出部のせいで隠れて見えない。海が純金でできているかのように輝いている。なにもかも完璧だ。アンヘリータは自分を誇らしく思う。きょうはうまくいくだろう、そんな気がする。彼女は庭の門をあける。

庭は少し荒れています、所有者がまったく突然ドイツへ戻らなければならなくなって……

理由をご存知ですか？

もちろんアンヘリータは理由を知っている。所有者のケーニヒスドルフ氏は何十年ものあいだ、ドイツの投資者たちを、ぴかぴかに輝くパンフレットと模範的なモデル住宅と巧みな弁舌で説得し、彼らのお金をずさんな建築住宅、すなわちウルバニサシオネスにつぎ込ませたのだった。これは長いあいだうまくいった。社会主義者たちが権力を握り、もはや建築許可が賄賂によって市長から直接おりることがなくなるまでは。ドイツ人の所有者たちは不法な建築許可のせいで家屋を没収され、市長は投獄され、ケーニヒスドルフ氏は一夜のうちにアルメリアから姿を消した。

彼は、古くからの知り合いであるアンヘリータにだけは電話をかけてきて、一〇パーセントの手数料でその家をできるだけ早く売却するように指示した。この一〇パーセントという数字がそれ以来アンヘリータの身体のなかを幽霊となってさまよい、麻薬のように、彼女を眠らせず、慰めを与え、繰り返し希望を抱かせ、毎日ベッドから引っぱり出すのだった。しかし問題の家はほとんど一年前から空き家のままで、購入希望者たちはみな途中で手を引いた。ドイツ人たちはけちになり、もうなにも買わない。家族は無言のまま非難をこめて彼女をじっと見つめる。いつも確実にお金を家に運んできたというのに、馬のように働くことができるというのに、わが家の太ったドイツ女アンヘリータはいったいどうしたのだ？

もうこれ以上は嫌だ、と彼女は考える。そう考えながら堅牢な玄関の扉を手間をかけてあけ、ケーニヒスドルフ氏の突然の失踪について、陽気にひとつの物語を捻出する。

愛ですよ、愛、と彼女は甘ったるい声を出す。そしてここから去ったのです。

ズージィはこの家を目にした瞬間すでに動悸をおぼえ、一枚のなめらかな青い布のように眼下に広がる海を眺めたときは、信じられないほど感動し、膝ががくがくした。一目ぼれだ。その徴候にはっきり気づいた。しかし彼女は用心する。つけこまれてなるものか、下手なものをつかまされるのはごめんだ。

小さな庭に三本の花盛りのオレンジの木が立っていて、白い花のあいだにしわだらけの熟しすぎた大きな果実がぶら下がっている。ズージィは花をひとつ摘み取って、指のあいだですりつぶしてみる。甘酸っぱい香りのせいで息がつけなくなる。感激のあまりいま平静さを失ってはならない。懐疑的で無関心なふりをしなければならない。

アンヘリータは重い玄関の扉を手で押さえて彼女のためにあけてやる。二人は、やはりオレンジの花の香りがするひんやりした玄関に入る。どうやら扉の前の三本のオレンジの木が家じゆうをそのうっとりする匂いで満たしているらしい。

わたしのオレンジの木、とズージィは考えながら懸命に自制する。幸福すぎて、できることなら大声で叫びたかった。興奮したせいで腹がゴロゴロ鳴る。

今朝ここに来てもう一度たっぷり隅々まで香水をふりまいておいてよかった、老人の臭いがそれはもうすごかったんだから、とアンヘリータは心のなかで思う。彼女は、窓のよろい戸を押し開きながら神に祈る。熱心にこう祈る。「セニョール、ポル・ファボール！」、お願いします！　さもなければいったいこの先わたしたちはどうなるんですか？

氷上の未熟なスケーターのように、ズージィは小さな歩幅で部屋を歩きまわり、指先で七〇年代の薄茶色の革製のソファーや、ガラステーブルや、黒いどっしりしたテレビ用の安楽椅子に触れる。アンヘリータは疑い深い目つきで彼女を観察する。客が家のなかを動きまわる様子を見れば、関心の度合いを読み取ることができる。ふつうは、速い決然たる歩みはある程度の内的興奮を、ためらいがちな歩みはほとんど完全な拒否を意味する。

アンヘリータはため息をつく。

ギターが壁にかかっている、バンデリジェーロ(7)、闘牛のポスター、ピカソの複製、常套的なスペインのキッチュ。

家具調度のことは忘れてもよい、とズージィは考える。それに家は簡単に改修できる。壁には柔らかい色の漆喰を塗り、美しいタイルを張ろう。ヘネラリフェで使われているようなタイルをグラナダから持ってこよう。家具は白く明るいものを選び、部屋は空っぽにして風通しをよくしよう、ここには海を見晴らすことのできる大きな寝椅子を一脚、二脚目は暖炉の前。前面が開放式の暖炉！　ただ、すべての窓に格子がはめられているのが残念だ。

ズージィは白く塗られた鉄桟をさっと強く揺さぶってみる。

純粋に予防のためです、とアンヘリータが用心深く口を開く。

ふうむ、とズージィが声を出す。

ここにはジプシーが大勢いますから、とアンジェリータがすばやくつけ加える。こう言えばいつだってドイツ人にはすべて説明がつく。

ところがズージィは、「ヒターノス」の人たちはその言い方を歓迎しないでしょうね、と応じる。

「ヒターノス」ですって、おお、この女は事情通のふりをしている、とアンヘリータは考える。

ズージィは、部屋割りがいいですね、と簡潔に言うと、広々とした浴室、オレンジの木に面している二つの部屋、海が見晴らせるキッチン、そこからはきっと星が見えるに違いない、やはり大きな格子窓を備えた寝室にうっとりと見とれている。

そうです、部屋割りがとてもいいんです、とアンヘリータは肯定する。彼女の心臓は一度だけ試みに飛びはねてみる。客の肯定的なコメントをかならず繰り返せ、これもすべてブローカーの修業で学んだことだ。客には、なにが気に入ったかを自分で表現させ、その言葉を繰り返せ。否定的な発言は決して繰り返すな。決して。その前の肯定的な言葉を繰り返すことによって否定的な言葉をただちに消し去れ。

でも至るところにあるこの窓格子はちょっと監獄みたいですね、とズージィが言う。

ほんとうに部屋割りはとりわけ見事です、とアンヘリータが応える。

二人は一瞬黙る。

ええまあ、内部はまるごと改修しなければならないでしょう、とズージィが続ける。

アンヘリータは、嬉しさのあまりどっと歓声をあげたいくらいだった。客が可能な改修について話すのは、物件に食いついた証拠だ。そのとき客はすでにそこに住む自分自身を想像している。これからは慎重でなければならないということだ。客の空想を感情細やかに手助けし、最初の一歩を踏み出した幼子に寄り添うように、そのお供をするのだ。

たしかに、それは考えなければならないでしょう、とアンヘリータが言う。家具はもうきれいではありません。

彼女は唇をかむ。いまは決して先回りしてはならない。

ズージィは居間の中央にじっと立っている。幸福のあまり気分が悪くなり、めまいがする。冷や汗が額に浮かぶ。ここだ、ここだ、ここならうまくいくかもしれない、ここなら、なにもかもふたたびよくなるかもしれない。

コオロギが鳴いている。風の音がするが、幸い、うるさすぎるほどではない。アンヘリータは考える、この女は、ときにはこの風が、聴覚も視覚も利かなくなるほど、草木の乏しい山を越えてビュービューうなることもあると知ったら、さぞ驚くだろう。とそのとき突風が部屋を吹き抜け、玄関の扉がガチャリとしまる。ズージィはわずかにぎょっとするが、その場から動かない。落ち着いて客を少しひとりにさせよ、室内での未来の生活を想像するには時間が必要だ。

アンヘリータは玄関口へ行く。扉があかない。断じてありえないことだ! この扉のことはよく知っている。いつも途中でちょっと引っかかって動かない。扉を揺すぶり、強く引っ張ってみる。しかしどうやっても開かない。鍵が外からかかっている。このときはじめてアンヘリータは、この扉が特別であることを思い出した。古風な錠を外からあけないかぎり、中からはあかないのだ。なんとまあ軽率だったのだろう? どうしてこんなことが起こりえたのだろう? まったくばかげている。アンヘリータは神経質にくっくっと笑う。二つ目の扉がないことはわかっている。そしてどの窓にも堅牢に格子がはめられている。携帯電話を入れたハンドバッグは車のなかだ。ズージィのバッグもそうだ。アンヘリータは、ズージィがバッグを置いたままにしたことを、信頼が芽生えたしるしであり、ここ数時間の自分の苦労に満ちた仕事の成果だと考えて満足していたのだった。

あのときなにを考えていたのだろう? 扉をあけるときに、もうこれ以上は嫌だと思ったことをまだ覚えている。その罰だ。これまでそんなふうに考えたことは一度もなかった、もう嫌だなんて。パン。まるで銃で撃たれたように、扉の錠が下りたのだ。

アンヘリータは、居間の電話のところへ引き返し、偶然思いついたかのように、受話器を持ち上げてみる。もちろん電話は解約されていた。ズージィは暗い家具にはさまれて、ひどく青ざめ、いかにも弱々しげな様子をしている。彼女は両手で胃を押さえ、少し無理をして微笑む。

トイレをお借りしてよろしいですか？

もちろん、とアンヘリータは返事をしてから、まだトイレットペーパーがあることを確認するために先に行く。そしてズージィのために愛想よくドアをあけて待つ。

ズージィが浴室に姿を消すやいなや、玄関口へ走って戻り、もう一度扉をがたがた揺すぶり、取っ手にしがみついて力いっぱい引っ張ってみるが――びくともしない。彼女のずっしり重い乳房の下に汗がたまり、細い筋をなして腹の上を流れ落ちる。

彼女は落ち着いて呼吸しようとする。微笑もうとする。微笑むこと、つねに微笑むこと。リーメンシュナイダーはそれを、客を「微笑み倒す」と表現した。そして彼はそれから三日間、ブローカーとして出世を夢見る、人生の落伍者である取るに足らないドイツ人の主婦のグループを、模範的に微笑み倒した。

アンヘリータには何ひとつ、救済のヒントさえ何ひとつ思いつかない。家族は、夜もふけてからようやく彼女がどこにいるのか心配するだろう。誰も彼女の居所を知らない。代理店にはすでに勤務終了の報告をしていた。パブロの店でわざわざそのためにトイレに入って電話したのだ。ええ、残念ながらお客さまにはどれもお気に召しませんでした。

この家は彼女のプライベートな案件であり、彼女のジョーカーであり、彼女だけに属しているのだ。

トイレの水が何度も流される。ひょっとするとちゃんと作動していないのだろうか？　点検しておくべきだった！　ようやくドアが開き、ズージィがさきほどよりもっと青い顔をして、ふらふらしながら出てくる。彼女は黙ってアンヘリータのそばを通り過ぎ、つぶやくように言う。ちょっと休ませてください、ごめんなさい。

そう言うと実際すぐに革のソファーにうつ伏せになって倒れる。ソファーは、父親の車オペル・カデットのシートと同じような臭いがする。ズージィはうめき声をあげてふたたび飛び起きると、またしてもトイレに駆け込む。

アンヘリータは、トイレの水が連続して流されるのを耳にして、なにが起きたのか正確に理解する。このばか女に、土曜日のエビには注意しろと警告すべきだった。しかし、客の言うことを絶対に訂正してはならない、客には、相手のほうが物知りだという気持ちをいだかせてはならない、とくにドイツ人の誤りを正すべきではない。アンヘリータ自身も家族のなかで「セニョーラ・サベトド」と呼ばれている。知ったかぶりをする女だと。

幸い、ズージィはソファーの革張りには吐きかけなかった。そんなことになったらとんでもない。二度と臭いを消すことはできないだろう。オレンジの花の香水でも消せない。魚の食中毒になった囚人仲間といっしょに閉じこめられたということか。なんということだ。いまではアンヘリータ自身もソファーにどっとすわり込み、目を閉じる。疲労が大きな重しのように身体にのしかかってくるのがわかる。反射的にふたたび目をあけて、家族から学んだ短いフラメンコのリズムをたたく。もし怒りや絶望や悲しみに沈みこみそうになったときには、リズムがおまえをそこから引き戻してくれる。タックタックタックタック、「アンダーレ」、さあ続けるぞ！

アンヘリータは勢いよく立ち上がる。ふと見ると、ズージィがトイレの前の床にうずくまり、声を殺してしくしく泣いている。アンヘリータは彼女の身体を引き上げようと試みるが、ズージィはそのたびに繰り返しへなへなとくずおれて、うめき声をあげながら頬を冷たいタイルにぺたりとつける。最後にアンヘリータは彼女の両腕をつかんで持ち上げ、強く抱きしめて、小またで歩きながら浴室から廊下を通って居間まで引っ張っていく。エビです、エビのせいにすぎません、とアンヘリータは繰り返しなだめるように言う。じきに、じきによくなりますよ。心配ありません、心配ありません。

ズージィは彼女の大きなあたたかい胸で心地よさを感じる。額には冷たいタオルが置かれ、身体には毛布がかけられる。アンヘリータがなにかつぶやいている声が聞こえる。ズージィは感謝の気持ちをもって暗い中間世界へ漂っていくのだが、そのあとふたたび胃と腸に反撃され、急いでトイレに這って戻る。

そしてふたたび大きなあたたかい胸、冷たいタオル、毛布。それを五回繰り返したあと、ようやく内臓が嵐のあとの海のようにゆっくり落ち着いていく。彼女は、自分をやさしく撫でながら小さじで水を飲ませてくれる肉厚の手を、ふだん受けたことのない心づかいを享受する。

最後に誰かに世話をしてもらったのはいつだろう？　なにしろ彼女は世話をするほうの人間だから。朝から晩までラルフの世話。できれば子どもの面倒をみたかった、心からそうしたかった、でもそのためにはもう遅すぎる。彼女はラルフの面倒を最期までみることになるだろう。電話しなければ、すぐに。ラルフはもう心配しているだろう。アルメリアに到着してからというもの、なにも連絡していなかった。

ええ、ええ、とアンヘリータがつぶやく、もう少し待って。もう少し休んで。それから電話すればいいわ。

いつからわたしたちは親称を使う間柄になったの？　と考えたあと、ズージィは朦朧として眠り込む。

あたりが暗くなる。アンヘリータは格子の桟越しに濃紺の闇を見る。あたり一帯明かりはひとつもない。一応、ハローと叫んでみる。コオロギたちが、彼らのことなど意に介さず、なおも鳴きつづけている。少なくともここは麓よりちょっと涼しい。格子の棒にぐっと身体を押しつけて、外の新鮮な空気に触れていると、やがて心臓の鼓動がおさまり、突然自由な夕べに恵まれたという事実が楽しく思われてくる。

観光客用のフラメンコと高価で粗悪な食事を前にした顧客との会話もないし、ようやく帰宅してもほとんど顔すら上げないふくれっ面の家族もいない。家事もなければ、上の娘たちとの喧嘩もない。酔っぱらった夫も、テレビの前で金切り声をあげる義理の母もいない。これらすべてが今夜は存在しない。きょうは休み。平穏だ。アンへリータは冷蔵庫で、開栓された一本のジンを、戸棚で一袋のクッキーを発見する。テレビのスイッチを入れ、ズージィが目を覚まさないように、音を極小にする。幸い彼女は、客によりよい印象を与えるために、電気と水道を止めさせていなかった。ずっしりした黒い安楽椅子をテレビのすぐ前まで動かし、ジンを薬のようにちびりちびり飲みながらクッキーをかじる。見たい番組をたった一人で決めてもよいこと、誰からも邪魔されないことを嬉しく思う。はいていたフリップフロップを脱いで、ひじ掛けの上に両脚をのせ、服のボタンをはずす。

テレビの上方の壁にギターがかけてある。それをおろして、とぎれとぎれにバイエルンの民謡をつまびく。彼女は家では男たちのギターに決して触れない。ギターは女のように愛撫され、気まぐれで、演奏されるのはたいてい夜ふけに限られる。以前はそれがなんとロマンチックで自由奔放ですばらしく感じられたことか。しかしあとになって、彼女ひとりがこのギター演奏者一家の生活費を稼がなければならないことを理解したとき、その音楽がいかに大仰で悲壮で滑稽で自己中心的に思われたことか。男たちが哀れっぽい「アイ、アイ、アイ」という掛け声とともにこの音楽にとびつき、あたかも真の問題をかかえているようなふりをするとき、彼女は、もはや彼らの行動を真に受けることができない。

彼女はギターを脚のあいだの腹部にのせる。

マノロは彼女のことを最初から「ゴルディータ」、おデブちゃんと呼んだ。マノロは、太ったブロンドのドイツ女、彼の「ゴルディータ・アレマニ」をなんとまあ誇らしく思っていたことか。まるで一等賞品のように彼女を周囲にみせびらかしたものだ。そして彼女は、まるで旅行企業トゥイ社のパンフレットから抜け出たようなフラメンコギター奏者である彼を熱愛した。

子どものころ、彼女はツィターを弾いていた。アンヘリータはおそるおそる弦をつまびく。やがてギターから、それに合わせて手拍子をたたく人などいない、緩慢で繊細なメロディがしたたり落ちる。

「月はのぼりて[8]」、と彼女は小さな声で歌う、「金色の星が輝く、空に明るく清らかに」。赤だいだい色の月が子ども時代のモミの梢の上に出ている。アンヘリータはスペインに飽き飽きしていた。貪欲な家族、永遠に続く暑さ。彼女はドイツの森の真ん中の草地で横になりたいと思う。「そして草地から白い霧が立ちのぼる、その妙なること」。

すばらしいわ、とズージィがソファーにすわったままつぶやく。続けて。お願い。

ズージィは真夜中に目を覚ます。内臓が痛み、食道が炎のよう燃え、苦い胆汁が舌に残っている。喉がからからだ。あたりは暗い。目覚めたあと一瞬、自分がどこにいるのかわからない。素足を慎重に石造りの床におろし、部屋を手探りで歩く。安楽椅子にすわったアンヘリータの白い肌が月光をあびて光っている。彼女は服のボタンをはずしていた。ズージィの目は、使い古された赤いブラジャー——赤色、なんとスペイン的だろう——によってかろうじて崩れずにすんでいるアンヘリータの巨大な乳房に釘づけになる。丸々とした太ももにギターをはさんだまま、アンヘリータはぼんやりと低くいびきをかいている。

起こしたほうがいいのだろうか？ ズージィは足がまだかなりがくがくしているのを感じる。水を一口だけ飲んだら、アンヘリータが目を覚ますまでまた横になろう。ひんやりしたそよ風が格子の桟を抜けて部屋に入り、彼女の肌をそっと撫でる。外は真っ暗だ。遠く離れたところに光の点が踊っているだけだが、あれは海上の小舟に違いない。わたしはここで生きていけるだろうか？ 一人きりで？ ラルフがいなくなったあと、いったいどうやって生きていけばいいのか？ この問いを、ズージィはみずからにきわめて厳しく禁じてきた。しかし彼女はいまでももうほとんど一人といっていい。ラルフが眠っているときは、見捨てられたように感じる。ときどきアップルに頼んで、いっしょに散歩したり、映画に行ったり、ちょっとベトナム料理店に行ったりして、息が詰まりそうなアパートメントから外へ出る。しかしアップルを過度に疲れさせたくない。自分の不幸によって彼女を退屈させたくない。

気分はいかがですか、とアンヘリータが尋ねる。

ズージィはぎくっとする。ましになりました、と彼女は即答する。もう出発できます。

アンヘリータはうめき声をもらして上体を起こし、ギターをひざからのけて、服のボタンをとめる。

ふうむ、と彼女が言う、もう少し休んだほうがいいのではありませんか。

もう大丈夫です。ほんとうに。

アンヘリータは立ち上がり、ギターをふたたび壁にかける。オレンジの花と汗が混じった彼女の奇妙な臭いが、暗闇のなかでズージィを襲う。なぜ明かりをつけないのだろう。

エビですね、とアンヘリータが言う。

ええ。食べるべきではありませんでした。

一匹でも痛んでいるとだめ。

感謝します。

何に？

面倒をみてくださったこと。ここで少し眠らせてもらったことにです。きっとあなたは家に帰らなければなりませんね……

アンヘリータは肩をすくめる。問題ありませんよ。

ご家族はおありですか？

アンヘリータはうなずく。子どもが五人、女の子が三人、男の子が二人。

脱帽です、とズージィが言う。他の言葉が思いつかなかったのだ。絶対に家に帰らなければなりませんね、と彼女はあらためて言いなおす。ほんとうに、ほんとうにもうましになりましたから。これ以上あなたを引きとめたくありません。

まあ、今回はあらゆるものからのとてもいい休憩になりました。こんな機会はめったにありません、とアンヘリータが言う。あなた、お子さんは？

いません。残念ながら、うまくいきませんでした。

そうですか、とだけアンヘリータは答えて、こう考える。この女はちっとも欲しくなかったのだ。この女はいつまでも細く若くきれいなままでいて、自分の人生を自分で決めたいのだ。

もうほんとうに出発できますよ、とズージィが言う。

アンヘリータはフロアランプをつけ、黙って向き直り、それからズージィを居間にひとり置きざりにする。

お茶はいかがですか、とアンヘリータがキッチンから大声で尋ねる。お茶を飲んだほうがいいですよ。胃が落ち着きますから。ここにペパーミントティーの残りがあります。

ほんの少しずつ、ズージィはその甘くて強いお茶を飲む。すぐにまた嘔吐してしまうのではないかと心配なのだ。彼女は平静さを保とうと試みるが、できることなら、この汗をかいた薄紫色のワンピースのばか女に、このミルカ牛(9)に平手打ちをくらわせたかった。

いまになってようやくおっしゃるのですか？　それまであなたの具合がひどく悪かったもので、とアンヘリータが牛の鳴き声のように低い声で言う。

ばかげているじゃありませんか。

ズージィはもう一度、玄関扉を揺すってみる。それから両腕を腰にあててひじを張り、威嚇するようにアンヘリータのほうに向かっていく。

ジプシーの話をしましたよね。彼女はジプシーという言葉をはっきり聞きとれるように強調する。それなのにどうして自分のハンドバッグと携帯電話をそんなふうに軽率に車に放置できるのですか？

あなたのも車のなかです、とアンヘリータがやんわり抗議する。

だってあなたが置いたままにされたからですよ。だから、この山の上は安全だと思ったのです。

実際安全ですよ。

わたしのハンドバッグがなくなったら、それがどういうことなのかわかっていますか？

アンヘリータはうなずいたが、ズージィが彼女の夢の家のために購入限度額として持参した二万ユーロのことはまったく知らなかった。ズージィは武装していたかった。他の購入希望者を現金でただちに撃退したかったのだ。この二万ユーロのせいで、飛行中からずっと冷や汗をかいていたというのに、いまになってその全額が鍵をしめていない車の助手席にあるというのか？　ハンドバッグをたとえ一瞬でも目から離すなんて、どうしてそんなに愚かでありえたのだろう？

さあ、どうするつもりですか、とズージィが叫ぶ。なにかアイディアがあるはずでしょう！

アンヘリータはうなだれる。彼女は、あたかもこれらすべてになんの関わりもないかのように、無感情な様子をしている。

もしお金がなくなったら？　ラルフにどう説明すればいいのだろう？　二万ユーロをスペインであっさりこうして失ったと？

ズージィはアンヘリータを揺すぶる。そしてアンヘリータの肩のぐにゃぐにゃした脂肪の感触に驚かされる。首にさえも、ラクダのように小さな脂肪のこぶがある。ズージィは彼女をさらに強くつかむ。

わたしたちがここにいることを誰か知っていますか？

じつのところ……

じつのところ、なんです？

誰も、とアンヘリータは低くため息をつく。

でもご家族はあなたを探すでしょう！

そんなにすぐには、とアンヘリータが言う。

おわかりではないようですね、とズージィが大声を出す。わたしはここから出て、夫に電話をかけなければならないのです。連絡がないと彼は心配します。彼は病気なのです！　おわかりですか？　病気！　心配させてはならないのです！

アンヘリータはうなずく。彼女は泣いている。いまさら涙まで流すなんて！　ズージィはすわらずにはいられない。両足がゴムのように感じられる。胃がふたたび反抗して、彼女をぶちのめそうとする。彼女は背をかがめる。

わたしたちは監禁されたのですね、とズージィが冷ややかに言う。

アンヘリータは誰にともなく大声をあげて泣き、反応しない。彼女があれほど見事に描いた計画がすべて、なにもかも水泡に帰した。このズージィは、人質のように閉じこめられた家を決して買わないだろう。高慢ちきな太っちょの不動産屋と、殺風景な田舎にすぎない忌々しいアルメリアに対しては、ただもう軽蔑の気持ちしか感じないだろう。この女は金持ちの他のすべてのドイツ人と同じようにイビサ島に行くだろう、そしてアンヘリータは取り残されるだろう。変化の見込みがいっさいないまま、みじめで辛い灼熱地獄の日常に、貪欲な家族とともに永遠にとらえられて。

救助される方法がこの女には何ひとつ思い浮かばないのだ、それは確かだ、絶対にない、とズージィは怒りに燃えて考える。もしここで誰にも発見されなかったら？　ここで餓死することになる。いずれにせよわたしのほうがこの女よりも早く死ぬ。彼女にはまだ数週間分の脂肪の蓄えがあるのだから。ラルフがわたしより長生きするなんて、誰がそんなことを考えただろう。

まあ、いいわ、とズージィが言って立ち上がる。じゃあこれからちょっとよく考えてみましょう、ねえ？

最後に加えた「ねえ」がアンヘリータのバイエルンの心を落ち着かせるはずだ。実際、効果てきめんだった。アンヘリータは頭をあげて、涙にぬれた顔でズージィをじっと見つめる。こすりつけたマスカラの汚れが、彼女にアライグマに似た愛くるしさを与えている。

あんたのせいじゃないから、とズージィが言う。

この「あんた」をアンヘリータは感謝して受け取る。そのとおり、と彼女は小声でつぶやく。あの腹立たしい扉にはなんとも時代遅れの錠がついているんだから。

ズージィはもう相手の言葉に耳を傾けていない。なにかいいアイディアはないかと家じゅうを探し歩く。キッチンではすべての戸棚を開いてみる。窓から食器を投げて、ガシャンと音をたてることができるかもしれない。ステレオ装置の音量を上げるというのはどうだろう。しかし誰かがその音に耳を傾けることも、誰かがその音をわずらわしいと思うこともないだろう。スペインではありえない。照明弾を発射してはどうか。しかしもちろん照明弾はない。家に火をつけてはどうか。だめだ、ここは自分たちの家になるのだから。それはもうわかっている、ここに住むのだ、このキッチンに二人ですわる、オレンジの木が香り、太陽が輝き、ラルフは生きるだろう。

ほかになにがある？　ほうき、床ブラシ、この家には調度品が豊富にそろっている。寝室の洋服だんすには白いワイシャツとカーキ色のズボンがいっぱい掛かっている。ズージィはワイシャツとズボンをほうきと床ブラシに結びつけて、アンヘリータに床ブラシを握らせる。

どうしたものかしら、とアンヘリータが言う。

もっといいアイディアがあるの？

ただちょっとねえ。

二人は、幸いにもアンヘリータのワンピースのポケットに入っていたライターで、シャツとズボンに火をつける。二人はほうきと床ブラシを松明にして格子の桟のあいだから突き出し、大声で叫ぶ。「ソコーロ！　ソコーロ！」〔助けて！　助けて！〕

彼女たちは声が枯れるまでわめきつづけ、よく燃える純綿の高価なシャツをつぎつぎに燃やして灰にする。

二人は窓際に並んで立ち、釣り竿のように、松明を暗い闇のなかに出したまま支えつづける。何ひとつ動く気配はない。誰も彼らに気づかない。誰も助けにこない。セミたちは、なおも熱心に鳴きつづけている。周囲のことは歯牙にもかけず。

わたしはこのセミの声が大好き、とズージィが言う。ドイツが恋しくなるなんてことは一瞬たりともないと思うわ。

アンヘリータは口をつぐむ。この異国の女に、彼女がこれからどうなるのか話すべきだろうか。いかに彼女が、最初のうちは喜んで太陽を浴び、ドイツで凍っていたものをすべて溶かす灼熱を享受するのか。いかに彼女が、その溶かされた心で、この国と国民に恋をするのか。この新しい恋は、長く、相当長く続くだろう。彼女はおいしいトマトの一粒一粒に、そして会得したスペイン語の単語一つ一つに喜びを感じるだろう。スペイン語は大声でわめかないかぎり誰も聞いてくれないので、この言葉を話す彼女は別の人間になる。あまりおずおずしなくなり、開放的になり、陽気になるだろう。なぜなら最初のうちはそうしたことすべてが、よく引き合いに出される生の喜びに、すなわち長い夜や音楽や路上での公共の活動がもたらす生の喜びに思えるからだ。だがいずれ彼女は自分の舌が干からびたことに気づくだろう。なぜなら誰ひとり何かについてほんとうの意味で話すことがないからだ。悲しくなるかもしれないので、それは禁じられている。ここでは誰も物事を掘り下げたり、思い悩んだり、真剣に議論したりしない。その代わり踊るのだ。少しでも悲しみの徴候があらわれると人びとは手をたたき、「アレグリア、アレグリア」（喜び、喜び）と叫んで踊りつづける。最後にはそれがもう聞こえなくなるまで。そのうち彼女は、毎日繰り返し出てくるハムや、最初はあれほど熱烈に愛したエビ以外のものを自分が無性に食べたがっていることに気づくだろう。彼女の目は、緑色を見る機会が少ないので、ひりひりと痛むだろう。肌は荒れ、心臓は、戯れの情熱や黒い嫉妬以外の感情を求めて締めつけられるだろう。自分が串刺しの魚のように干からびているように思われて、降雪した森や色鮮やかな高原牧草地を写した低俗なカレンダー写真を目にすると、思いがけずどっと涙を流すだろう。

そうね、とアンヘリータはあっさり言う。そもそもわたしもドイツが恋しいとは思わないわ。ただときどきツグミがね。ここにはツグミがいないのよ、知ってる？　春の朝、ツグミが大声で鳴いて歌い、おしゃべりをしてくれれば……あの声がまた聞きたいわ。わたしは末の息子に頼んで、ドイツの鳥の声を携帯電話にダウンロードしてもらって、それをときどき車のなかで聞くの。わたしだけ、たったひとりで。この山頂まで車で来て、車をとめ、海に背を向けて松を眺める。それらの木は偽物だけど、とにかく木には違いない。そしてそこにツグミが鳴く。

ツグミがどう鳴くのか、それほどよく知らないわ、とズージィは言って、新しいワイシャツをほうきの柄に結びつける。

アンヘリータは唇をとがらせて口笛を吹く。たとえばこれがツグミの交尾期のさえずり。

そうね、とズージィは首をかしげ、たしかに合ってるわ、と言う。彼女は自宅のバルコニーのこと、寝椅子に横たわったラルフのこと、孤独な散歩と公園で何周か走るジョギングのことをすべて思い出す。

アンヘリータは口笛を吹きながら目を閉じる。ぎっしり生い茂った緑の葉の天井が頭上の空を覆っている。湿った土の匂いがして、ミミズが身をくねらせて道をわたっていく。幼い自分が、村道の水たまりの上にかがみこみ、小さな棒で水をかき回している。また太ったティーンエージャーの自分が、学校から帰宅する途中で、栗の木陰の泉のところですばやくタバコを一本吸っている。頭上にはツグミのさえずり。彼女は、別の人生に憧れ、身を焦がしている。もしそれが手に入らなければ自殺するつもりだ。方法ももう考えてある。教科書を腰にくくりつけて、村の沼に入水するのだ。

そしてこれ、これが危険を知らせる警告の叫び。アンヘリータは口笛で、興奮した一連の音を出す。

ドイツを懐かしがることはないと思うわ、それには確かに自信があるの、とズージィが言う。わたしも自信があったわ。アンヘリータはほつれた二、三の髪の房をヘアクラウンのなかに押しこむ。ズージィはそのとき、彼女の髪がブロンドに染められていることをはっきり目にする。このスペインで受けをよくするために、そうしているのだろうか？

ここ数年になってはじめて、少し郷愁を覚えることがあるの、とアンヘリータが話を続ける。でももうドイツには住めないと思う。もうどこにもちゃんとした居場所がないのよ。ここでは二十六年たっているのに、いまだにわたしは「ラ・アレマーナ」〔ドイツ女〕と呼ばれている。

ほうきの柄の先端で急に燃えあがった炎の光を浴びて、彼女は突然とても若く見える。彼女がスペインに来たときは、たぶんそのように見えたのだろう、とズージィは考える。豊かな胸、丸々と太った身体、バイエルンの聖母マリアの顔とお下げ髪、その上、もしかしたら手荷物のなかに民俗衣装のダーンドゥルさえ入れて。

わたしは当時、うぬぼれ屋のヒッピーのような恰好をしてた、とアンヘリータが笑う。「ブリギッテ」から拝借したの、イビサ・ルックというファッション。それと同じような刺繡入りのブラウスと、膝のところを切り裂いたジーンズ。母が知ったらぶちのめされたわね。そして革のサンダル、額には飾りバンドという恰好。パーマは村の美容師にかけてもらった。その美容師にはそれしかできなかったので、全員が同じパーマをかけてたけど、わたしは髪を束ねなかったから、こんなふうな頭だったのよ。

彼女は手ぶりで嵩の大きなぼさぼさの長髪を表現する。信じられないような恰好をしてたのよ、と言って、小さな声でくすくす笑う。トレモリノスに最初にできた防空壕のようなホテルのひとつでウエイトレスとして働いたわ。仕事が終わったあと、髪をほどいて、浜辺のヒッピーたちのところへ行った。仕事中は髪をきつく後ろへ結び、黒いきゅうくつなニルテストのワンピースを着て、白いエプロンをつけなければならなかった。毎晩、フラメンコのグループがホテルにやってきたんだけど、そのギタリストにすぐさま首ったけになったのよ。

何枚ものワイシャツが燃え尽き、火が消える。二人は暗闇のなかで窓辺に並んで立っている。アンヘリータがため息をつく。七年後には子どもが五人できてたわ。

ギタリストの?

その兄よ、とアンヘリータが言う。彼のほうがちょっとだけ信頼できたのよ、ほんのちょっとだけど、それでもね。

ズージィは庭のオレンジの木の香りを深々と吸いこむ。たぶん彼の髪は黒い長い巻き毛で、腰は細くて、ボタンをはずしたワイシャツを褐色の胸にはおり、卒倒するほど魅力的な容貌だったんでしょうね。

もちろん、とアンヘリータが答える。

黙ったまま、二人は、ちょうど映画が終わったばかりの暗いスクリーンを凝視するように、いっしょに夜の闇をじっと見つめる。

さっき「月はのぼりて」を歌った？　それともあれは夢だったのかしら、とズージィが質問する。

夢をごらんになったのですよ、とすぐにアンヘリータが答える。ふたたびズージィに敬称で話しかけてしまったことに気づいたが、もう遅すぎた。なにも変わらないだろう、まったくなにも、と二人は同時に考える。彼女はこの家を買わないだろう、とアンヘリータは考える。わたしたちはスペインに引っ越してこないだろう、とズージィは考える。

二人はじっとしたまま、黙って暗い庭を見つめ、悲しい気持ちにならないように努力する。

「オラ」〔ハロー〕、という女性のかすかな呼び声がする。

「オラ！」、とアンヘリータが大声でわめき返し、顔を格子の桟に押しつける。「キエン・エス？　オラ！」〔どなたですか？　ハロー！〕

ズージィには最初、暗闇のなかから浮かび上がり、自分たちのほうにふわふわと動いてくる三つのピンク色の点しか見えない。

「アキ、アキ！」〔ここ、ここ！〕とアンヘリータが叫ぶ。「ソコーロ！」

ピンクの三角形がわずか数メートしか離れていないところまで近寄ってきたとき、ようやくズージィは、黒い肌の上のピンクのパンティとピンクのブラジャーと黒い顔を、すなわち一人の女を認識する。女は慎重に近づいてきて、両手で外から格子の桟を握りしめる。肌が青みを帯びてほのかに光っている。彼女はごく近くまで寄ってくる。目が輝いている。彼女は物珍しそうに二人の女を観察する。

「ソコーロ」とズージィがささやく。

訳注
（1）トランプのひとり遊び。
（2）サンダルの一種。
（3）ともにスペイン発祥の世界的なファッションブランド。
（4）スペイン・アンダルシア州の南端にあるカディス県の基礎自治体。
（5）不対電子をもっているために他の分子から電子を奪い取る力が強い原子や分子のこと。増加すると、がん細胞の発生や老化を促進する要因になるとされる。
（6）エビとニンニクのオリーブオイル炒め。

（7）牛に飾りつきの槍を打ちこむ闘牛士。

（8）マティアス・クラウディウス（一七四〇～一八一五年）の詩「夕べの歌」。多くの作曲家が曲をつけたがJ・A・P・シュルツ（一七四七～一八〇〇年）作曲のものが有名。

（9）ミルカのトレードマークになっている紫色の牛。

V　約束の地
――イングリト

すり傷のついた飛行機の窓から地中海を眺めたとき、わたしは大声で泣きはじめた。ふだんそんなに感傷的ではないので、我ながらあきれてしまう。鼻をすすりながら、プラスチック製のトレー、透明フィルムでパックされたゼンメル、リンゴジュース、イチゴ入りヨーグルトをじっと見つめて気持ちを鎮めようと試みる。三十年以上も昔の思い出がコルク栓のように瓶からとび出て膨れあがる。そうなるともう嵌め戻すことができない。アップルが忌々しい。なんだってわたしをよりにもよってトレモリノスに行かせるのだろう。わたしはナプキンで目頭をぬぐう。ベージュ色のウィンドブレーカーとハイキングシューズという出で立ちで隣にすわっていた年金生活者の女性が、困惑してわたしをじろじろ眺めたあと、ふたたび通路の反対側の知り合いのほうに向きを変える。わたしたち、今年はパレスよね、と彼女が大声で言う。ロータリーをのぼって右。

サボテンが立っているあそこ？　と相手の女性が問い返す。

左じゃないの？　ドクター・シュヴァルツのところ、ご存じよね、ドクター・シュヴァルツ。

じゃあ、サボテンのところを上がるんじゃないのね？

ええ、ドクター・シュヴァルツは右よ。でもわたしたちは左。

ああ、スパー[1]のところね。

ええ、そのとおり。あと二時間、そうしたら到着よ。

彼女たちが何の話をしているのか見当もつかない。わたしはドクター・シュヴァルツもサボテンもスパーも知らない。あたかもまったく未知の街に到着したかのように、あらゆるものがすべて目新しい。わたしたちはバスで防空壕のようなホテルにつぎつぎに運ばれていく。その中でもいちばんみすぼらしいホテル、エストレージャ・デ・マールがわたしの宿だ。海まではホテルからバスで二十分かかる。わたしの部屋はマラガ方面への高速道路に面している。テレビは南京錠で壁に固定してある。その前にはプラスチック製のスツールがぽつんと一脚。

　タバコの焦げ跡がいくつもあるベッドカバーの上に、すりきれた灰色のタオルで折った白鳥が鎮座している。白鳥の首はだらりと垂れ下がっている。その白鳥を膝にのせ、タオル地の翼を撫でる。不平を言うつもりはない。アップルが二週間の「オールインクルーシブ」の旅行を保養のためにプレゼントしてくれたのだ。なぜ、よりにもよって行き先がトレモリノスなのか、質問する勇気はない。質問したら、彼女は非難されていると考えるだろう。きっと悪気はないのだ。ただ実際にわたしから休養をとる必要があったのだと思う。腰の手術をしてからというもの、わたしは彼女に頼らざるをえない。これがなんともうとましい。なぜならわたしたちは、これまでいつもそうだったように、お互い神経にさわるからだ。その上いまやわたしは彼女に感謝すべき立場にある。

すでに最初の晩から、わたしは何百人もの同囚とともにプールサイドにすわり、三言語を操って小舞台の上でおどけてまわる二人の接待係を見物する。彼らは「ウェン・ザ・セインツ・ゴー・マーチング・イン」のメロディに合わせて酒でのどをゴロゴロ鳴らすように要求する。半分わかるようにメロディを奏でることができれば、ロングドリンクがもらえるという。するとロブスターのように赤いイギリス人たちが舞台に駆けのぼり、すでに千鳥足でふらふらしているX脚の太った娘が勝利する。「ウン・アプラウソ〔拍手〕、プリーズ、ポルファボール、ビッテ」〔お願いします〕と接待係が叫ぶ。「ディス・イズ・ファンタスティック、ファンタスティッシュ、ファンタスティコ!」〔これはすごい!〕

つぎにブラジャーゲームがはじまる。笛と同時に男性たちが駆けだし、女性たちのブラジャーを集める。わたしの左右で、中年の女性たちがビーチウェアの下から巨大なブラジャーを引っ張りだし、興奮してそれを恋人に向かってふる。「ゴー、ラブ、ゴー!」と叫びながら。

わたしは楽しんでいる。いずれにせよ、監房のような自分の部屋でテレビの前のプラスチックスツールにすわり、雑音が入るRTL2や、スペインのクイズ番組を見るよりましだ。わたしは、ここでは水飲み用グラスに注いで出される三杯目のカンパリを飲む。給仕たちは、客が混みあっているにもかかわらず親切だ。わたしが松葉づえをカウンターに立てかけ、高いバーチェアに身を持ち上げてすわるまで、辛抱強く待ってくれる。「オールインクルーシブ」の客のしるしである緑色の小さなアームバンドを見せたときに、はじめてわたしの注文を受けつける。わたしはおずおずと知っているスペイン語を探しだし、「ポルファボール、クアンド・プエダ」〔お願いします、可能なら〕と言う。しかし彼らはそれには応じず、どういたしまして、問題ありません、とドイツ語で答える。

一人のマジシャンが舞台に登場し、疲れた様子で、花束と一本のブランディーと客の財布をシルクハットから出してみせる。舞台から下りると、自分で穴だらけの金色のカーテンをしめる。

マジシャンはもう一度拘束服を着て登場し、二、三回、無理な姿勢をとって身をほどくが、もはやそれを見ようとする者はいない。客たちはプラスチックの椅子をわきにどけて、バーに押し寄せる。ドイツから来た三人のほろ酔い機嫌の筋骨たくましい若者がわたしの横にすわる。彼らのTシャツには「アビトゥア合格」の文字がある。

よお、婆さん、と一人が言う、楽しく一杯やってるかい?

誰かに婆さんと呼ばれたのは、生まれてはじめてだ。

もう一人が、プラスチック製のポンプガンをさっと取り出す。こいつを直接口のなかに発射すれば、何千倍もがんがんくるぜ。

三人目が笑う。この男はおれたちのプロフェッサーさ、と彼はポンプガンを持った若者を指して言う。こいつはアビトゥアの成績が一・二だったんだ。物知りさ。

おめでとう、とわたしが言う。

プロフェッサーはポンプガンをわたしに向ける。どうだい?

もちろん、とわたしは言う。がんがんくるものはみんな好きよ。

聞いたかい、と彼らはいななくように高笑いする。婆さんが一発欲しいんだとさ。

プロフェッサーは、わたしのカンパリを取って、ポンプガンに注ぐ。

口をあけてくださいい、敬愛する奥さま、と彼が言う。他の二人は腹をかかえて笑う。わたしが素直に口をあけると、そこにカンパリが発射される。しかしそれはもうカンパリではなく、プラスチックと海水とウォッカの味がする。

やつらはまったくひどいもんです、とプロフェッサーがなれなれしく話しかけてくる。一日中飲んだくれるだけ。それしかできないんだ。人生経験のあるあなたなら、ぼくにどんな助言を与えてくれますか?

信じきった表情で彼はわたしを見つめる。

いい助言を与えようとするすべての人間に用心しなさい、とわたしが言う。

そうじゃなくて、ほんとうに助言がほしいんです、と彼は引き下がらない。ぼくは突然不安になったんです。人生全体が巨大な雲のように目の前を漂っている。

ええ、とわたしは笑う。ずっとそのままよ。雲は小さくならない。しかもときどきはじつに不快な黒い雨雲になる。

ペシミストですね、とプロフェッサーが言って、疑い深そうな目つきをする。

反対よ、まったく反対、とわたしが言う。わたしは傘を持ち歩いたことがない。

いまのは助言ですか、それとも？

いいえ、とわたしは言う。傘は持っていたほうがいいわ。

彼は困惑してわたしを見つめる。

松葉づえを取ってちょうだい、とわたしが言う。

ベッドのなかで、戸外の金切り声や音楽のハードなリズム、自分の息、シーツの下のポリエステルの敷物のカサカサ鳴る音などに耳を澄ます。タオルの白鳥を抱き寄せ、悲しげな翼を動かしてみる。自前のタオルで身体を拭いたので、白鳥はまだまったく崩れていない。ホテルの衛生事情を信用していないアップルが、わたしの手荷物にタオルを詰め込んだのだった。あるいはわたしのことも疑っているかもしれない。アップルは、二番目の夫と別れてミュンヘンにいるわたしを訪ねてきたとき、奇妙なアレルギーにかかっていて、どの部屋にも白い手袋をはめて入り、ドアの上、引き出しの中、ベッドの下の埃をチェックした。そのさいダニ測定器と自分専用のシーツ類と寝巻き用の保護服を持参していた。その服がわたしには人生と戦う保護服に思えた。彼女はいつもヒステリックだった。わたしのことを繊細さに欠けると非難する。それなのに、わたしをよりにもよってトレモリノスに送り込むとは、なんとまあ繊細なことだろう。

あのころわたしたちは、休暇のためにここへ来たのではなかった。わたしは無一文で、絶望していて、お金を稼ぐ必要があった。アップルと二人でどうにか暮らしていくために、ここで自作の不細工な装飾品を安値で売らなければならなかった。テントで寝起きすることが嫌でたまらなかった。寝袋にもぐりこんだわたしたちは、朝になると、足指のあいだも、尻の割れ目も、歯のすき間も砂だらけになっていた。テント内は猛烈に暑くて、まるでポリ袋のなかで窒息しかかっている感じがした。アップルはたいていわたしより先に目覚めていたので、目を覚ますたびに彼女の批判に満ちた視線にぶつかった。彼女は生まれてこの方、まるで自分こそが大人でわたしが子どもであるかのような目をして、わたしを見つめてきた。

しかし、カールが出現し、わたしが、ほとんどもう千鳥足でしか歩くことができないほど、そしてわたしの知覚が彼にしか焦点を合わせられなくて周辺がすべて朦朧となるほど彼に惚れ込んでしまったとき、アップルがはじめてわたしを見つめた目といったら！　わたしはこの情事に、崖から海へ飛び込むように飛び込んだ。わたしは宙を舞いながら、水のあるはるか崖下でカールとともに歩む人生を思い描き、彼の妻と息子を捨てて、ひょっとするとアップルさえも捨てて、彼といっしょにタンジェ(2)へ逃げることを空想した。せめて短いあいだだけでも。これらすべてが色とりどりの映像となり、わたしのそばを轟音をたてて通りすぎたのだが、わたしが崖下に激突したとき、そこにはまったく水がなくて、硬いカチカチの現実があるだけだった。三人の大人のうち一人は死亡し、一人は難を逃れ、最後の一人であるわたしは重傷を負って取り残された。

朝食用食堂は、高波が砕け散る海のように、ごうごうと荒れ狂っている。誰もがみな、コーヒーポットや、卵やベーコンやチョコレートクリームをのせた皿を手に持ち、ブレートヒェンをこわきにかかえて、あちこち走りまわっている。子ども用椅子にすわった幼児たちがめそめそ泣いている。白いワイシャツと黒い燕尾服の上着を着たスペイン人の給仕たちがテーブル越しに縦横にわめきたてている。松葉づえをついて食堂の真ん中に立っているわたしは通行の障害物だ。わたしの周囲には、果物、ドイツ産の薄切りハム・ソーセージ、サラダ、デザート、チーズ、スクランブルエッグ、ミニソーセージ、籠いっぱいの白パンなどの食べ物が大量に置かれている。その合間合間には、装飾用にキャベツが積み上げられて風変りな塔を形成している。できればそれらの塔を軽く突いてがらがらと転がり落としてみたかった。

一人の給仕がわたしの腕をとり、決然たる態度でテーブルに案内する。歩いていく途中で一個のブレートヒェンとバターとジャムを拾い集め、ブレートヒェンが宙にとび上がるほどドンと音を立てて皿をわたしの前に置いた。すでにそのテーブルには、まっ黒に日焼けした筋肉隆々の男がすわっている。五十代の終わりといったところで、染めているとはっきりわかるブルネットの髪をしている。男はベルリンのヘルムスドルフから来たヘルムートだと自己紹介する。

その皿にのってるのはひどいもんだ、とヘルムートが気の毒そうに言う。

わたしはうなずいてコーヒーをちびりちびり飲む。塩辛い味がする。

ヘルムートがにやにや笑う。コーヒーはまずいが、ほかのものはすべてうまい！「オールインクルーシブ」とは「食べ放題」という意味さ、奥さん、さあ始めてくれ。おれはもう腹いっぱいがつがつ食った。それにしてもここはぐるりと見まわしたところ、みんな病人だ。言っておきますが、おれは看護人でね。おれがみんなの世話をしなければなるまい。なにか取ってきましょうか？

いいえ、けっこう、とわたしは断る。朝はそれほどたくさん食べられないの。

もうデザートのテーブルは見ましたか？　きょうは水曜だから、すばらしいシュークリームがある。

食べる量を減らすように心がけているんです、とわたしが言う。

それはいいことだ、とヘルムートがうなずく。おれは毎朝五キロ走り、そのあと九時までプールで泳ぎ、午後はフィットネスセンターに行く。ここにもあるんですよ。二週間後にはふたたびおれはピンピンしている。ここでリハビリしているみたいなもんさ。

同じですよ、とわたしが言う。腰の手術をしましたね、百キロメートル離れていても見ればわかる。お望みなら、いっしょに少しばかり楽しい練習をやりますよ。すべては正しい位置の問題だ。

彼はいやらしくにやりと笑う。しかしわたしは彼がすすんで労をとってくれるのが嬉しい。期待をもたせるように、わたしは肩をすくめる。

まあ、この提案はまだ引っ込めませんよ。人生は厳しくて残酷だ。おれはまだちょっとなにか取ってきますよ。

松葉づえは砂にめり込むので、歩くのが難しい。昔は自然のままのヒッピーの浜辺だったが、いまここにはビーチチェアを貸す店がずらりと並んでいる。分厚いマットレスを敷いた寝椅子は病院のベッドのようだ。そこにはたいてい、窮屈すぎる水泳パンツをはいた初老の男たちが、太った妻といっしょに寝ている。妻たちは精根尽き果てたように上半身裸で仰向けに横たわり、垂れ下がったむき出しの乳房を焼いている。

グスタボのビーチバーはもうない。時間に洗い流されてしまったのだ。岩はいまでもまだそこに立っていたが、記憶していたより小さい。しかし記憶していたより意外に大きかったものなど、そもそも存在するだろうか。

わたしは褐色に日焼けした自分のなめらかな身体と、その身体が周囲の視線を釘づけにしたことを思い出す。また、岩陰にひそむカールと自分を、沈黙したまま愛し合う二人のやり方を、そして彼がみずからに対していだいた驚きと恐怖を思い出す。彼は、妻と子どもをこぎれいな休暇用の家に残して、このヒッピーの浜辺で、まったく見ず知らずの女となにをしたのだろう。なぜ彼はすぐに愛の話をしたのだろう。

アップルが電話をかけてくる。どこにいるの、と彼女がきく。

プールサイドよ、すばらしいわ、とわたしは嘘をつく。で、あなたは元気なの？

彼女はため息をつく。ちょっとした分別があれば避けられたかもしれないような問題に直面したときに、いつもそうするように。わからないの、と彼女が弱々しく言う。ゲオルクのことが心配なの。

病気なの？　とわたしは冷ややかに質問する。

いいえ、ただ、すごく変わってしまったの、と彼女が言う。もうなにも食べないし、夕方は何時間もフィットネススタジオで過ごすの。なにかの危機にあるんだろうけど、それについて話そうとしないのよ。

彼女が詳しい説明をはじめる前に、わたしは彼女の話をさえぎって、よく聞こえない、受信の感度が悪い、と言い張る。

彼がわたしから離れていく、それを感じるのよ、と言う彼女の声がとてもはっきり聞こえる。

アップル？　とわたしは電話に向かって叫ぶ。悪いけど、聞こえないの。こっちの声はまだ聞こえる？　またね、いまは切るわよ。もうあなたの声が聞こえないから。

　わたしは携帯電話のスイッチを切る。幼いアップルが目の前で砂に横たわっているのが見える。まっ黒に日焼けし、シュニッツェルのように砂の衣をつけ、暑さと喉の渇きと空腹とわたしと世界全体を訴え、嘆き悲しんでいる。体調がすぐれず、絶えずなにかが欠けていると文句を言い、それによってわたしを守勢に立たせるというのが、彼女の昔からの決まったやり方だ。彼女のせいでわたしは、すべてがとにかくすばらしくて最高だと思うようになった——実際にはまったくそうではなかったのに。

　風の当たらない岩陰にきわめて貧弱なぼろぼろのテントが張られている。そこから、髪がもつれた、もじゃもじゃの髭の男が這い出てきて、わたしを疑り深そうな目で観察する。わたしは松葉づえを砂に横たえ、リハビリで教えられたように、膝をついてから身体を回して仰向けになり、両腕を伸ばし、砂を指のあいだからさらさらと落とす。

　わたしにとって幸福とはいつも我を忘れることだった。我を忘れ、できるだけ考えごとをしないために、なんでもやった。あのころはとにかくなにも考えなかった。感じるだけだった。もしかすると感じすぎたのかもしれない。

　男はわたしの横の砂に腰をおろす。またたくまにわたしたちは、お互いが同類の人間であることを認識する。二人とも手首にカラフルなひもを結び、耳には一連の多種多様なイヤリングをつけている。こうした装いはいつのまにか、タトゥーが流行りだしたときだと思うが、流行遅れになっていた。彼の歯は痛んで隙間があいている。わたしはこの問題を知っている。健康保険がないのだ。

オーリンクの人？　と彼が尋ねる。

どういう意味？

「オールインクルーシブ」のことさ、と彼は説明して、わたしの緑色のプラスチックのアームバンドを指さす。

彼はポケットから古いすり切れた財布を取り出す。そのバンドをくれよ。あんたはホテルで新しいのをもらえばいい。

彼が財布を開くと、砂がさらさら流れ出る。穴のように空っぽだ、と彼が言う。バンドをなくすと罰金をとられるの。お金がないのは同じよ、とわたしが言う。

誰ひとり金を持っていない、と彼がため息をつく。昔はおれも金持ちで、ほんとうにどっさり金を持っていた。すごいやり手だったんだ。彼は財布から一枚の写真を取り出す。ネクタイを締めたスーツ姿の四十代初めの男が写っている。しかめ面をして、ほんの少し微笑んでいる。彼はその写真を自分の日焼けしてぼろぼろになった顔の横にかざす。

ああ、そうね、とわたしは言う。写真の男が彼かどうかはわからなかった。それで？　どっちの人生のほうがいいの？

どっちも糞くらえだ、と彼が笑いながら言う。

わたしたちは海を眺めて黙っている。

「アキ? セニョーラ」〔ここですか、お客さん〕。タクシー運転手は苦労している。いや、ここではなかった。あっちの通りでも、向こう側でもなかった。「カサ・ハイケ」という貝の文字がドアのすぐ横にあったことをまだ覚えている。ハイケは金持ちで、その家は彼女のものだった。あのあとおそらくカールが相続したのだろう。彼と息子が。息子の名前はもう思い出せない。その子には二、三回しか会っていない。一度だけこの家に来たことがある。ハイケは至るところに存在していた。彼女の香水の香りが漂い、服があたりに置いてあって、靴がドアのところにあった。ビキニは乾かすためにプールサイドに掛けられていた。赤いケシの花模様の白いビキニだったことをまだはっきり覚えている。台所にアイロン台があった。休暇中でさえ夫のシャツにアイロンをかけるなんて、まったく頭がおかしいとわたしは思った。わたしはカールの白いワイシャツの糊の匂いを思い出す。できれば洗濯糊の瓶を一本くすねて、夜、テントのなかで嗅ぎたいと思うほどだった。禁じられた麻薬のように、この市民的な生活の匂いがわたしを魅了した。そんな男たちと関わることは許されなかった。それは裏切り、すなわち自由恋愛に対する、別の生活に対する、革命に対する裏切りだった。革命にはあまり関心がなかったが、なんとしてもそこに加わりたかったたし、そうではない人間たち、悪人や順応者やカチカチの石頭、抑圧者や戦争煽動者や資本主義者の仲間にはなりたくなかった。しかし善人の暗号を解読するのは簡単ではなかったので、わたしはつねに失敗を恐れていた。政治化の度合いは多様であり、一部の者たちは政治的な議論をいっさい拒否していたが、それはそれでまた政治的な行為とみなされることもあった。たったひとつの間違った文章で、あるいはもっと悪いことには、ひとつの間違った冗談で、はじき出され、もう仲間に入れてもらえなかった。わたしはドイツ語であれば特定の政治用語をけっこう巧みに操ることができたが、英語になるともう途方にくれ、フランス語ではまったく歯が立たなかった。そのためたいていは沈黙を通し、謎めいていると思われることを期待した。わたしの取柄はスタイルのよさと、ほんとうにきれいな胸だけだった。その胸に、サン・フランシスコから来た最初期のヒッピーであるブレイクとボボが心を奪われ、同じくパリから来たディディとセルジュとエルヴェが、そしてベルリンから来たモッフェとディルクとヨッヘンが、さらにはまた名前を忘れてしまった他の数人の男たちが見ほれたのだった。夜、アップルがテントで眠っているときに、わたしはほかのテントやVWのバスへ忍び込んだり、そっと浜辺へ行ったりした。しかしこの種のすべての男たちに対しては、セックス以外はほんとうになにも求めていないことを繰り返し証明する必要があった。なぜならどんな形式の結びつきも、きわめて俗物的とみなされていたからだ。それに対してカールはすぐに、なにか愛について言葉を詰まらせながら語った。そこでわたしはクールな女を演じて、わたしのいわゆる自由な人生に対する彼の妬みを、ミツバチが蜜を吸うように吸い込みながら、同時に彼の白いシャツにもたれかかり、自分の人生ほど無秩序ではない別の人生に憧れた。

わずか四週間だった。わたしがそこから永遠に立ち直ることのできない、短くも忌々しい四週間。

「カサ・アイケ[3]」とタクシー運転手が言って首をふる。「ロシエント、セニョーラ」（申し訳ありません、お客さん）。

「ノ・インポルタ」とわたしが答える。構いません。

海岸遊歩道の壁の上に、カナリアを入れた籠を膝にのせた小柄な男がすわっている。わたしがタクシーからおりて、足をひきずりながらそばを通り過ぎようとしたとき、厚紙で作った赤い鼻をつけて、帽子をわたしのほうに差し出す

お願いします、と男が言う。お金がいるのです。

わたしはさっと財布を取り出して一ユーロ渡すが、男はそれを非難がましく眺める。

おれはスロヴェニアから来たパン屋なんだ、と彼が言う。あんたたちドイツ人はいつもドイツのパンを食べたがると思っていた。だが違った。ここでは仕事がない。

お気の毒に、とわたしが言う。

彼はズボンのポケットに手を入れて、わたしに一個のビー玉を渡す。ほら、奇跡のビー玉だ、と彼が言う。

このビー玉がどんな奇跡を起こしてくれるの？

それは知らん。男はつけ鼻をはずす。いらないなら返してくれ。

わたしはビー玉をポケットに突っ込み、足を引きずりながら先へ進む。

一軒の喫茶店でわたしはカフェ・コン・レチェ〔ミルク入りコーヒー〕を注文する。しかし給仕は注文をかえたほうがいいと言う。ここにはほんもののドイツのフィルターコーヒーがありますよ。

じゃあ、ほんもののドイツのフィルターコーヒーをお願い。

隣のテーブルにすわっていた初老の男がわたしのほうをふり向く。この店のコーヒーはうまいぞ、と男が言う。ホテルのコーヒーみたいに薄くない。どこに泊まっているのかね？

エストレージャ・デ・マール。

知っている、と男が言う。おれたちは一年に二度ここへ来る。しかしいまはいつもバルセロ・マルゲリータに泊まっている。朝食のビュッフェがましなんだ。代わり映えのしないスペインの白パンだけではなく、三種類の異なった黒パンが食べられる。レバーペースト、ティーヴルスト、ハンティングソーセージもある。

わたしはうなずく。アフリカ人たちが、サングラスやビキニや時計や首飾りをずっしりとぶらさげて通り過ぎる。彼らはわたしたちをすばやく吟味して、立ちどまりすらしない。わたしたちはなにも買わない、関心がない、構わないでほしいと思っている。彼らにはそれがわかるのだ。

もし太陽が輝いてなかったら、誰ひとりここへは来ないだろう、と男が言う。コンクリートのほかにはなにもないんだから。昔はここに夢があったもんだ。いまではかろうじてまだアフリカ人だけがここを約束の地だと考えている。さて、じゃあこのあとも残りの休暇を楽しんで。彼は立ち上がる。

わたしはうなずいて、海を眺める。海はすべてのことを覚えている。海はつぎつぎに波を浜辺に送り込むが、太陽の下で、なんらかの変化を目にすることはない。そこにいるのは、目覚めることのできない、繰り返し夢を見る人間たちだけ。


四時ちょうどにドイツ人のペディキュア師ティーナがホテルにやって来る。待ち合わせ場所はプールサイド。わたしはリストに名前をのせる。腰を手術したせいでちゃんと前かがみになれないのだが、なんとしても赤いペディキュアを塗りたかった。わたしの足はまだけっこうきれいで、奇妙にも年齢を感じさせない。ティーナは異性装者だ。ブロンドのかつらをかぶり、念入りに化粧している。完璧なアイライン、薄く毛を抜いた眉、唇の輪郭線、頑強な頬に塗ったルージュ。彼女はわたしに柔らかい手を差し出しながら、すでに視線を下に移動させ、わたしの足もとを見ている。上品な細い足ですね、たこが少なくて、よく手入れされています、とほめ言葉を口にする。

彼女はわたしに微笑みかける。チップ用の微笑みだとわかっているが、最近では誰かが微笑みかけてくれると、理由はどうであれ、嬉しい。

ヘルムスドルフから来ているヘルムートがクロールでプールを泳ぎながら、わたしに合図をおくる。一日しかたっていないのに、すでに旧知の間柄として扱われている。

ティーナが彼のほうをふり向く。ご主人？

わたしは首をふる。

恋人？

ふたたび首をふる。

ティーナは、あたかもわたしに手を焼いているかのように、ため息をつく。彼女はこの暑さにもかかわらずシルクの靴下をはき、肉屋の店員を連想させる水色の上っぱりを着ている。彼女はわたしの足を、まるで赤ん坊のように、愛おしげに膝にのせる。いったいどうやったらこんな仕事ができるのだろう？　来る日も来る日も、肉に食い込んだ足の爪と、うおの目と、ひびだらけの足裏の手入れだなんて。

どういう事情でベディキュア師になったのですか、とわたしは質問する。放っておきなさい、と言うアップルの声が聞こえる。アップルはわたしの尽きることのない好奇心を嫌っている。それが、世界と接触し孤独感を和らげるわたしのやり方だということを理解しない。

ティーナは目を上げて、真実を話すべきかどうか思案しているかのように、首をかしげる。

わたしは、本職は芸術家、歌手なんです、と彼女が口を開く。ここのすべてのホテルで、アルメリアにまで足をのばして、頻繁に舞台に上がりました。

彼女は腕を大きく彎曲させる。その上腕部は筋肉が隆々としているので、女性のようにやがて疲れてだらりと垂れさがる恐れはない。

そのあと危機が訪れて、ホテルは娯楽プログラムを縮小したり、完全に消去したりしました。わたしはこのあたりで唯一のギグ酒場(4)でかろうじてまだ舞台に上がっていますが、それだけでは食べていけません。そのため講習を受けました。父の入居している老人ホームがペディキュア師を求めていたのです。

お父さんはここの老人ホームにいらっしゃるの？

彼女は肩をすくめる。ここでは大勢のドイツ人が老人ホームにいます。わたしならむしろ自殺しますね。

そう決めているのですか？

ええ、と彼女はあっさり答える。

また話しましょう、とわたしは言う。

彼女は青味を帯びた目でわたしをじっと見つめる。アイライナーの上のアイシャドーも同じように青いが、年齢の割に色が濃すぎる。彼女は少なくとも四十歳だ。

老人ホームで働くのはとても好きなんですが、と彼女が言う。ただ年老いたときにあそこで最期を迎えたくはありません。孤独すぎます。あそこの人たちは、少しでも相手をしてあげると喜んでくれます。とても謙虚になるのです。こちらが憂鬱になるくらい。ペディキュアは何色がお望みですか？

ティーナは、全色セットのペディキュアの小瓶を入れた小型トランクをパタンと音を立てて開く。わたしは真っ赤を選ぶ。これまでいつもその色だった。

とてもスペイン的ですね、とティーナが言う。「ロホ・コモ・エル・アモール」〔愛のように赤い〕

「ロホ・コモ・エル・サングレ」〔血のように赤い〕

スペイン語が話せるのですか？

昔ね。ずいぶん昔。あのころよくここに来てたの。

いまとはまだぜんぜん違っていたでしょう？

ええ。でもほんとうにきれいというわけではなかった。

彼女は疑い深そうにわたしを見つめる。小さな汗の粒が額に集まり、メイクアップした顔の上を、細い皺を通って流れ落ちている。

たいていは、ここが昔はいかにきれいだったかという話を聞かされるけど、と彼女が嘲笑的に言う。漁村で、観光客がいなくて、スペイン人と少しヒッピーがいるだけの楽園。

いいえ、とわたしはきっぱり否定する。とんでもない。下水溝は直接海につながっていたし、スペイン人は貧しくて、わたしたちを軽蔑してた。わたしたちが裸で歩きまわり、薬をやって、働かなかったから。

ああ、あなたもその仲間だったんですか、と彼女が、わたしの足の爪に赤いペディキュアを塗りつづけながら言う。

なんの仲間？

ヒッピー。

いいえ、ほんとうのところは違うの、とわたしが言う。そんなふりをしてただけ。

彼女は、毛を抜いて整えた眉をつり上げ、わたしの足を持ち上げて、まるで誕生日のろうそくを吹き消すように、爪に息を吹きかける。さあ、これであなたはまたきれいになりましたよ、と満足げに言う。ここにはあとどのくらいご滞在ですか？

まだ十二日あるの。牢獄で過ごすように、一日一日線を引いて消しているわ。

そんなにひどいのですか？

食べ物と酒と太陽があるわ、それ以上望むものがある？

そのとおり、でもたいていの人はそれ以上を望んでいます。彼女は、ほとんど瞑想しているような目でわたしを見つめたあと、情熱をこめて言う。わたしはこの永遠に輝く太陽が大嫌い。でもドイツに戻るたびにいつもこう思うんです、ここではいったいいつになったら誰か明かりをつけてくれるのかしら？　彼女は立ち上がり、上っぱりの皺を伸ばして、わたしから受け取った二〇ユーロをポケットに入れる。塗り直したいときには電話してください。プライベートでも来ます。

彼女はわたしに名刺を渡す。ティーナ・ビルカー。

昔、カール・ビルカーという人を知っていたわ、とわたしはよく考えもせずに言う。この大ばかやろう、治しようのないまぬけ。


彼はまだ持ち前の美しい濃い髪を保っているが、いまではもうブルネットではなく白髪になっている。彼の鎖骨の小さなくぼみに見覚えがある。このくぼみにわたしの顎がぴったりはまったのだ。わたしの身体は、あたかもわたし自身とは無関係に記憶しているかのように、彼に近づいていき、あやうく彼の首もとに頭を押しつけそうになる。わたしは、自分を制止し、二人のあいだに距離をつくるために、片手を伸ばす。彼の目はいまだに同じ目だ。生き生きとして澄んでいる。もしかすると昔より少しだけ明るくなっているかもしれない。身体は小さく細くなり、ほとんどきゃしゃといえるくらいだ。

おお、イングリト、と彼が震える声で言う。せいぜい来世でしか再会できないと思っていたよ。

彼は前のめりになってわたしを抱擁する。抱擁されても彼だと認識できない。それは馴染みのない身体だ。老人の骨ばった身体。おそらく彼も同じようにわたしについてあまり嬉しくないことを考えているだろう。わたしたちは、ぎこちなく相手から身をほどく。すべての動きがとてもぎくしゃくしていて、優雅さのかけらもない。

ティーナは腕組みをしてわたしの背後に立ち、二人を観察している。彼女は上っぱりを脱いでいた。下には六〇年代ふうの細身に仕立てた白いワンピースを着ている。

まあ、可愛いこと、と彼女が皮肉をこめてコメントする。

さあ、とカールが言ってわたしのひじを取る。食堂へ行こう、いまなら誰もいない。

そこはロールキャベツの強烈な臭いがする。ティーナはひとけのない台所に姿を消し、一皿のカルトッフェルブライを手にして戻ってくると、隣のテーブルに腰かけ、頭を垂れて、皿の中味をスプーンですくいながらがつがつ食べる。

食堂は淡黄色に塗られ、ロングテーブルの上の壁には、ウサギ、鳥、カメ、魚などの動物が描かれている。わたしたちはウサギのテーブルにすわり、じっと見つめあう。わたしたちは戸惑いながら、かつての自分たちの姿を相手のなかに見つけようと試みる。神経質な笑い、咳払い。なんてことだ。誰がこんなことを考えただろう。まったく。時はこうして過ぎていくのか。

カールは白パンのくずを、サーモンピンクのテーブルクロスから払い落とす。退職後、トレモリノスに完全に居を移したんだが、と彼が言う。そうなるとあの家はあまりに孤独でね。あの家、覚えてる?

いいえ、とわたしは小声で答える。一度しか行ったことがないから。

そうだね、と彼はゆっくり言う。そうだった。ふたたびスペインで暮らせば素敵だろうと思ったんだ、ティムのもとで……

ティーナよ、とティーナが隣のテーブルから口をはさむ。

カールは相手にしない。ところがひとりで家にいるときに幽霊を見たんだ、と彼が話を続ける。それで家を売って、その金でここへ越してきたわけさ。ここではぼくがほとんどいちばんの若手だ。周囲には、ドイツの話をする婆さんたちしかいない。彼は小さく笑う。

その婆さんたちはあんたの大ファンよ、とティーナが言う。あんたにはそれが必要よね。

彼女は立ち上がり、皿を台所へ戻しにいく。皿を下へ置くガタンという大きな音が聞こえる。わたしたちの再会が彼女を神経質にしていることは理解できる。しかしわたしをカールのところへ連れていってやると申し出たのは彼女なのだ。

ティムだということがわかったかい、とカールが小声で尋ねる。

いいえ、もちろんわからなかったわ、とわたしが答える。彼はまだ小さかったから。

カールはうなずく。まるでつい最近のことのようだって、よくそんな気がするんだ。きみは違うかい？

わたしは黙っている。

あいつはいまでは女だ、とカールが冷めた口調で言う。ここにもう一〇年以上暮らしている。ときどき彼女の服を着ている。ぼくが忘れないように、気をつけているんだ。

どうすれば忘れることができるというの、とわたしが尋ねる。

ティーナが戸口のところに現れる。それじゃ、行くね、と彼女が言う。カールはうなずく。ティーナは、わたしをふたたび連れていくべきかどうか思案しているかのように、おぼつかない表情でわたしを見つめる。わたしがそうしてほしいとほとんど申し出ようとしたときには、もうその場を離れている。わたしたちは彼女の後姿を目で追う。沈黙が二人をつつみこむ。心臓の鼓動が高まる。なぜそんなにどきどきするのか、わたしにはわからない。わたしはなんの音もたてないように努力する、あたかもわたしがそこにまったく存在しないかのように、あたかもわたしたちの再会が夢にすぎないかのように。

最近はなにをしてるの、と彼が質問する。

まあ、いつもアルバイトだったけど、あれやこれや、給仕の仕事はたくさんしたわ、とわたしが答える。それから仲間と居酒屋をやって、そのあとレストラン、でもあるとき腰を痛めてしまって、それ以降はもうだめ。最近手術したの。

結婚しているの、と彼がわたしのほうを見ずに質問する。わたしは首をふる。彼がもう一度結婚したかどうか、さらに子どもをもうけたどうか、わたしは尋ねない。できることならわたしは、当時から現在までのあいだあれから何も起きなかったのだと想像したい。あたかもわたしたちがとても長いテーブルの両端にすわっていて、二人を隔てている染みのない白いテーブルクロスをいまゆっくりと両側から丸めているかのように。

彼はテーブルにかがみこみ、両手をテーブルクロスの上に置く。きみの手をこっちに出して、と彼が言う。わたしが両手を差し出すと、彼はそれをしっかり握り、目を閉じる。たしかにきみの手だとわかるような気もするが、やっぱり錯覚かもしれない。わたしも同じようにちょっと目を閉じる。いや、わたしは彼の手を認識できない。

ハイケは悲しい女だった、と彼が言う、きみとは関係ないことだ。とにかくとても悲しい女だった。

わたしたちが彼女を悲しませたのよ、とわたしが言う。わたしは両手を引き戻そうとするが、彼がその手を離さない。わたしたちのせいよ。わたしたちに罪があった。わたしのせい。そしてあなたのせい。

彼はわたしの手を強く揺すぶる。きみはその件にかかわりがない。彼女はとにかく悲しかったのだ。鬱状態だった。いまなら薬を処方されるだろう。彼女がそうであることはいつもわかっていた。ぼくがそれを治してやろうと思っていた。愛することでとにかくすべてを治してやろうと。

わたしは、震えが彼の身体を軽い電流のように貫いていくのを感じる。

彼女は自分の悲しみのなかに、暗い森に引き込むように、ぼくを引きずり込んだのだ、と彼が言う。

あらまあ、あなたは自分のことをそういうふうに思っていたの？　暗い森のなかで、グレーテルを連れたヘンゼルのように途方にくれて？　それじゃあ、わたしはなんだったの？　パンくず？

わたしは両手を引き戻す。彼は、あたかも泣きたいのにちゃんと泣けないかのように、うるんだ目でわたしを見つめる。

そうだ、と彼があっさり言う。きみはぼくにとって救いだった。

救い、とわたしが繰り返す。でもわたしはあなたを救えなかった。

そう、と彼が言う。

あなたもわたしを救ってくれなかった。

きみは救いを必要としているようには見えなかった。

そうねえ、とわたしは肩をすくめて言う。

きみの娘のことを覚えているよ。アップルという名前だった。ほかにそんな名前の子はいなかった。

彼女はいまでもまだアップルという名前よ、とわたしは彼の発言を訂正する。

彼女はなにをしているの？

主な仕事は、当時の生活をネタにわたしをうらむことね。彼女は、母親によって根源的な信頼という経験をさせてもらえなかったせいで、男たちとうまくいかないと考えてるのよ。彼女は一度ならず、見当はずれの男と結婚してるわ。

彼は笑う。そうだ、最終的にすべての責任はぼくらにある、と彼が言う。ぼくらの子どもたちがそういう言い訳を考え出したんだ。残念だよ。彼らは自分の人生を先に進められない。じゃあ、あなたは自分の人生を先に進められたの、とわたしは質問する。その口調は、自分で意図していた以上に辛辣に響く。いったいどこへ行くべきだというの？　ねえ！

彼はぎょっとしてわたしを見つめる。

わたしだってどこにも進んでいないわ、とわたしは大声で叫ぶ、どこへも！

彼はあらためてわたしの手を握り、慰めるようにその手を軽くたたく。

あなたといっしょにどこかへ行きたかったのよ、とわたしは小声でつけ加える。

彼はため息をついて、今度はわたしの手を撫でる。その手を、二人は見知らぬ物体のように眺めている。

きみはいまでもまだ若い。野性的なところがいまだに残っている、と彼が言う。

ばかな、わたしは一度も野性的ではなかったわ。ただそんなふりをしていただけ。あなたの気を引くのは簡単だった。

おいで、と彼が言う、外へ出よう、この中にいるととても気が滅入る。

彼はわたしに松葉づえを渡し、真ん中にスイミングプールが設置されたコンクリートの中庭へ案内する。数人の老人たちが、カーポートの屋根に似た庇の下で車椅子にすわり、昼間のうだるような蒸し暑さのなかでまどろんでいる。

少なくともここは太陽が輝いている、とカールが言う。

ええ、少なくともそうね、とわたしが言う。

また来るかい、と彼が尋ねる。横を向いたままだ。日光が水中で反射して、彼の顔を明るく照らしている。

わからないわ、とわたしが言う。

彼はうなずく。

わたしはポケットのなかにスロヴェニアのクラウンからもらった奇跡のビー玉があるのを見つけ、それをカールの手に握らせる。

なんだい?

奇跡のビー玉よ。

この玉が奇跡を起こせるのかい?

いらないなら返して、とわたしが言う。

いや、と彼が言う。絶対に返さない。

訳注

（1）食品小売りチェーンの名前。

（2）モロッコ北部の都市。

（3）スペイン人なのでハイケのHを発音していない。

（4）ギグとはクラブやライブハウスなどで行われる単発的な演奏のこと。

VI　メドゥーサ
――アップル

ゲオルクに裏切られ、自殺しようと固く決意したとき、友達のズージィが、自殺する前にせめてイビサ島に遊びに来てちょうだい、とわたしを説得した。ズージィと夫のラルフはそこに一軒の家を購入していた。

イビサではいますべての花が満開よ、と彼女が夢中になって話した。

イビサの話をするときは、みんな決まってそう言うのね。どこでなにが咲いていようとどうでもいいわ、とわたしが言った。

まあ、アップル、どうしてそんなにやたらと否定的なの？

否定的なんじゃなくて、絶望しているだけよ。

じつはね、すべての花が咲いているというのはほんとうじゃないの、と彼女が言う。夏だもの、もうなにも咲いてない。

ほんとうのことを言ってくれてありがとう。そういうふうに言ってもらえるのは久しぶりよ。

彼女はわたしのために飛行機を予約し、タクシーを寄越してくれた。タクシーの運転手は、わたしが数着の服を旅行カバンに投げ入れて外へ出てくるまで、アパートメントのベルを激しく鳴らしつづけた。

わたしはゲオルクのアフターシェーブをコートのポケットに突っ込んだ。

わたしが泣いているので、運転手が、どなたと別れなければならなかったのですか、と尋ねた。幸福な結婚のイメージよ、とわたしが答えた。運転手は狼狽して口をつぐみ、飛行場に着くまで、もう話しかけてこなかった。

わたしはゲオルクと結婚していなかった。その気があるかどうかきかれたことは一度もない。

わたしは放心状態で機内にすわり、湿気で柔らかくなったサンドイッチを食べた。もしそうするように要求されたならば、サンドイッチが入っている厚紙の容器さえも食べただろう。すべてがどうでもよかった。心のなかではいろいろな感情が回し車をまわすハムスターのように疾走していて、そのことにすっかり注意力を奪われていたので、外見上はまったく感情をもたない様子をしていた。

ショックだったのね、とズージィは、わたしを空港で出迎えたときに言った。大事故に見舞われたあとのように見えるわ。

彼女はライ麦パンのように褐色に日焼けし、夏用のミニワンピースに金色のサンダルをはいていて、肌を早々に老化させた二十歳の女性のように見えた。わたしは彼女の痩せた肩に頭をのせた。わたしの忠実な看護師であるズージィは、用心深く、だが毅然として、わたしをその場から連れ出した。わたしを「災難の女王」と呼んでいたズージィは、わたしにそれ以外のなにも期待していなかった。以前から、彼女と話す長電話の最中にときどき、ゲオルクとうまくいっている幸福な時間が彼女を不思議がらせ、同時に少し退屈させているような気がしていた。ビキニを着て白いエナメルのブーツをはいた数人の若い女性が、こちらへ駆け寄り、クラブ・アムネシアのちらしをふり動かした。ズージィは彼女たちを決然たる態度でわきに押しのけ、子どもの手を引くようにしてわたしの手を取り、飛行場のホールから、灼熱の午後の日差しのなかに導いた。

大地は赤、オリーブの木は緑、空は紺碧、そして家々は白かった。

そのなかの一軒がズージィの家だった。彼女は、お目当ての扉の鍵を発見するまで、大きな鍵束をガチャガチャ鳴らした。

鋲や釘で固定していないものはなんでもルーマニア人たちが盗んでいくのよ、と彼女が言った。ちょっと目を逸らしでもしたら、すべて盗まれて、家のなかは空っぽよ。

わたしのびっくりしたまなざしに気づいたとき、彼女は、つけ加えて言った。ひょっとすると人種差別的に聞こえるかもしれないけど、残念ながら真実よ。ここではいくつかのことを学んだわ。

そう、とわたしは力なく言った。

家では彼女の夫ラルフがソファーで横になり昼寝をしていた。つまり彼は盗まれなかったというわけだ。

ラルフは手を上げて挨拶すると、反対側に身体を回転させ、眠りつづけた。わたしはそもそも眠っている彼しか知らない。

彼は休養中よ、これからはあなたもそうしてね、とズージィが言った。

彼女はわたしにペパーミントティーと氷のように冷えたメロンを出した。その赤い締まった果肉はわたしに切り傷を連想させた。彼女は家と庭とプールと金庫について説明した。夢ね、これは夢、とわたしは何度も繰り返しつぶやいた。

そうよ、夢よ、とズージィがため息をついた。ただし高価な夢。その前に見つけていたアルメリアの家ならもっと安かったでしょう。庭にオレンジの木が植えてあってね。でもラルフにとってあの町はあまりにみすぼらしかった。腰を手術し、老いて角質化した足にサンダルをはいた年金生活者が多すぎたのよ。彼はあそこへ引っ越したがらなかった。わたしにはその気があったんだけど、それはどうでもいいの、と彼女は微笑みながら言った。

彼女はわたしを日光浴用の寝椅子に案内し、横になるように命じた。あなたには休養が必要よ、と彼女は厳しい口調で言った。

わたしは仰向けに横たわった。頭上でオリーブの枝がざわざわ音をたて、セミが大声で鳴くので、あたかも難聴の兆しであるかのように耳鳴りがした。トカゲが熱い石の上に陣取って意地悪くわたしを凝視し、濃紫色のブーゲンビリアが憧憬に駆られたように紺碧の空に向かって枝を伸ばしていた。どうしてゲオルクはわたしに嘘をついたのだろう。裏切ったのだろう。わたしになにが足りなかったのだろう。彼はなにに思いこがれていたのだろう。型どおりのつまらない問い。それらの問いは、搔けば搔くほどかゆみが増す蚊の刺し傷のように、わたしを苦しめた。ゲオルクは前々から嘘つきではなかっただろうか。最初のころは太陽と海が大好きだと言っていたのに、あとになると、日光アレルギーなので浜辺で寝そべること以上に嫌なものはないと言って、休暇でいっしょに泳ぎに行くことを拒んだ。

麻薬の経験が豊富だと話していたくせに、後日友人たちから大麻パーティに招待されたときは、紙巻き大麻タバコの吸い方すら知らなかった。

好みの色は青だと主張していたのに、クリスマスに青いセーターをプレゼントしても一度も着なかった。

わたしの料理の腕前をほめてくれていたが、いつか電話でだれかに、わたしはとても可愛いが、残念ながら料理はまったくできない、と言っているのを耳にした。

彼は、わたしたちが性生活にあまり実験を取り入れていないと愚痴をこぼしていたが、性的遊具を入手することを何度か用心深く提案してみると、そのたびに拒絶された。

アップル、泳ぎに行きなさいよ、ブタみたいに汗びっしょりじゃないの、とズージィが言ってタオルを渡した。

わたしは素直にビキニを着たが、予想どおりひどい自己嫌悪に陥った。白い腹の肉がビキニパンツの上に垂れ下がっている。ゲオルクがもっと見栄えのいい肉体を探し求めたとしても不思議はなかった。その肉体がわたしより若く引き締まっているのかどうかまったく知らないが、きっとそうなのだろうと考えて、みずからに問いかけた。わたしはどちらに深く傷つくだろう、ぴちぴちした年下の女性か、あるいはすでに少しすり切れたわたしと同年代の女性か？

わたしはプールに入った。ラルフがあくびをしながらテラスに出てきて、わたしの様子を眺めた。彼は、まるでわたしを思い出そうとしているかのように目を細めた。わたしたちはめったに話をしたことがなかった。なぜなら彼は手術を受ける前はたいてい血の気のない顔をしてソファーに横になり、うとうとしていたからだ。いまではまっ黒に日焼けして、何歳も若返って見えた。

プールはひどい金食い虫だ、と彼が言った。ここでは水が黄金のように高い。

ごめんなさい、水をあふれさせてしまったかしら、とわたしは低い声でつぶやいた。

彼は笑って、これまた以前より濃くなり、強さを増したように見える髪に手をやった。もしかしたら染めたのかもしれない。

ズージィによれば、きみは調子がよくないんだってね、と彼が言った。

わたしは返事をせず、ラルフにビキニ姿を見せたくなかったので、水中にとどまっていた。

でもあなたはまた元気になったのね、よかったわ、とわたしが言った。

ああ、と彼が答えて、あたかもタバコの煙をふり払うかのように手を動かした。新しい腎臓は電撃的に機能しているよ。

彼にきいてみたかった。誰からその腎臓をもらったのか、新しい生命を得られたのは誰のおかげなのか、どんな感じがするのか。そしてあなたはこれからよりよい人間になろうと誓ったのか。しかしそこへ、淡青色のシフォンのワンピースを着たズージィが、小さな雲のように家の中からふわふわと歩いてきた。

急いで、と彼女が言った。これからアニタのところへ飲みに行くわよ。

わたしは腹部を隠すために身をかがめて寝椅子まで走り、あたふたと自分の部屋へ駆け込み、黒いパンツと黒いシャツを着て、濡れた髪を梳いた。自分がぞっとするような姿をしていることはわかっていた。

ふたたび下へおりいくと、きみ、ひどい格好だね、とラルフが言った。

ありがとう、ようやく誰かが面と向かってそう言ってくれる、とわたしが言った。

ズージィが全部話してくれた。かわいそうに。なにも知らなかった。

ズージィは視線を床に落とし、鍵束をがちゃつかせていた。わたしはひそかに考える。ズージィはラルフを面白がらせるために、わたしが経験したほかの破局についても全部話したのだろうか。ズージィがソファーで彼の横にすわり、こう話している様子が目に浮かぶ。アップルと男たち、第二七章。よく聞いて、今回はじつにひどいことになるのよ。ラルフは目をあけて、期待をこめてにやりと笑う。さあ、話してくれ。

ラルフには何ひとつ秘密にできないのよ、問題ないといいけど、とズージィが言った。

大丈夫よ、とわたしが言った。ほんとうのことなんだから。

なんてばかなんだ、どうしてそんなにばかになれるんだ、とラルフがうなずきながら言った。

わたしに引っかかったゲオルクがばかだという意味なのか、あるいはゲオルクの態度のことを言っているのか、はたまた、騙されたわたしがばかだという意味なのか、はっきりわからなかった。

ビキニを持って行って、とズージィが言った。太陽が沈むとき、いつも海に泳ぎに行くのよ。

わたしの知っているかぎり、あなたはどちらかというとヌード派ではないから。

いつだって違うわ、とわたしは言った。どちらかというと着衣派よ。

ほらね、あなたのことはよくわかっているのよ、と彼女が言った。

わたしはビキニを取りに行き、走行中、それをまるで濡れた小動物のように手に握っていた。

わたしたちは延々と車を走らせて村へ下りて行った。赤い大地は埃だらけで、ときおりズージィとラルフは、畑の農夫たちに「オラ」〔やあ〕と呼びかけ、あれはペペとマリソルとファンじいさんだとわたしに説明した。二人は土地の人間と知り合いであることに喜びを感じているようだった。農夫たちもまた手をふって合図を返し、親しそうに微笑んだ。一人の農夫が、みだらに輝く巨大な一本のナスを両手に持って行く手を阻み、ズージィがそれを膝にのせて、今晩のうちに料理すると約束するまで、しつこくつきまとった。

ラルフとズージィが意味深長に説明したところによれば、アニタがイビサでいちばん最初のヒッピー居酒屋を開き、そこからすべてが始まったそうだ。

すべてってなに？

ヒッピー運動。

でもその運動がどうしてイビサの居酒屋で始まることができたの？

ここに最初のヒッピーたちがいたからさ、とラルフがわずかに苛立って答えた。家の値段と生活費が安かったからここへ来たんだ。

あのころはまだいい時代だった、とわたしは、ただなにかを言うためだけにつぶやいた。

そうだ、おそらくそう言えるだろう、とラルフが叫んだ。リンゴ一個と卵一個の値段で、海の見える家がまだ手に入ったんだから。

でもそのころわたしたちはリンゴも卵も持っていなかった、とズージィが異議を唱え、ラルフといっしょにばかみたいにきゃっきゃっと笑った。

アップル、とズージィが頭を左右にふりながら言った。ヒッピーだったお母さんは、あなたにこの名前をつけることで何をしでかしたのか、そのころ理解してたの？

いいえ、とわたしは答えた。でも母は、わたしにとって昔よりいまのほうがましだ、あのころこんな名前の人はいなかったけど、いまではとにかく誰もがわたしの名前の綴りを知っているって言うのよ。

しかしいったい誰がコンピューターみたいに呼ばれたいかね、とラルフがきいた。

もういいわ、とズージィが言った。彼女のことは放っておいて。ズージィはやさしく彼の頬にキスをした。わたしは彼女を眺めながら、ゲオルクとわたしが前にすわり、失恋に苦しむズージィが後部座席にすわっている様子を想像しようとしたが、うまくいかなかった。役割は明確に割りふられていた。

あなたは子どものときお母さんといっしょにトレモリノスにいて、浜辺で装飾品を売っていたんじゃなかった、とキスを終えたズージィが質問した。

母について話をする気がなかったので、わたしはすばやく、いいえと嘘をついた。きっとあなたの思い違いよ。

一度そんな話をしてくれたように思ったけど。そうよ、思い出した、そう話してたわ。あなたは裸のお母さんといっしょに浜辺のテントで暮らしていて……

ラルフがわたしのほうをふり向いた。それはいくらかきみに関する説明になるな、と彼が言った。ズージィは平手で彼の後頭部をたたいた。ちゃんと前を見て、そして礼儀をわきまえて、と彼女が言った。

わたしは二人をうらやましいと思った。母の話をしなかったにもかかわらず、母はすでに後部座席の隣にいて、陽気に笑いながらこう言うのだった。あなたのゲオルクを見たらすぐにわかったわ。この男は嘘をつく、裏切るってね。

アニタの店でわたしたちは、路上の危険な曲がり角に置かれたひどくすわり心地の悪い小さな椅子に腰かけていた。わたしは、角を曲がる車にほとんどはねられそうになるたびに、自分の葬儀がどうなるのか想像した。ゲオルクはわたしの遺体をドイツへ輸送させるだろうか。輸送には金がかかるし、いずれにしても彼はおそらく墓参りをしないだろうから、それはばかげている。つまりこのイビサ島に埋葬される可能性もあるわけだ。おそらく一個の石か、質素な木製十字架が備えつけられるだろう。あるいは、春祭りの射的小屋にあるようなプラスチックの花で飾られたあのスペインの引き出しのひとつに入ることになるのか。彼はわたしのために、白い教会で、わたしの目の前でミサを読ませるだろうか。なんといってもわたしはいまでもまだ教会の一員であり、まじめに教会税を支払ってきたのだから。

彼はそのせいで再三再四いやみを言い、わたしをとんまな信者と呼んでいた。わたしは十四歳のとき、母がオランダの男に夢中になったために別の家族の家で暮らしていたのだが、どこかに自分の居場所がほしくなって、洗礼と堅信を受けた。わたしは教会の信用できる儀式と、永遠に変わらぬ物語を愛していた。そのころはしばらくの間、毎日教会に通い、熱心に祈り、ひそかに模範としていた聖カタリナのように神を幻視することを望んだ。母がわたしをかろうじて一年に二回しか修道院の壁の小窓から見ることが許されないように、修道女になってもいいと考えた。とはいえ、どんなに激しく祈り、断食し、画鋲を肉にねじ込んで難行苦行を行っても神を幻視できなかったとき、わたしはしだいに信仰から脱落した。しかし今日まで、大金の節約になったかもしれないが、どうしても教会から脱会することができなかった。

イタリア旅行をしたとき、少なくともカトリック信仰が壮大な芸術を生み出したことをゲオルクが認めるように仕向けたかった。しかし彼は、カトリック教会がどれほど多くの人間の死に責任を負っているかというばかげた計算を行い、だから自分はシスティナ礼拝堂を含むすべてのイタリア芸術コレクションを喜んで放棄してもよいと言った。

わたしには無理、とわたしは小さな声で言った。

ねえ、信心に凝りかたまったぼくの可愛いおばさん、と彼は言って、わたしの右の耳を噛んだ。いつも右側を噛むのは、わたしの右耳がずば抜けて美しく、完璧な形をしていると思っているからだった。

わたしの右耳はいままさにゲオルクを恋しがっていた。わたしはなぜ自分が彼にさっさと電話をかけて家に帰らないのか、ほんの一瞬思い出せなかった。

ぼくたちはここでいつも小ビールを飲んで、オリーブを二、三個食べるんだ、とラルフが言った。

彼はとても長いあいだ許されなかったから、いまでは一日中飲んだり食べたりしているのよ、とズージィが説明した。

　わたしは黙ってうなずいた。ズージィは、ラルフに全身全霊を捧げ、ほとんど屈従しているように見えた。あたかもラルフが生きのびたことをいまだに理解できていないかのように。

　一群の美しい男女が埃っぽいジープから降りてきてレストランに流れ込んだ。ドイツ語、イタリア語、フランス語が聞こえた。女たちはバリ島のサロン[1]と腹部を露出させた身頃を、男たちは、ラルフとまったく同じように、紺色の亜麻シャツとカーキ色のパンツを着用していた。ラルフはさりげなく手を上げて互いに挨拶を交わし、こうつぶやいた。あれはユーライア・ヒープ[2]のドラマーで、あれはペーター・マファイ[3]のプロデューサー、そしてあれはジョン・メイオール[4]のミキサーだ。男たちはみな長い白髪だったが、その髪はどうやらつけ毛のようだった。そのことになおわたしが気を取られていると、さあ、行くわよ、とズージィが陽気に叫んで、急に立ち上がった。わたしはビールを一気に飲み干し、突然、酔っぱらったような気がした。

　わたしたちは海岸に向かって車をとばした。わたしは心労と困惑のあまり気分が悪くなった。後部座席でわたしは考えた。どうしたら上品にサイドウィンドーから身を乗り出して吐くことができるだろうか、あるいはもしわたしがラルフの首筋に嘔吐したら、彼は何と言うだろうか。

　浜辺に着くとズージィは、一軒の小さなビーチバーへ駆けて行き、ラルフとわたしが黙って彼女を待っているあいだ、日焼けしたバーキーパーに、カウンター越しにキスをした。ズージィは四方八方から、恰好よくてきれいで自信に満ちた人びとから挨拶された。彼女がそのたびにわたしを、つまり向こうにいる野暮ったい女、別の女を指さしたので、思春期に何度も経験した感情がこみ上げてきた。板張りの床を踏むわたしの足音が大きくなり、あたかも巨人の身体を持っているかのように、影が膨張し肥大していった。その巨大さと不器用さを感じながら、みずからの汗の臭いを嗅いだ。わたしの全存在が自己の存在を謝罪しようとしていた。

「バモノス」〔さあ、行きましょう〕とズージィが上機嫌で叫び、波打際に駆け下りていった。ため息をついて、わたしは彼女のあとを追った。ラルフはまたたく間に服を脱いで全裸になり、催促するようにわたしをじっと見た。わたしは好奇心に駆られて、へそから下へ鎌状に伸びている彼の赤い傷あとを観察した。

彼はわたしの視線に気づいて、昔の手術は背中からだった、と説明した。現在ではすべてルーチンワークさ。古い腎臓を取り出し、新しいのを入れて、バイバイ。六時間後にぼくはふたたび手術室を出ていた。翌日にはもう病院の廊下を行ったり来たり散歩した。信じられないよ。ほんとうには理解できない。あたかも誰かが魔法の棒をふったかのように、突然、また生きることが許される。ところできみは今日中には服を脱ぐのかい?

わたしは返事をする代わりに砂にすわりこみ、彼の性器を下から見た。陰毛は少し薄かったが、男根はびっくりするほど長く、若々しかった。彼は一歩も後退せず、ズージィがやって来て同じように服を脱ぐまで、誇らしげにそれを好きなだけわたしに観察させた。

ズージィは、いま流行っているように陰毛を剃っていた。この浜辺にいる裸の女性たちはいずれも同じ陰毛スタイルをとっていたが、たいていの女性には似合っていなかった。それが下腹部を皺だらけに見せ、たるんだ陰唇の見てくれを悪くしていたからだ。誰もそのことに気づいていないようだった。もしくは自分ではそれをセクシーだと、あるいは解放の証しだと考えているのだろう。わたしにはわからなかった。しかし友達のそんな姿は見たくなかった。

やっぱりあなたは着衣派ね、とズージィがわたしを見下ろしながら言った。わたしは反抗して、いまではビキニに着替えることさえしなかった。ズボンだけ脱いで、黒いシャツを着たまま、まるでスペイン人の老婆のように砂のなかにすわりつづけた。

ズージィとラルフは、手を取り合って波に跳び込んだ。わたしは、ゲオルクと浮気相手の女が水中を走りまわる様子を目に浮かべた。二人の後姿は細くてはつらつとしているように見えた。前から見てもたぶんそうだろう。ゲオルクは数か月前にダイエットをはじめて、ほとんど一〇キロ痩せていた。そのことを不審に思うべきだったのに、わたしは彼の心にあらたに虚栄心が目覚めたことを喜び、その虚栄心がそもそも誰に向けられたものなのか、ただの一度も自問しなかった。彼の浮気に何ひとつ特異な点がなかったことが、わたしをやりきれない気持ちにさせた。

二人の若者が砕け散る波の前に立ちはだかり、ビーチボールをしていたが、Tシャツを着て、下着はつけていなかった。どうしてだろう。そのほうが快適なのだろうか。彼らのふるまいが理解できなかった。もうなにも理解できなかった。逃げ出したのは間違いだったのか。わたしは逃亡したのか。本来なら持ちこたえるべきだったのか、優秀なサムライのように。わたしの脳は、驚くべき速さでいつも同じ思考の嵐を引き起こし、そのたびに繰り返しわたしを拷問にかけた。

他の人びとは、目の前でビーチボールをする二人の半裸の若者を含めて、自分の考えと感情を掌握しているように見えた。あたかも、わたしを除く全員が、うまくやるための秘訣を心得ているかのようだった。

苦悩の嵐が、胸郭では受けとめられないほど激しくなり、うなり声を上げながら外へ突き進んだ。わたしは黒いシャツを着たまま海に駆け込んだ。水はあたたかくて柔らかく、わたしが想像する羊水そのものだった。顔を流れ落ちる涙はもはや海水と区別できなくなり、わたし自身も大きくうねる波に溶け込んだ。海草が深みで音楽に合わせるように揺れている。児童書『小さい水の精』をふと思い出した。この本をわたしは他のどの児童書よりも頻繁に読んだものだ。主人公は水中で幸福に暮らしていた。子どものころ、わたしは彼の妹になりたくてたまらず、手と足の指のあいだに水かきを生やし、彼と同じ緑藻の色をした長い髪がほしかった。わたしは水中にもぐり、なまぬるい青緑色の個所と、氷のように冷たいまっ黒いくぼみをいくつも横切った。マヨルカ島まで泳いでいきたかった。もっといいのは、すぐにバルセロナまで行くことだった。わたしはその地に、ほっそりとした陽気な姿で上陸するだろう。すべての忌々しい過去から解放され、新しく生まれ変わった人間として。

だがそうはならず、幽霊のほの白い指がわたしのすねを触った、そう思った直後に、左脚が火のように燃え上がった。水中でなにかが燃えるなんてありうるだろうか。わたしはもう泣いてはいられず、鋭い悲鳴をあげたが、はるか遠くまで泳いできていたので、叫んでも誰にも聞こえなかった。ほとんど脚の感覚を失い、ぎこちなくあたふたと犬かきをしながら、水をのみこんだ。水が目にも入った。仰向けになりなさい、とわたしは母の声をまねて自分に命令した。仰向けになりなさい！

わたしはいつもそうしてきたように、母の命令にしたがった。すると実際に、脚はまだ燃えつづけてはいたものの、少し落ち着きを取り戻した。この上もなくゆっくり、わたしは犬かきで浜辺に戻った。ズージィが両腕を裸の腰に当てて浅瀬に立っていた。

いったいどこにいたの、と彼女がどなった。

クラゲ、ヒクラゲよ、とわたしは言葉を詰まらせた。

彼らはわたしをタオルの上に寝かせて、まるで面白い発見物を囲むように、わたしを取り囲んだ。いまやわたしはおびただしい数の裸の性器を下から見上げることになった。金のイヤリングをした禿げ頭のスペイン人がクレジットカードをくれと叫ぶと、誰かが彼に黒いアメリカン・エクスプレス・カードを渡した。男はそのカードでわたしの脚の表面をひっかいた。

「メドゥーサ」と彼が言った。

クラゲ。スペイン語でクラゲのことを「メドゥーサ」というのよ、とズージィが、まるで市民大学で教えているような口調でわたしに言った。

そのスペイン人と他の男たちのあいだに小さな議論が持ち上がり、ラルフは首をふりながら背を向けた。

まあ、ラルフ、とズージィが笑いながら言った。そんな態度をとらないでよ。こんなささやかな友情の奉仕くらい、ほんと、やれるでしょう！

きみがやってくれ、と彼は男に言って、二、三歩離れた。

ズージィはそのスペイン人をじっと見た。すると男は肩をすくめて自分のペニスをつかみ、それを消防士のようにわたしの脚に向け、炎症を起こした箇所に濃厚な尿を噴射した。痛さのあまりわたしが叫び声をあげると、みんなが笑った。スペイン人は滴を揺すり落とした。

「グラシアス」〔ありがとう〕とわたしは行儀よく礼を言った。

「デ・ナーダ」〔どういたしまして〕。彼はにやりと笑い、それからズージィだけを残して、みんなといっしょに立ち去った。ズージィはわたしの肩を軽くたたいた。

これからドリンクを取りにいくけど、あなたもなにか飲む、と彼女がきいた。

わたしは歯をくいしばって首をふった。痛みは引いていなかった。脚は相変わらず燃えつづけていた。

行っていいわよ、とわたしが言った。

タオルの上にとり残されて、いまでは自分が、バルト海の浜辺に打ち上げられた老いたクラゲのように思われた。数人の子どもたちがその上にかがみこんで、あちこちつつき回したあげく、もう飽きてしまったクラゲ。自分が哀れでならなかった。わたしは電話のほうに身体を伸ばしたが、もちろんゲオルクからはなんの連絡もなかった。反射的にトレモリノスにいる母に電話をかけた。わたしは母から一時的に解放されるために、彼女をそこに送りこんだのだった。そもそも母はわたしを慰めたことなど一度もなかったし、逆に、たいていわたしを完全に負け犬の気分にさせたのだが、それでも電話をかけた。母は電話に出なかった。そこでメドゥーサをグーグルで調べ、彼女がかつて美しい女性だったことを知る。パラス・アテーナーが神殿でポセイドンといっしょにいるメドゥーサをつかまえて、その姿を見た者をことごとく石にしてしまう、蛇の髪と吸血鬼の歯と輝く目、そして外に垂れ下がった舌をもつ翼の生えた怪物に変えるまでは。わたしはメドゥーサの容姿を相当いかしていると思った。わたしがアテーナーだったら、自分自身をそのように変身させ、ゲオルクを石に変えただろう。しかしわたしはギリシアの女神ではなく、ドイツの弱虫女だったので、そういうわけにはいかず、指がむずむずして、すんでのところでゲオルクに電話をかけ、もう気に入ってもらえなくてごめんなさいと許しを請いそうになった。

ズージィとラルフは、ビーチバーからわたしに手をふって合図した。そのときバーから音楽が断片的に流れてきた。ストーンズの「ブラウン・シュガー」だとわかった。この歌を耳にすると、ヘロインではなく、どうしても茶色い蔗糖を連想してしまう。

海が銀灰色に染まり、太陽は、なんとしても極彩色になろうとしていた。涼しい風が吹いてきて、最後のヌーディストたちがしぶしぶ服を着た。赤い水泳パンツをはき、メガネをかけて、頭が禿げはじめている二十五歳前後の青白い若者が、わたしのタオルにつまずいた。

そばにいた、インド製のゆるいワンピースを着た五十歳くらいの女性がスペイン語でわたしに謝った。そのときはじめて、その若者が小さなすくい網と赤い砂バケツと黄色いスコップを持っていることに気づいた。

若者はひざまずいて、一心不乱にスコップで砂を掘り返しはじめた。ゆるいワンピースの女性は、彼の頭頂部にキスして隣にすわり、腕組みをして海を眺めた。

わたしの脚に放尿したスペイン人が、相変わらず裸のまま、二つのオレンジ色のドリンクを手に持って彼女のほうにやってきた。ドリンクをひとつ渡すと、男は彼女の肩を抱いた。その間、若者は彼女の足もとで幼子のように砂遊びをしていた。わたしは恥ずかしくなり、もう大げさに嘆くのはやめようと決意した。

ところがふたたびラルフとズージィとともに車内にすわると、ゲオルクとのドライブを思い出し、ギアやわたしの太ももに置かれた、さらには別の女の太ももに置かれた彼の手のことを考えるのだった。

そのさい、その女のこと以上にわたしを苦しめたのは、自分の弱さと交換可能性だった。怒り狂うアテーナーになれればどんなによかっただろう。しかしわたしには力と勇気が欠けていた。わたしは、たった一個の性的遊具さえ所有していない、小市民的なばか娘にすぎなかった。

ラルフとズージィは、島じゅうの人に知られているレストランにわたしを案内した。島の大きさを考えれば、そこで有名になるのはたいして難しいことではなかった。

ズージィはウエイトレスの頬にキスをして、わたしたちに尋ねもせずに全員分を注文した。

やれやれ、とラルフが言った。彼女はまさにこうだ。われわれにとって何がいいかを知っている。

アップルは肉を食べないし、あなたはふたたび許されてからは肉しか食べない、とズージィが言った。まったく簡単よ。そしてわたしには決まりがない、なんでも食べるわ。

そうだ、きみには決まりがない、残念ながら真実だ、とラルフが微笑んだ。彼はわたしのほうを向いた。まだひりひりするかい？

神経過敏だという印象を与えないように、わたしはわずかにうなずいたが、ズージィは、まるで惨めな心気症患者を見るように、わたしをじっと見た。

クラゲを食べるイカがいない、それが問題だ、とラルフが言った。

イカはわたしたちが食べつくしたわ、とズージィが言った。

トマトサラダも注文したかい、とラルフが尋ねた。

「クラーロ」〔もちろん〕。ズージィは彼の手を握った。ドイツではもうトマトがまったく食べられないの、ドイツのトマトはほんと味がないのよね。

国全体がそうであるように、とラルフが言い足した。

ええ、そうね、とわたしは言って、生意気になろうと決めた。でもドイツのトマトもスペイン産じゃないの?

ええ、でも輸出用トマトは肥料をたっぷり与えられているのよ。スペイン人ならそんなものには手を触れない。赤、緑、黄のパプリカ三色パックも輸出用しかない。まぬけなドイツ人のためよ。

それはどうも、とわたしが言った。

ここの生活のほうがとにかく官能的なのよ、とズージィが言って、ラルフの手を取り、じゃれるように噛みついた。

イビサ島ではひとは獣になる、とラルフが言うと、ズージィは若い娘のようにくすくす笑った。ズージィは襟ぐりの深い真っ赤なワンピースを着ていたが、それはこの日、三着目の服だった。彼女にはもうブラジャーが必要だ、とわたしは考えた。わたしはアリオリを使ったフライパン料理をほとんどひとりで平らげた。ズージィとラルフはその様子を眺めていた。彼らは太らないように気をつけていた。わたしにはもうそんな必要がなかった。わたしたちは長いあいだ沈黙したあと、全員が同時に、お互いになんの話題もないことに気づいた。

ちょっとした懸賞問題だ。きみたちの考えでは、なにが最大の奇跡だと思う、とラルフが質問した。

ズージィがうめき声をあげた。お願い、やめて。

さあ、ほら、がんばって、とラルフが言った。

雪、とズージィが言った。

ハズレ。

シュヴァービングで駐車場を見つけること、とわたしが言った。

きみの世界はずいぶん小さいね、と彼が笑った。さあ、よく考えて。

虹はどう、とズージィが提案した。

食器洗い用タブレット洗剤からビニールカバーをむしり取る必要がなくなること、とわたしが言った。

いいかげんに答えを教えてよ、知ったかぶりのお兄さん、とズージィが言った。

ラルフは息を吸った。最大の奇跡は、ぼくたちが自分は死ぬとわかっているのに、毎日、繰り返し、あたかも自分には当てはまらないかのようにふるまっていることさ。

けっこうなこと、とズージィが冷淡に言った。目下のところわたしは喜んで、それがあなたには当てはまらないかのようにふるまうわ。実際またあなたは、絶えず死について考えることをちょっとやめてもいいんじゃない。

そんなことはぜんぜんしてない。反対だ、ぼくはただ雰囲気を少し陽気にしたかっただけさ、とラルフが言った。

ぎょっとしてわたしは話を中断させた。わたしは雰囲気を壊しているの？

ばかを言わないで、とズージィはたしなめたが、ラルフはうなずこうとしているように見えた。

でもいまのはほんとうに愉快な話ではなかったわ、とズージィがラルフに言った。笑い話をひとつしようか、とラルフが尋ねた。ズージィはうめき声をあげた。

わたしは、雰囲気を変える役目が自分にあることを切実に感じたが、とにかくなんの話題も思いつかなかった。

わたしは陰気な女よね、とわたしが言った。ごめんなさい。

ラルフがため息をついた。ズージィは思いやりのある表情を見せようと努力していた。まったく忌々しい、と彼女がやさしく言った。二人は、途方にくれた両親のように、わたしを眺めた。

でもあの男がわたしの脚に放尿した様子は面白かったわ、とわたしが言った。幸い二人が笑ったので、わたしもいっしょに笑った。

その夜もなおわたしの脚は焼けるようにひりひり痛んだ。わたしは汗だらけのベッドから転がり出て、屋上へ行き、あたたかいレンガの上に横になった。

頭上の星々のなかで大熊座と小熊座とオリオンのベルトだけが確認できた。それ以外の星座は知らなかった。

誰かが素足で階段をのぼってきた。ズージィがわたしの隣に横たわった。

眠ってるの、とズージィがささやいた。

いいえ、とわたしもささやき返した。

いっしょにイビサ市に行く？

でももう夜中の二時よ。

彼女は小さく笑った。ここではいまからようやく始まるのよ、と彼女が言って、わたしの手を取った。さあ。そんなに退屈しないで。

好きで退屈してるのよ。

見せたいものがあるの。

いったいなにを見せたいの？

焦らないで、と彼女が言った。

それで、ラルフはいっしょに来ないの？

彼女は返事をしなかった。

ズージィはわたしの手を引いて、旧市街の大混雑している通りを歩いて行った。短くカットしたショートパンツとミニスカートをはき、多少の差はあれともかく形のよいまっ黒に日焼けした脚をした一団の少女たちが、ハイヒールをはいてぎこちなく歩きまわっていた。汗をかいた若者たちがTシャツとショートパンツ姿であたりに立ち、神経質そうにタバコを吸っていた。空中にはミツバチの巣箱を思わせるブンブンと鳴る音が充満していた。ディスコのチケットがいかがわしいドンファンによって、まるで麻薬のように売買されていた。女たちは、わざとらしく両手をよじり、濃すぎる化粧をほどこした目で男たちを恋い焦がれるように見つめ、調髪した頭を斜めにして、どうか中に入れてくれと懇願した。幾人もの白髪まじりの夫婦が、カフェのなかから怪訝そうに彼らの行動を眺めていた。暑さのせいで、この島ではどうやら誰も眠っていないようだった。

ズージィはわたしを雑踏の奥へ奥へと案内した。アジア人の女たちがクラブの前に立ち、飲み物の引換券をひらひらさせながら、それを誰にでも手渡していたが、わたしにだけはくれなかった。わたしは拒否されたように感じて、妙に心が傷ついた。路地のひとつ先にはもうほとんど女性の姿は見えず、その代わりに、糊づけした白いエプロンをつけ、ブロンドに染めた髪にボンネットをかぶり、短いウエイトレスの制服を着た老いた同性愛の男が立っていた。白い粉おしろいを顔の皺に深く埋め込み、口をけばけばしいピンク色に塗り、まぶたにはつけまつげを貼りつけている。制服の下に汗をかいていて、扇子で空気をあおぎ入れている。

彼女は嫌々ながら、なんとか場所をあけてわたしたちを通した。

ハロー、ハリー、とズージィが言うと、女装した男は寛大にうなずいた。ズージィはわたしを一軒の建物の入口に引っ張っていき、唇に指をあてた。わたしは疲れていたし、足もひりひり痛んだ。

ズージィ、ここでなにをするの？

しーっと彼女は言って、建物の入口から狭い道路の様子をうかがった。ありとあらゆる国籍の幅広い年齢層の男性カップルがすぐそばを散歩しながら通り過ぎた。わたしたちは長いあいだ待ちつづけたが、わたしには、その理由も目的もまったく見当がつかなかった。ズージィがタバコに火をつけた。暗がりのなかに立っていたので、わたしは自分がどんどん消えていっているような気がした。そのことがしだいに心地よくなっていたため、ズージィが突然わたしの腕をつかんだとき、邪魔されたように感じた。彼女はわたしをいっそう暗い入口の奥へ引き込みながら外を指さした。その男が誰なのかすぐには見分けられなかった。男は一人の黒髪の青年の肩を抱き、唇を相手の唇に押しあてていた。青年は光沢のある裸の上半身にサスペンダーをつけていた。ラルフはわたしたちに気づくことなく、通り過ぎていった。

ズージィは、タバコを隅のほうに指ではじき飛ばした。

これを見せたかったの？　とわたしはきいた。

最後にあなたは負けるのよ、どういう形であれ、と彼女は小声で言った。彼女は建物の入口からふたたび道路に歩み出た。あなたの自己憐憫は少し度が過ぎているわ。わたしは侮辱されたように感じたが、にもかかわらず、彼女がどうやってこの問題をうまく処理したのか知りたかった。

うまく処理したなんて、誰が言ってるの？　彼女は、あたかものどにつかえていたものを吐き出そうとしているかのように、口をあけて大声で笑った。何年ものあいだわたしは、彼がもう腎臓移植を受けられなくて死んでしまい、ひとりで取り残されるのではないかとずっと不安だった。ところがいま彼は、新しい腎臓を得てまったく新しい人生を送っている。そしてわたしは別のあり方でひとりぼっち。

彼はまったく突然に同性愛者になったの？　とわたしは信じられずに尋ねた。

最初はただ試そうとしただけ、純粋に、新しい生の喜びから。ところがびっくりするほどそれが気に入ったのよ。いまでは彼は、自分はそもそもずっと同性愛者だったんだけど、勇気がなかっただけだと考えてる。

あなたは彼を失ったわけじゃない、あなたたちは相変わらずいっしょに暮しているもの、とわたしは冷淡に言い切った。

彼女はそれにはもう返事をしなかった。黙ったままわたしたちは車に戻った。しかし家には戻らず、ズージィはいちばん古いディスコであるパチャの前で車をとめた。

眉ひとつ動かさずに平然と八〇ユーロの入場料を払うと、彼女は促すようにわたしをじっと見た。
ズージィ、とわたしは口を開いた。足が痛いし、疲れているのよ。
もう黙って、わたしたち二人には忘れるべきことがあるでしょう、と彼女が言った。
わたしは彼女のためにその機会を台無しにしたくなかった。
今夜はヒッピーナイトよ、彼女がにやにや笑って言った。
まあ、なんてこと、とわたしはうめき声をあげた。わたしには無理よ。

ピンクとブルーの光が周囲にまたたいていた。アフロヘアーのかつらをかぶり、カラフルな丸いサングラスをかけた汗まみれの人の群れが、ピンク・フロイド、ジェファーソン・エアプレイン、ドアーズの音楽に合わせて波打っていた。小さなお立ち台の上では、身体に彩色したほとんど裸の若い男女が、先導ダンサーとして身体をくねらせていた。まばらな髪に革のバンドをまき、顔に深い皺のできた高齢のヒッピーたちがわたしのそばを死者の霊のように通り過ぎていった。
わたしは腕組みをして円柱によりかかり、スプリングボードを蹴ったように勢いよくダンスフロアに跳びだしたズージィを眺めていた。まもなく彼女はわたしの視界から消えた。ストロボスコープの閃光がホールを隈なく鞭のように打った。群衆が溶解して、千の手足をもつひとつの無定形の生き物になった。その生き物は喘ぎながら、過去も未来もすべてを忘れるという目的を達成しようとしていた。かつてわたしは、母が銀行員といっしょに岩陰に行っているあいだ、敷布の上にすわり、装飾品を見張っていた。母はすべての女たちのなかでいちばん美人だった。日焼けして色がぬけた母の長い髪は、褐色に焼けた乳房の上に巻きついていた。前に結び目のあるサロンはほんのちょっとした動きでぱっと開くので、誰でも彼女の恥部を見ることができた。母の目はドイツの春のように緑色に輝いていた。彼女が笑うとみんなが魅了された、わたしさえも。わたしは母を偶像崇拝的に愛し、かつ呪った。

年齢がわたしの半分くらいの若者がわたしの袖をつまんだ。彼はアフロヘアのかつらをかぶり、カーニバルのときのように、薄紫にきらめくシャツを着ていた。

「バイラス?」と彼が叫んだ。なにを言っているのか理解できずにいると、もう一度叫んだ。「バイラス?」、踊るかい?

「スィ」〔はい〕、とわたしはようやく大声で答え、メドゥーサの顔をつくった。蛇たちが額のまわりで舌をちょろちょろ出した。目が赤く燃えはじめ、わたしは舌を突きだした。しかしスペイン人の青年は石にはならず、笑ってわたしの手をとった。

訳注

(1) ロングスカート状の腰布の一種。

(2) 一九七〇年代に全盛期を迎えたイングランド出身のロックバンド。ハードロックのパイオニア的バンド。

（3）ドイツの人気ロック歌手（一九四九〜）。

（4）イングランド出身のミュージシャン（一九三三〜）。

Ⅶ　奇跡

――イングリト

イングリトは浜辺に横たわり、夢を見ている。アップルがアイロン台のそばに立ち、ブラウスにアイロンをあてながら威嚇するようにイングリトを見下ろしているが、背丈はまだとても低くて子どもの顔をしている。アップルは悪態をつき、荒れ狂い、叫び、口をあけたり閉じたりする。イングリトは娘がなにを言っているのか聞きとろうとする。なんだってまたアップルはこんなに怒っているのだろう。イングリトは泣きはじめる。喉が締めつけられ、すすり泣きながらむせて目が覚める。自分がどこにいるのかわからない。周囲は真っ暗、漆黒の闇、月も出ていない。

少しずつ岩の輪郭が確認できるようになり、浜辺だということがわかって、ほっとする。

唯一この岩だけが変わっていなかったので、イングリトは毎日どうしてもここに来てしまう。彼女の後ろを小犬のように執拗に追いまわすベルリンの看護師ヘルムートをふり切ったあとで、彼女は、松葉づえをついて足を引きずりながらホテルを出る。いいえ、どうもありがとう、大丈夫、ひとりにさせてください、少し考えごとがあるので、と彼女は言う。

考えごとなんて、とヘルムートが言って、心配そうに彼女を見つめる。考えたってたいていどうにもならんよ。

暑さのなかイングリトは、ときにはまるまる一時間もバス停に立ちつづけ、フライパンで焼かれる卵のように、日に炙られる。そしてスペイン人の主婦や子守女や、南アメリカ出身の老人専門の看護師、タトゥーを入れたスウェーデン人の若い女性観光客らに混じり、焼けつくように熱いバスに乗って、そのあとようやく海辺に着く。

腰に痛みがあるので、あまり長く歩いてはいけない。もしアップルがいたら、彼女を叱りつけるだろう。なにしろアップルは、イングリトが二週間プールサイドにすわり、少し水中体操をして、カラフルなカクテルを飲み、サラダと魚を食べ、元気を回復し、彼女の負担を減らす状態で戻ってくることを想像しているのだから。ところがその想像とは異なり、イングリトがことごとく不適切な行動をとるため、痛みは日に日にひどくなっている。ホテルで無為に過ごしたくない、外へ出たい、海辺のあの岩のところへ行きたいという欲求のせいなのだ。砂浜ではひとつひとつの動きに苦労する。フリップフロップがぐらぐらする。彼女はカタツムリのように歩行板をわたり浜辺の寝椅子の最前列まで這って進む。寝椅子を貸し出しているペルー出身のパコとはすでに顔なじみだが、寝椅子とパラソルで一日六ユーロする。大金だ。

アップルなら厳しくこう言うだろう。ママ、ホテルのプールサイドならすべてがただなのよ、ママにパッケージ旅行をプレゼントしたのはなんのためなの。

「ブエノス・ディアス・セニョーラ」〔こんにちは、奥さん〕とパコが大声で言う。彼はすり切れた水泳パンツをはき、彼女の寝椅子の前に脚を広げて立つ。彼女は毎日そうするように、特別料金にしてくれと交渉するが、効果はない。しかしパコが笑うので、それによって彼女も笑う。彼女は笑いたくてたまらないのだ。歳をとっていちばん欲しくなるのが笑いだなんて、誰が考えただろう。自分は年老いた、しかしほんとうの年寄りになったわけではない、と彼女は思う。ほんとうに年老いるのはまだ先のことだ。ほんとうの老いは七十五歳からはじまる。それに比べると彼女はまだほとんど若いといえる。ちょうど六十六歳。彼女はひそかに自分をルート六十六と呼ぶ。ルートは彼女のミドルネームであり、ルート六十六[1]はアメリカ合衆国を横断する伝説のハイウェイであり、それをジャック・ケルアックが小説に描き、ボブ・ディラン[2]が歌にした。もう誰も知らない。

イングリトの前には何ものにも動じない海があり、背後には、彼女がどうしても慣れることのできないトレモリノスの冷酷なコンクリートが広がっている。

イングリトは目を閉じて、閉じたまぶたの裏の赤だいだい色を愉しむ。アップルが、胸まで届くアイロン台の前に立ち、宗教的な献身ぶりでブラウスにアイロンをかけている。アップルはそのために一時間早く目覚まし時計を設定し、アイロンをかけたブラウスで学校へ行く。五歳のときアップルは掃除婦の格好をして床を拭き、十歳のときには、アイロンが欲しいと言った。イングリトのクローゼットには当時アイロンをかけた服は一着もなかった。シーツも同じだった。イングリトはそんなことは考えもしなかった。ところが育った環境は逆だった。家ではシーツ類やタオルにはいつもアイロンがかかっていたし、シャツは糊づけされていた。イングリトは子どものとき、毎日、セーターの下に新しく糊づけされた白い襟をつけていた。

アップルはアイロンをかけたばかりのブラウスを着て深く満足している。さらにシーツにもアイロンをかける。自分のものだけに。部屋もぴかぴかに掃除している。ティーンエージャー特有の雑然としたところはいっさいない。それによって彼女はイングリトに繰り返し問い質しているように見える。わたしの頭のなかはこうなっているのよ、それでママの頭のなかはどうなの、と。

イングリトの喉は泣いたためにまだ痛い。夢のなかの痛みがこれほど大きくなりうるとは奇妙だ。それになぜアップルにどなりつけられる夢を見るのだろう。アップルはそんなことをしたことがない。一度も。

暗がりのなかで周囲を見まわすと、イングリトはひとりきりで浜辺の寝椅子に横たわっている。ほかの椅子はすべて積み重ねられ、パラソルは折りたたまれている。何時なのか見当もつかない。背後で町の明かりがかすかにゆらめいている。どうにか身を起こしたが、立ち上がるために両膝を曲げなければならない瞬間が怖い。まだもう少しだけすわっていたい。海のほうを向いて、砕ける波の白い泡とぬめぬめした黒い海面を見ていると、すばやく近づいてくる一艘のボートが目に入る。人びとがつぎつぎにとび出てくる。足がふらついている。数人が転倒し、最後の数メートルの海を犬かきで泳いでいる。身体がイルカのように輝いている。なにも聞こえない。砕ける波がどんな雑音もかき消してしまう。彼らは這って陸にたどり着き、走り去り、影が闇のなかに溶けて消える。イングリトは、自分が目にしたものをほんとうに見たのかどうか確信がもてない。もうみんな消えてしまった。ボートだけがまだそこに残っていて、夢から覚めていく途中のように、穏やかな波の上で揺れている。

イングリトのねぼけた頭のなかをニュースの断片が、アフリカ難民の写真や、「ヨーロッパ侵略」とか「ヨーロッパというボートは満員」などの標語がちらちら飛びまわる。ほかの人たちが現にボートに乗っているというのに、そもそもどのボートのことを言っているのだろう。彼女は海岸でアフリカ人たちを、サングラスや時計や布や不法なCDをいっぱい持った若者や老人たちを見たことがあった。イングリトは、アップルがほんのわずかな小遣いしかくれなかったので自分でも金に困っていたのだが、そのうちの一人から布を買った。だが団体旅行の責任者が到着のさいに言ったせりふはこうだった。お客様の財布は、バッグに入ったままつらい涙を流すでしょう。当地にご滞在のあいだずっと、お客様に一度も見てもらえないのですから。

イングリトは財布をあけて粗悪な綿の布に一〇ユーロ支払った。アフリカの男たちが大家族を扶助していると読んだことがあったからだ。家族は、男たちを頼りにし、家族が延命し学校に通いテレビを購入できるように、男たちに圧力をかけ、命がけで砂漠や海を越えさせる。イングリトは布を買うことによって、同時に、みずからがその地に対して抱えている負債を少しばかり返済したいと思う。

イングリトはこれをシャーマン的思考と呼んでいたが、それは、あるものを手に入れるために、なにか別のことをするという彼女の非理性的なやり方を指していた。これがうまくいくのだ。子どもだったアップルにはそれがわかった。装飾品を買う客がひとりも来なかったり、冷蔵庫が空っぽだったり、怒った家主がドアの前に立って家賃を請求したり、恋人たちが彼女を捨てたり、彼女自身あるいはアップルが病気だったり、古いVWゴルフのエンジンがかからなかったりしたときは、奇跡に頼るしかなかった。そんなときは、どんなにささやかでもいいので行動を起こすこと。たとえばよその猫に餌をやるとか、見知らぬ人におはようと挨拶して一本の花を贈る。さもなければ小さな奇跡を発見すること。たとえば沿道に咲くタンポポ、こぼれた咳どめシロップやフロントガラスの雨粒のなかのきれいな模様、雪の上の鳥の足跡や、宙を舞う埃など。そうすると病気はかならず早めに快復し、車のエンジンがまたかかるようになり、食料貯蔵室のいちばん奥の隅から一袋のスパゲティが出てきたりするのだ。そこにはまた奇跡の詩というのがあって、彼女はそれをアップルに覚えさせ、二人でそれを祈りのように、あるいはマントラのようにつぶやいた。すばらしい詩だったが、いまではもう思い出せない。

そんなにすばらしいものを忘れるなんて、まったく大声を上げて泣きたくなる。なんとしてもアップルに尋ねる必要がある。アップルは奇跡を発見する人だったから。

イングリットは自分の子どもを恋しく思った。あれから何年もたつのに、いまでもまだ幼い子どもが恋しい。大きくなった子どもは他人のようだ。腰の手術のせいでアップルが自分のところへ引っ越してきたここ数週間というもの、しばしばアップルのことをわずらわしく思った。いまでは毎日電話がかかってくるのだが、これもイングリットにとってはほとんど荷が重すぎる。

彼女は用心して脚を一本ずつ順番に寝椅子からふり上げ、足先を砂に突っこむ。鞭で打たれたような激痛が腰に走り、めまいがする。これにはもう慣れているので、痛みがおさまるのを待つが、痛みは引かず、頑固に脚にとどまったままだ。そのとき彼女は、相変わらずまだ寝ぼけたまま、ひとりの人間が足もとの砂に横たわり、彼女のふくらはぎに、溺れかけた人のようにしがみついていることに気づく。

男は黒人で、赤いショーツしか身につけておらず、首に巻いたひもにジップロックのビニール袋を下げている。身体と顔は砂まみれだ。

イングリットは脚をゆさぶったが、男は放そうとしない。うめき声をあげて、自分の口を指さす。男がなにを言いたいのか理解したとき、イングリットは、自分も喉が渇いていることに気づく。彼女は何時間もこの浜辺に横になっていた。ここへ来たのは午後五時で、そのときはまだうだるように暑かったので、パコに水を一本持ってきてもらった。それがまだバッグに入っているに違いない。

水は空っぽで一滴も残っていない。にもかかわらず男は彼女の手からボトルを奪い取り、口にあてて、赤ん坊のように貪欲に吸いつづける。

まったくもう、わたしはなにをしているの、と彼女は考える。逃げだしたい、さっさと姿をくらましたい。しかし男ががっかりしてボトルをおろすと、唇が出血してふくれあがっている。その目が切々と訴えかけてくるので、彼女は反射的にこう言ってしまう。「アイ・ウィル・バイ・ウォーター、ドント・ウォーリィ〔水を買います、心配しないで〕。ジュヴェ・アシュテ・ドゥロ」〔水を買います〕。

彼女のフランス語は下手だったが、男が二回うなずいたので、どちらの言語も通じたようだ。彼女が松葉づえに手を伸ばすと、男も苦労して立ち上がる。しかしかろうじて立ち上がったところで、あたかも身体に一本も骨がないかのように、へなへなとくずおれる。

一瞬、男の顔が見えた。若者だ、身体が若い、と彼女は考える。男は彼女の松葉づえにつかまって立ち上がるが、そのせいで彼女はあやうくつまずきそうになる。彼が片足を引きずりながら背中にずっしりもたれてきたので、彼女は、ほとんど足を交互に踏みだすことができない。

背中に殻を背負ったかたつむりのように、イングリトは浜辺の散歩道のほうへ這うようにして進んでいく。できることならこの男を払いのけたい。男から海と汗の臭いがする。さらに金属のような臭いもするので、もしかすると傷を負っているのかもしれない。彼女は現在のばかげた状況をはっきり自覚する。グアルディア・シビル〔治安警察〕がいつ現れてもおかしくないのだ。しかしひとの姿はまったく見えない。

イングリトは、バーで男に一本の水を買い与えたら、そのあとは彼を運命に委ねようと考える。つまりこうするのだ。松葉づえでタクシーに合図を送る、彼は大きな水のボトルを口にあてて小さな壁の上にすわりつづける、彼女はタクシーの後部座席の窓から彼の姿が消えていくのを眺める、そしてある程度の良心の呵責しか感じない。

ところがようやく遊歩道に到着してみると、もうバーは一軒も開いていないし、男を引き渡すことができたかもしれない歩行者もまったく見当たらない。目の前のトレモリノスはひとけがなく、ひっそりとして暗い。男は低い壁の上にぐったりすわり込み、うなだれている。あたかも疾走したあとのように肩が震えている。男はちょっとのあいだ彼女を見つめる――その目に映っているのはどういう人間だろう。松葉づえで身ぶりをしながら誰にともなくひとりごとを言っている、カラフルな夏服を着た老いた女。彼はなにも理解できず、なにも考えられず、ただ自分の脳のスイッチが最終的に切れる寸前であることしかわからない。

イングリトはどうすれば多少なりともうまく別れを告げることができるかどうか考えをめぐらす。もうさっさとここから足をひきずって立ち去ろう。なお二、三ユーロ彼の手に握らせてもいいかもしれない。そう考えた瞬間に一台のタクシーが彼女のほうに向かってきて、合図をすると止まる。運転していた若い男が、彼女の松葉づえを見て、介助するために車をおりてくる。そのときはじめてアフリカ人に気づく。

「ネセスィタ・アグア」とイングリトが言う、水が必要です。「アオラ!」、いますぐ! 若いスペイン人は躊躇しながら一本の半分飲み残しのコーラを助手席から持ってきてアフリカ人に渡す。わたしもよ、とイングリトは叫びたい。わたしも喉がからからよ!

運転手とイングリトはアフリカ人の様子をいっしょに眺める。男はコーラを飲もうとしてむせてせき込み、吐きだしてからまた口に当て、自制しながらもっとゆっくり飲もうとしている。男の喉ぼとけが激しく上下に移動し、腹部が痙攣するのが見える。つぎの瞬間に男は嘔吐する。

タクシー運転手はわきに飛びのいたが、イングリトの脚に嘔吐物がかかってしまう。男はほかになにも体内に入れていないので、純粋にコーラでできた茶色い液体が彼女の足先に流れおちる。「ミエルダ」〔くそ〕と彼女が言う。タクシー運転手がにやにや笑う。その忌々しいほくそ笑みのせいで、イングリトは運転手に、車に乗りこむ手伝いをするように、そしてアフリカ人にも同様に手を貸すように、不愛想に要求する。

でもこの男がまた嘔吐したら、とタクシー運転手が抗議する。

弁償します、とイングリトが言う。行って。彼女のスペイン語は複雑な議論を受けつけない。彼女はホテルの名前を告げる。タクシー運転手がまるでトランクのようにアフリカ人を後部座席に詰めこむと、男はイングリトの肩にどっと倒れかかる。まぶたがわなわなと震えていて、失神する直前のようだ。

くそ、とイングリットは考える。この上さらに気を失うなんて。もし病院に運びこめば、この男はすぐに刑務所に入れられる。彼女は自動的に刑務所、デカ、くそ国家のような概念を使って考える。それは彼女が四十年前に学んだ言葉だ。

そもそもそのほうが楽だったからにすぎないが、イングリットは彼の痩せた肩を片手で抱く。なだめるように背中をたたく。そして耳もとにささやく。「スーン。ウォーター。ロ」〔もうすぐ。水。ミズ〕。

男は唇を動かすが、彼女にはなにも聞こえない。彼女自身がいまひじょうに喉が渇いていて、舌が上あごに貼りついている。

タクシー運転手は表情を変えずに金を受け取ると、アフリカ人を車から引っぱり出し、落とすようにして降ろしたあと、イングリットにもたせかける。そのため彼女はよろめいてしまうが、ふたたび杖を取り、なんとか身体を支える。

「セニョーラ」、とタクシー運転手はなおも首をふりながら言うが、すぐに車を発進させる。

決心がつかず途方にくれて、イングリットは男といっしょにホテルの敷地の前に立つ。急いでなにか飲まずにはいられない。それほど喉がからからだ！　そのときロビーの前の花壇の芝生用スプリンクラーが物憂げにあちこち方向を変えながら散水しているのに気づく。彼女はそちらへ男を押す。すると男は理解してひざまずき、両ひじを使って芝の上を這い進み、顔をスプリンクラーの上にかざし、水を口のなかに飛び散らせる。先ほどのコーラより、こちらのほうがましなようだ。男は腹ばいになり、一滴もこぼさず口に入れる。最初はがつがつと、それからゆっくり、水は確実にあふれつづけるという信頼をいだきながら、水をちびりちびり口に入れ、スプリンクラーが方向を変える切れ目を利用して、その水を飲みくだす。イングリトはカニのように横向きで一歩一歩後退する。

そのあとさらに「グッバイ・アンド・グッド・ラック」と小声でささやく。

夜勤フロントがいびきをかいてテレビの前で眠っている。

イングリトはナイトテーブルに置いてあった大瓶の水を一気に飲み干す。ベッドの上に折ったばかりのタオルの白鳥がある。彼女は疲れ切って横になり、白鳥を腹にのせる。深々と息を吸ったり吐いたりすると、そのたびに白鳥が、あたかも波の上で揺れているかのように、浮いたり沈んだりする。こうしているあいだにも、階下のホテルの前では、一人の男が芝の上を這いずりまわり、スプリンクラーの水を吸っている。忌々しい、と彼女は考える。でもわたしはできるだけのことをした。たいていの人がやる以上のことをした。

二、三時間したら夜が明ける。もしあの男が相変わらずまだあそこにいたら、デカが呼ばれるだろう。つやのあるこっけいな黒帽子をかぶった残忍なグアルディア・シビルのことを彼女はあのころから知っている。彼らはヒッピーを棍棒で繰り返し浜辺から追い払った。治安警察はあの男をまず仮収容所に押しこめ、それからアフリカに送り返すだろう。

五時少し前に彼女はふたたび服を着て、苦労して部屋を出る。

フロント係は依然としていびきをかいている。芝生にはひとけがなく、アフリカ人の姿はもうそこにはない。彼女はほっとすると同時に、いろいろ骨を折ったせいで、自分が気高い人間になった気がする。ところが足をひきずりながらロビーに戻ろうとしたとき、男がブーゲンビリアの茂みの陰にすわっているのが見える。赤い水泳パンツと薄紫色のブーゲンビリアの花が暗がりのなかで輝きを競い合っている。男は手を上げて、まるで通りがかりにちょっとおしゃべりをする昔からの知り合いを見かけたかのように合図する。あら、元気？　逃亡はどうだった？　ああ、そう、わたしの体調もあまりよくないの、腰がね。ひとは若くはならないものね。じゃあ、さようなら。

彼女は、前日に浜辺で彼をふり払う機会を逸したように、先に進むことができたかもしれない短い瞬間を逸してしまう。その小さな抜け穴を逃したあとで、なぜだろうと自問する。彼女はとくに社会的な人間ではないし、世界を救いたいと思ったこともなければ、看護師の魂も持ち合わせていない。筋金入りのエゴイストだ。彼がきれいだったから先に行かなかったというのが真実だ。このとき初めて、もう砂まみれではない彼の顔をはっきり見る。端正な顔立ちと美しく波打った唇、まっすぐに向けられた静かな視線。彼女はもう長いあいだ男女を問わず誰からも、そのように無条件に、なんの判断も下さずに見つめられたことがない。彼はただ単に見ているだけだ。

エレベーターのなかで彼らはぴったり寄り添って立つ。彼女は、ネオンの光に上から意地悪く顔を照らされ、この場合自分がどう見えているのか知っている。彼女は彼の両足を眺める。彼は素足で、片足が分厚く腫れあがっている。彼女は、視線を上へすべらせながら、長い脚、締まった腰、赤いショーツ、幅広くなめらかな胸郭、首にかけられたプラスチック袋を観察する。袋のなかに、携帯電話と透明フィルムで密閉された数枚の写真とライターが入っているのが見える。彼女は彼に微笑みかけたが、彼は微笑みを返さない。あなたを助けているのよ、少なくとも微笑んでよ、と彼女は考える。

彼らは縦に並んで、足をひきずりながら廊下沿いに歩いていくが、男はいっさい音をたてない。もしわたしがふり向いたら彼は消えている、と彼女は思う。まるでオルペウスとエウリュディケーね。わたしがあなたを地獄から救い出す。

ドアをあけたとき彼女には、暗い廊下にいる男の姿がほとんど見えない。ためらいがちに男は彼女について部屋に入る。彼女は、鳩がクークーと鳴くように、心を落ち着かせる小さな声を出す。

イングリトは無言で浴室のシャワーの蛇口をひねり、浴槽に入るように合図する。男はショーツを脱がずに子どものように浴槽にしゃがんで、あけた口に音をたてて水を流し込み、あたかも何年も身体が干上がっていたかのように、いくら飲んでも満足しない。胸の上のプラスチック袋はつけたまま、彼女にひったくられることを恐れているかのように、両手でしっかり握っている。イングリトは彼をひとりきりにさせる勇気がない。このあと失神すれば、海ではなく、浴槽でおぼれ死ぬかもしれない。彼女は浴槽の縁に腰かけて、浴用タオルと石鹼で彼の両腕をこすり、皮膚がナスのように暗く輝くまで、ハンドシャワーで砂と塩と血を洗い流す。男は、そうすることに慣れているかのように、自動的に前かがみになる。彼女は彼の背中を洗う。幼いアップルに最後にこうしたのはもう三十年以上も前のことだ。彼女は、最近たびたびそうなるのだが、突然悲しみに襲われ、同時にまた、未来は残り少なくなっている、しかもただの一歩さえ後戻りはできないのだという苦痛に満ちた認識に打ちのめされる。前進、つねに前進。歩数の残りはもうわずかしかなくて、一歩ごとにわたしたちは、長いあいだ自分のものだと思っていたものをふたたび手離さなければならない。なにもかもその手から奪い取られる。なにもかも。

男が目をぱっとあけて、いぶかしげに彼女を見つめ、濡れた手を彼女の手に重ねる。なんて愚かな甘たれた老婆なの、と彼女は自分をののしる。ここで声を上げて泣く理由を持っているのはこの男だけだ。彼女は男に微笑みかける。彼は、もう十分に見てしまったかのように、ふたたび目を閉じる。老いた白人の女。

彼女は、白鳥の形に折られたタオルを、このけちな安ホテルでたった一枚のタオルを彼のためにほどく。単なるタオルにすぎないが、それでも毎日繰り返し白鳥の形に折られている。バスタオルが欲しければ二〇ユーロの担保を支払わなければならないし、そのうえ浜辺に持って行くことも、それを使って寝椅子の場所取りをすることも許されていない。そのため手練れの者は専用のタオルを持参していて、すでに朝の六時には、そのタオルを寝椅子に置いている。

イングリトは男の身体をごしごしこすって乾かすさいに、つま先立ちにならなければならない。彼の濡れたショーツから彼女の足の上に滴がしたたり落ちるが、どうやら彼はいまでもそれを脱ぐ気はなさそうだ。半分目を閉じたまま壁にもたれている。ベッドに連れていくと、ぐったり腰をおろし、ひっくり返り、その瞬間にもう眠り込んでしまう。男はそこに仰向けに横たわり、両手を大きく伸ばし、長い脚を広げて、ダブルベッドにもかかわらず、ベッドをひとり占めした格好になっている。彼女は、ナイトテーブルのランプで彼の足を調べる。出血している。三本の指が裂けてつぶれ、淡紅色の肉塊になっていて、くるぶしははじけそうなほど膨張している。

トイレットペーパーを足に巻きつけてみたが、たちまち血だらけになる。つぎにタオルを巻きつけると、それはアートプロジェクトのように美しく薔薇色に染まる。

男の上にかがみこみ、試みに頰にキスをしてみる。皮膚が相変わらずまだ塩辛いような錯覚をおぼえる。男のまぶたの裏で、眼球が荒々しい夢のなかを踊りまくり、彼女には知る由もない映像がゆらめいている。彼女が知っているのは、テレビ局アルテとフェニックスで夜間放送されているいつも同じ内容のドキュメンタリーだけだ。砂と熱を防ぐためにしゃれたサングラスと野性的なターバンを身につけた黒人の若者たち、まるでヒップホップボーイズのアフリカ版のような恰好をした若者たち。彼らはトラックの荷台にぎゅうぎゅう詰めになって北の砂漠を越え、ぐらぐら揺れる小さなボートのなかにすわり、苦労を重ねて地中海を渡る。イタリアやスペインの海岸警備の仮収容所の汚れた壁の前にしゃがみこみ、疲労のあまりうつろな目をしてカメラを凝視する。イングリトは眠りたいと思う。しかし部屋には安楽椅子がなく、テレビの前にプラスチック製のスツールがあるだけで、彼女の腰ではほとんどすわっていられない。ましてや眠ることなどできない。

イングリトはベッドの上の男をやさしくわきにずらし、ぴったり身体を寄せて横になる。彼女はもう長いあいだ男性の横に寝たことがない。「もう二度と」という二つの単語をみずからに禁じていたにもかかわらず、もう二度とそんなことはないだろうと、ほとんどそう思っていた。老いはひとの身体にナイフを何度も突き刺して最後には殺してしまうが、「もう二度と」という言葉はそのうちの一突きだ。もう二度と。よりにもよって彼女が、すなわち男にもてて貪欲で不実で愛に依存する女だった彼女が。もう八年以上前から男とは縁がない。八年前にヘンリーを亡くした。ささやかな愛だった、大恋愛ではなかった。しかしそれ以降はなにもない。医者と理学療法士に触れられる以外は、異性との接触はない。彼女はため息をもらし、背中をさらにぴったり男に押しつける。そのとき男が大きく息をつき、横向きに転がって、熱い息を彼女のうなじに吹きかけ、重い腕を彼女の身体にかぶせる。その腕を彼女は感謝して受け取る。彼女は彼の手を撫で、事態がさらに展開することを期待し、それをまったく恥ずかしいと思わない。しかし娘が朝早く電話をかけてきたとき、二人はそのままの格好でまだそこに横たわっていた。

ママ、元気？　まだ寝てるの、とアップルが尋ねる。ねぼけたような声ね。すべて順調なの？　声が変ね。

どうしてよ。

わからないけど、なんとなく変よ。どうしてそんなに声をひそめて話すの？

イングリトの横の男は、まるで死んだように、物音ひとつ立てずにそこに寝ている。しかし皮膚の下の頸動脈が小さな蛇のように脈打っているのが見える。

黒人とは一度も寝たことがなかった、とイングリトは考える。単純に出会いがなかった。

声をひそめてなんかないわ、とイングリトは言う。みんなに聞こえるのが嫌なだけよ、ここの壁は紙みたいに薄いから。

それがどうしたの。聞かれて困ることなんかなにも話してないわ。

ベッドで隣に黒人の男が寝てるのよ。

まあ、そういうこと、ママ、とアップルが言ってため息をつく。腰の調子はどうなの？

オーケーよ。

沈黙。最初の挨拶の言葉が尽きたときに、二人のあいだにつねに生じる沈黙。イングリトのベッドにアフリカ人の男が寝ていても無実であることをアップルに納得させようとしても、まったく意味がない。いずれにせよ彼女は母親をいかがわしいセックスツーリストとみなすだろう。

サラダはおいしいわ、ビュッフェの魚もね、とイングリトが言う。ぜんぜん悪くないわ。

よかった、とアップルが冷淡に言う。

いまどこにいるの、とイングリトは話題を自分から逸らすために質問する。

家よ、それ以外はありえないでしょう、とアップルが言う。

それで、なにをしてるの、とイングリトが質問する。彼女はすでにアップルの声が危険に震えていることに気づいていたが、そのことにはどうしても立ち入りたくない。

犬を買うことにするわ、とアップルが言う。

ということはつまり、ゲオルクが二度と姿を現さなかったということだ、とイングリトは推測する。彼女は驚かない。じつをいうと、ゲオルクがこれほど長く自分の娘と関係を続けたことにびっくりしていたくらいだ。アップル、いったいどういうことなの、とイングリトが小声で尋ねる。

さびしいの、それで犬を買うことにしたの。

これまで決して犬好きではなかったくせに。

だからなに？　それじゃ犬好きになるわよ。

よく考えて。犬は、住まいを至るところ毛だらけにするし、嘔吐もするし、ときには絨毯にウンチもする。

人間の男とたいして変わらないわ、とアップルが言う。絨毯の件を除けば。

イングリットは状況をわきまえて黙っている。好きにするといいわ、と彼女は可能なかぎりやさしく言う。

ええ、そのつもりよ、とアップルは辛辣な口調で言う。批判するのはやめて。

なにも言ってないわ、とイングリットが疲れて言う。なにも言わなかったでしょ。

もう切ったほうがいいわね、とアップルが言う。

ええ、とイングリットは言いたいが、そうは言わずに尋ねる。どんな犬？

パッグ犬[3]よ。もうなにも言わないで。

言わないわよ。

わたしが依拠するのはロリオー[4]よ、とアップルが続ける。「パッグのいない人生は可能だが意味がない[5]」。

パッグはちゃんと呼吸ができないから、つぎつぎにいろんな病気にかかるわよ。

なにも言わないんじゃなかったの。

二人はともに長く大きくため息をつく。あたかもそれが、彼らが歌ういつも同じ歌の器楽楽章であるかのように。

奇跡の詩のこと、覚えてる？　とイングリットが質問する。

いいえ、とアップルが即答する。

あの詩。わたしたち、小さな奇跡を探すたびに、あれをいつも暗唱したわね。なんのことかしら、とアップルがすげなく言う。

イングリトは、アップルがそれを正確に知っているのに、まるで最後の一片のチョコレートのように、その詩をとにかく差し出したくないのだと感じる。

じゃあ、いい一日を過ごしてね、とアップルが言う。

あなたもね。それからイングリトはすばやく言い足す、あなたがいなくて寂しいわ。

アップルはすぐには反応しないが、それから小声で言う。じゃあね、ママ、また明日。ばかなまねはしないでね。そして切る。

受話器を置いてふり返ったとき、イングリトは、アフリカ人が目を大きく見開いて自分を見つめているのに気づく。

「ボンジュール、ハロー」と彼女は用心深く言う。ひょっとすると彼はなにも思い出せないかもしれないのだ。彼女は、傷ついた小鳥を扱うように、びっくりさせまいとして、急な動作を避ける。彼の胃がぐーぐーいうのが聞こえる。

空腹。「ファン」と彼女が言うと、彼はゆっくりうなずきながら、これは夢ではないかと疑っているかのように、相変わらず彼女を凝視している。

彼女は慎重に立ち上がり、ちょっと朝食用食堂へ行ってなにか食べるものを持って来るからドアをあけてはいけない、心配しなくてもいいと彼に説明しようとする。彼はなにも言わず、脚を持ち上げて、彼女がタオルを巻きつけた足先を見ている。

「ドント・ウォーリー」〔心配しないで〕と彼女が言う。「ノット・ソー・バッド」。〔それほどひどくない〕。「パ・マル」〔ひどくない〕。

彼は彼女を無表情のまま見つめる。なんとまあきれいな青年だろう。なんと若いのだろう。じゃあ、ちょっと行ってくるわ、と彼女が言う。反応はない。彼女は「起こさないでください」のカードをドアの外にかけ、ルーマニア人の掃除婦がそのメッセージにしたがってくれることを期待する。とはいうもののその掃除婦は、イングリトが何度も昼まで部屋に残っていて、掃除時間の割りふりをめちゃくちゃにされたせいで、すでに彼女を嫌っていた。

旅行者たちが赤く日焼けした休暇特有の顔で、義務的な呼び出しに応じるかのように、廊下を通って朝食会場へ急いでいる。イングリトは誇らしい気持ちでベッドに寝ている男のことを考える。自分には秘密があるがほかの人にはそれがない、と彼女は思う。

イングリトは食堂じゅうを迷い歩いて、クロワッサン、チーズ、果物、ケーキを皿に山積みにする。ちょうど二枚目の皿に目玉焼きを三枚積み重ねたところで、ベルリンから来ているへルムートが、ハロー、ハロー、美人さん、と話しかけてきた。どうやらあんたも「食べ放題」を理解したようだね。これが「オールインク」のいいところさ。つねに得をしている気分になる、そうだろ？

イングリトは、アフリカ人の足をみてくれるようにヘルムートに頼むべきかどうか思案するが、彼女にはこの男を見きわめることができない。とても親切だとはいえ、ヨーロッパの「オールインクルーシブ」は全員のものではない、奴らはおとなしく外にとどまるべきだというのが彼の考えなので、結局この男は彼女を密告するだろう。

いったいなにをきょとんと見てるんだい、ドレスから水玉模様を盗まれたフラメンコダンサーみたいだ。なにか取ってこようか。杖はいったいどこだい？

ありがとう、大丈夫、とイングリトは断る。遠くないから。きょうは部屋で食べるわ。

部屋食はここでは禁止されている、とヘルムートが気の毒そうに言う。つかまったらバンドを取り上げられる。歓迎の挨拶のときよく聞いていなかったのかい？　イングリトが出口のほうを見ると、ほんとうに二人の厳格そうなホテルの従業員が警官のように見張っている。

クロワッサンはハンドバッグに隠せばいい、とヘルムートが親切に助言する。玉子はやめたほうがいいな、スクランブルドエッグになっちまう。彼は笑う。イングリトは彼の忠告にしたがい、さらにオレンジ一個とヨーグルト一個をなんとかしまいこむ。ヘルムートは彼女の後ろから一鉢のイチゴを持ってついてくる。

ここではこれは赤い黄金と呼ばれている、ぜひ食べるべきだ、と言うと、一粒のイチゴを彼女の顔の前に差し出す。イングリトは素直に口をあける。

これこそイチゴだろう、とヘルムートは、あたかも彼がみずからイングリトのために植えて収穫したかのように言う。彼は持っていたビルト紙で鉢をくるむ。そこには大見出しで「四週間前から雨。ドイツ――夏の悪夢」と書かれている。

ありがとう、とイングリトはていねいに礼を言う。彼女は急いでいる。部屋には飢えた人間がいるのだ。

休暇中にこんなふうにひとりで退屈しているときには言ってくれ。ヘルムートは無邪気に彼女を見つめる。彼の茶色い肌は、古い革製かばんの生地のようになっている。イングリトは彼の孤独と勇敢さと負けまいとする決意をはっきり見てとる。

彼女は微笑む。それはそうとパッグをね、娘がパッグを買うのよ。

それじゃ娘さんには犬用の「いびき箱」が必要だ、とヘルムートは即座に言う。夜は犬を「いびき箱」に入れて、寝室の外へ出さんとな。奴らの鼻は狭すぎる、野郎どもは健康じゃない。

わたしもそう言ったのよ、とイングリトが答える。でも娘は聞こうとしない……。じゃあ、失礼するわ。さようなら。「アスタ・ルエゴ」〔またね〕。

「アスタ・ラ・ビスタ、ベイビー」〔じゃまたな、可愛い子ちゃん〕、とヘルムートが大胆に言う。彼は、くだけた会話を交わし、彼女の口にイチゴを押しこんだあとなら、こう言っても許されると考えたのだ。彼は力をこめて彼女をじっと見つめる。

イングリトは微笑む。彼女には、いま彼が自分のことを昔は美人だったに違いないと考えていることがわかる。

つかまるなよ、とヘルムートが彼女の後ろから叫ぶ。

イングリトが部屋に戻ったとき、アフリカ人の男は外国語で電話をしていた。男はぎくっとしてすぐに電話を切る。

しーっとイングリトは落ち着かせるように言う。「イッツ・オーケー、オーケー」。

男は、まるで底なしの穴に詰め込むように、がつがつ食べる。彼女は誇らしげに彼を眺め、そして注意する。「ラントマン、スローーリー！」〔ゆっくり、ユックリ！〕。しかし数分後にはもうすべてが消え失せている。イチゴの果汁があごを伝って流れている。黙ったまま彼はイングリトに鉢を渡す。

「モア？」〔もっと？〕

彼はうなずく。

彼女はふたたび出かけるが、今度は大きなビーチバッグを持っていく。なぜ早々に朝食用ブッフェに戻ってきたのか、ヘルムートにどう説明すればいいのだろう。ところが彼女はとうていそこまでたどり着けない。

ティーナが足の手入れというテーマでロビーに小さな宣伝用のブースを作ろうとしていたのだ。「あなたの忠実な足に感謝を！　ご褒美にお手入れを！」

ティーナに気づくのが遅すぎた。円柱の陰まで足を引きずって戻りたいと思うが、それはばかげている。

おはよう、ティーナ、と挨拶して、彼女は大げさに嬉しそうな目つきをする。

この日ティーナは、筋肉質の男性的な上腕部が際立つノースリーブの赤い夏用ワンピースを着て、またしても完璧に化粧をほどこし、髪をドライヤーで整え、服によく合うマニキュアを指に塗っている。彼女はためらうようにイングリトを見て、それからなんとか迷いをふり切って短く「オラ」〔ハロー〕と返事をする。ところがイングリトが先へ行かず、なにも答えず、ただ奇妙に自分をじっと見つめているので、最後に不愛想に尋ねる。それで？　元気？　すべて順調？


あとになって考えると、イングリトはなぜ自分がよりにもよってティーナもしくはティム、すなわち元愛人の息子にとっさに信頼をいだいたのかよく理解できない。しかし結局のところティーナは足の扱いに慣れている。そこでイングリトは部屋にいるアフリカ人と足の傷についてティーナに簡潔に説明する。するとほんとうにティーナはすぐに事態をのみこんで、即座に同行する。しかもイングリトが杖なしでは動けないので、彼女と腕を組みさえする。

二人は母と娘に見えたかもしれない。イングリトはティーナの香水を嗅ぎ、組み合わせた彼女の腕の力強さを感じ、赤いパンプスをはいた大きな足が廊下を歩いていくのを眺める。ふとイングリトの心に、これは自分の娘であって、彼女とならよく理解しあえるかもしれないという考えが赤く燃え上がる。

細身のワンピースを着たティーナはベッドのへりの手前で上品にしゃがみ込み、あたかもすぐにペディキュアを始めるかのように、いかにも専門家らしくアフリカ人の足をきれいにする。男はひじをついた姿勢のまま、苦痛のあまり顔を歪める。ティーナは額にかかるひと房の髪をふーっと吹く。このささやかな女性らしい仕草を、彼女は何度練習したのだろう。

イングリトはホテルの救急箱からヨード溶液と包帯用ガーゼを取り出してティーナに渡す。

大したことはないわ、まだ病気に感染していない、とティーナが言う。

ドアにノックの音。

清掃します、と掃除婦が叫ぶ。

あとにして、とイングリトが叫び返す。しかし鍵がすでに外から鍵穴に差し込まれる。

「マス・タルデ」〔あとで〕と今度はティーナが叫ぶ。にもかかわらずドアがあけられる。イングリトは立ち上がって部屋を覗かれるのを防ごうとするが、間に合うように身を起こすことができない。そのときすでに薄青色の上着をきた若いルーマニア人の女が部屋の中央に立ち、アフリカ人の男と二人の女を一瞥し、三人全員の上に、一鉢の汚れ水をぶちまけるように、スペイン語で罵声をあびせる。イングリトは黒い足を意味する「パタネーグラ」と、くそを意味する「ミエルダ」という単語を聞きとり、掃除婦がすぐにホテルの管理部に申し出ること、そして二人の女を「プータス」すなわち売春婦とみなしていることを理解する。

ティーナは掃除婦をののしるがままにさせておき、立ち上がりもせずに平然としてアフリカ人の足をぬぐいつづけ、この女に二〇ユーロやって、とイングリトに言う。

イングリトは、ティーナがこのとき初めて自分に親称を使ったことに気づいて、ほとんどほろりとさせられる。

イングリトがルーマニア女に二〇ユーロ札を渡すと、女はなにも言わずに受け取り、それを上着に押しこむ。あしたは五〇ユーロだよ、と彼女はなおも言い放ち、くるりと背を向けて、ドアをばたんと背後にしめる。

あの女の気持ちがわかるわ、とティーナが落ち着いて言う。彼女は夫と子どもを連れて仕事を探しにルーマニアからドイツへ来て、さらにスペインにまでやってきた。夫はウエルバ[6]のイチゴ畑で働いてたの。そこへもっと安いアフリカ人たちが押し寄せてきて、彼女の夫は仕事を失った。もし彼女が黒い足のせいでここのホテルを解雇されたら、完全に打ちのめされて、あたしたち三人を皆殺しにするわ。

ティーナがアフリカ人に微笑みかけると、男が用心深く微笑みを返す。それを目にしたイングリトが嫉妬を感じたまさにそのとき、男の首に下げたプラスチック袋の携帯電話が鳴り響く。男は震える手でそれを取り出し、懇願するように二人をじっと見つめる。手のなかで携帯が鳴りつづけるが、男は電話に出ない。

オーケーと言ってティーナが立ち上がり、いっしょに来るようにイングリトに合図をして浴室へ入る。

ティーナは二人の背後でドアをしめ、鏡を見ながらメイクアップをチェックする。

あたしたちに聞かれていないときにしか電話できないのよ、と彼女が言う。そしてタバコに火をつけ、深々と煙を吸いこむ。自分がどこから来たのか知られるのが怖いのよ。知られたら、そこへ送り返されるかもしれない。黙秘してはじめてスペインにとどまるチャンスが生まれるのよ。ここで身元不明のまま六十日、そうすれば受け入れられる。

ティーナが煙を吐き出すと、その煙が、ぼかしを入れるように、鏡に映った彼女の顔の上に漂う。イングリトは浴槽の縁に腰をおろす。浴槽にはまだ浜辺の砂が残っている。彼女は突然ひどい疲れを感じる。二人は黙っている。ティーナのタバコの煙がゆっくり浴室じゅうに広がっていく。隣から、ぶつぶつ言っているぼんやりとした声が聞こえる。イングリトは、ティーナの赤いワンピースの下の男性的なふくらはぎと、小さな引き締まった尻を眺める。

ティーナが、鏡越しにイングリトを観察しながら、これまでずっとあんたを憎んできた、と淡々とした口調で言う。

わかるわ、とイングリトが答える。

でも父は決してあんたのせいにしなかった。

知ってる。

あたしにとっては、母が死んだのはあんたたち二人のせいよ、とティーナが言う。

ええ、とイングリトが言う。軽いめまいがする。浴槽の縁の上でバランスをくずすのではないかと不安になる。

あたしはあんたたちを許さない、とティーナが言う。

その必要はないわ。イングリトは、ずっしり重く感じられる頭を上げ、鏡に映ったティーナをじっと見る。ティーナはタバコの灰を洗面台に落とし、口紅を軽く塗りなおす。

母はあのころ、あんたと同じ格好をしようとしていた。髪を整えるのをやめて長く垂らし、化粧もしなくなった。ブラジャーもつけなくなった。でもすべてがむだだった。

問題の本質はわたしにあったんじゃない、とイングリトが小声で言う。わたしたちはただ違っていた。それだけよ。

あんたがいまでは老人だということをすっかり忘れてた。覚えているわ、一度わが家に来たことがあったよね。娘さんといっしょに。

アップル、とイングリトが言う。

そう、そう。アップル。なんともひどいヒッピーの名前、とティーナが嘲笑的に言う。彼女はあたしと話をしなかった、それはまだ覚えている。母は家にいなかった……

イングリトは黙って足もとをみつめ、ティーナが一週間前にはじめて塗ってくれた足の爪の剝げかかったエナメルを観察する。

母はここに、トレモリノスに埋葬されているのよ、とティーナが言う。

ぜんぜん知らなかったわ。イングリトはほんとうに驚いた。彼の妻がここに埋葬されたのなら、カールはあのときなぜ彼女にそのことを言わなかったのか。しかし聞いていたらどうしただろう。映画のように、黒いサングラス姿の愛人として、葬儀中、藪のなかに隠れていただろうか。

そもそも母のこと覚えてる？　とティーナが質問する。

イングリトはその女性のことをただぼんやりとしか覚えていない。まだ記憶にあるのは、ハイケという名前だったこと、彼女が細身の白いワンピースを着て白い帽子をかぶり、それに合うハンドバッグを下げて、ひどくプチブル的な印象を与えたこと。しかしイングリトは力をこめてこう言う。きれいなひとだったわ。

ティーナはうなずく。イングリトはつけ加えて言う。あなたは彼女に似てるわ。

それは真実ではないが、似ていると思われることがもしかするとティーナを喜ばせるかもしれない。実際またティーナはそのとき、ほとんど感謝の気持ちをこめて、少し微笑む。そのあとすぐに背を向けて、洗面台から灰をぬぐいとっているかのようなふりをする。

二人が部屋に戻ったとき、アフリカ人はいなくなっていた。彼が寝ていた毛布のくぼみをまだはっきり見ることができた。イングリトは、まるで恋人に捨てられたかのように、最初は傷ついて屈辱的な気持ちになるが、つぎにほっとする。と同時に彼女は、楽しかったテレビ番組が終わったときのように、男が姿を消したことを残念に思う。まるで味気ない仕事に無理やり戻されたかのように、自分が退屈なパッケージ旅行の休暇に戻ってゆく姿が見える。行っちゃった、とティーナが冷めた言い方をして、新しいタバコに火をつける。イングリットはできることなら、ここは禁煙よ、と言いたい。

でもどこへ行ったのかしら。

ティーナは肩をすくめる。たいてい親類や知人がここにいるのよ、と彼女が言う。きっとうまくやるわ。ちょうどイチゴの収穫時だもの、何千人ものアフリカ人がウエルバの森で生活してる。「オロ・ロホ」、赤い黄金。あたしはイチゴアレルギーだけどね。ティーナは自分のバッグをぐいとつかむ。

わたしのハンドバッグがない、とイングリットが言う。ショックのあまり手がむずむずする。青いハンドバッグ。パスポートもお金も全部入ってる。

「ミエルダと言ったらどう」とティーナが提案する。

くそ、とイングリットが言う。くそ、くそ、くそ。なんてひどい、まぬけな女なの！　アップルに電話をかけて、助けを請わなくては。彼女にお金を送ってもらって、領事館に仮のパスポートを発行してもらわなければ。しかも、たぶんここには予定より長く滞在しなければならない。おお、彼女はうめき声をあげる。どうしてこうも大ばかになれるの！

彼女はぐったりとベッドに沈みこむ。予期せずに涙があふれてくる。泣かないで、とティーナが言う。彼女は人工の乳房の前で腕組みをして、途方にくれてイングリットを見つめる。どうか泣かないで。

しかしイングリトは泣くのをやめられない。なぜやめられないのかまったく理解できない。少し前に浜辺で夢を見ていたときと同じように、しゃくりあげて泣きつづける。あたかも何かがまだ泣き終えられていなくて、急いで最後まで泣かなければならないかのように。彼女はますます深く渦に巻きこまれていく。すべてが渦を巻き大きな排水口に押し流されていく。すなわち浜辺、岩、若いころの自分と老いた自分、まだ幼い可愛い娘と成長して不愛想になった娘、カール、彼女があのころいっしょに生きることを夢見たあのハンサムな男と老人ホームにいる老いたカール、いまではティーナと呼ばれている息子のティム、自宅のプールで自殺したハイケ、アフリカ人、ハンドバッグ、財布。財布の中はいずれにせよほとんど空っぽだった。なぜなら彼女が過去においても現在においてもつねに無能な人間だから、そしてなにも、もうなにも持っていないから。

ティーナがなだめるように彼女の背中をたたくが、馬でも扱っているかのように、たたき方が少し強すぎる。まあまあ、とティーナが声をかける。それからこう言う。もう一度下のブースに戻らなければ。

イングリトはうなずき、スカートの裾で鼻をかみ、相変わらず泣きやむことができないが、微笑もうと試みる。ええ、お行きなさい、どうもありがとう。

ティーナはためらいながら立ち上がり、ワンピースを引っ張って整え、髪に手をやり、自分のバッグを取ってちょっと微笑む。彼女はドアのところでもう一度ふり返り、浴室へ行き、ふたたび出てきて、これあんたの？　と尋ねる。

伸ばした手に青いハンドバッグを握っている。


午後、イングリトはたったひとりで墓地へ行く。そこは、引き出しがたくさんついた戸棚のような巨大な石棺のあるスペインの墓地で、花々はプラスチック製だ。生花はここでは長持ちせず、慰めを与える前にしなびてしまう。にもかかわらずイングリトは一本のほんものの薔薇を、湿らせたテンポのティッシュペーパーで巻いて持参している。ティッシュペーパーがひんやりして手に心地よい。ティーナが図をかいてくれたのだが、見つけ出すまでに途方もない時間がかかった。「ハイケ・ビルカー、一九四五年五月一二日〜一九七六年八月一七日。あなたのことをいつも恋しく思い出します。ティムとカール」。

彼女は引き出しに設置された小さな緑色のプラスチックの花瓶に薔薇を差し、日陰の石の上に腰かけ、薔薇がしなびていくのを眺める。コウロギがただ漫然と鳴いている。死者たちが静寂のなかから、心を静める彼らの歌をいっしょに口ずさむ。何事も無と化せば良し、とかそんな歌。過去がここではそれ自体疑わしいものになる。そもそも過去は存在したのだろうか。イングリトにはもはや想像できないのだ。別の女性がここに埋葬されているあいだ、大声で泣きながらテントで寝ていたのがかつての若かりし自分だったとは。

まるで長く洗濯されすぎた洗い物のように、くたくたに疲れ果てたような気がする。もしかすると単に長く泣きすぎたせいかもしれない。

遠くで海が魅惑的にきらめいている。ドイツ人にとって憧れの海、アフリカ人にとって死の海。何千人という難民がそこの海底に沈んでいる。

あのアフリカ人が無事であればいいけれど、と彼女は考える。もしかしたら彼は、自分を部屋まで苦労して連れていき、身体を洗い、ベッドに寝かしてくれた奇妙な白人女のことを、ときおり思い出すかもしれない。その女の思い出が不意に頭のなかできらりと光るかもしれない。そのとき彼は自問するだろう。いったいあの女は自分になにを求めたのだろうと。

彼女はバッグから携帯電話を取り出し、わずか一秒も考えることなく、ティーナに電話をかける。ティーナが自分の名前を低音で受話器にささやきかけるかかけないかのうちに、イングリトが言う。「飽くことなく、奇跡にそっと手を伸ばす、小鳥に手を伸ばすように」。

ええっ？　とティーナが声を上げる。

これはヒルデ・ドミーン[7]の詩よ、とイングリトが言う。たったいま思い出したの。

ああそう、とティーナが言う。

アップルとわたしはこの詩を昔いつも暗唱してたんだけど、すっかり忘れてしまっていたの。それをいま思い出したのよ。

ふうん、とティーナがうなる。

ただあなたに言いたかったの……
なに？
あなたが小鳥よ。
オーケー、とティーナは長い沈黙のあとに言う。

訳注

（1）ビート・ジェネレーションを代表するアメリカの小説家、詩人（一九二二～一九六九年）。
（2）アメリカのシンガーソングライター（一九四一～）。「風に吹かれて」「ミスター・タンブリンマン」などのヒット曲がある。二〇一六年ノーベル文学賞受賞。
（3）マルチーズ群に属するずんぐりした小型犬。
（4）文学、テレビ、演劇、映画など多くの分野で活躍したドイツのコメディアン（一九二三～二〇一一年）。
（5）ロリオーの引用。
（6）スペインのアンダルシア州ウエルバ県の県都。
（7）ユダヤ系ドイツ詩人（一九〇九～二〇〇六年）。ナチス政権下から戦後にかけて、イタリア、イギリス、ドミニカなどで亡命生活をおくる。

Ⅷ　羊毛《カネ》
——ティーナ

奇跡が起きて、わたしはふたたび彼を見つけだすだろう。毎週そうしているように、ユーチューブに「オナベ」というキーワードを入れると、突然そこに姿を現すだろう。ディエゴ。白いシャツとしゃれたスーツに身をつつみ、東京の薄暗いバーに立っている。黒髪が以前より少し伸び、脂ぎったその髪が耳にかぶさっている。それぞれの腕に小さな日本の女。女はくすくす笑いながら彼の太くて柔らかい身体にもたれかかり、彼を神のように崇めている。彼がどんな男よりもはるかにすぐれているからだ。彼はクールにカメラをのぞき込むだろう。でもわたしだけは知っている。彼が双子の片割れであるわたしを失い、あたかも生きたまま胸から心臓をもぎ取られたかのように、ひどく苦しんでいることを。

わたしにとっては彼がディエゴだ。たとえ彼が、ヴァギナをもっていて、それを昼の光のもとでは恥ずかしそうにわたしの前で隠したとしても、そして乳房を見せないように毎朝、胸帯を巻いていたとしても。わたしにとって彼は、昔もいまも、青黒い髪と褐色の肌をもった美しいディエゴだ。彼はテーブルにのったグラスを何個も笑い声で踊らせることができた。彼がみずからを開くと、その柔らかな陰部が真珠のようにほのかに光るのを見ることができた。

　わたしは彼の話すメキシコのスペイン語や、ささやくことを知らない明確な発音や、古風で礼儀正しい言いまわしを、つまり光沢のある寄せ木張りの床の上で踊るための既定のステップのような言いまわしを愛していた。わたしはあんたのすべてを愛していたわ、「ピンチェ・ペンデーホ」、くそ野郎、理屈抜きですべてを愛していた。彼はモルボスのカウンターの奥に立って、行儀のいい同性愛の既婚者たちやコスタ・デル・ソルのありとあらゆる女役のゲイの前でわたしがヴェンケ・ミューレ[1]やギッテ[2]やネーナ[3]に扮して舞台に上がるたびに、わたしを注意深く眺めていた。ディエゴは接客中もわたしから目を離さなかった。わたしはまずこのまなざしに恋をした。まもなくわたしは、たとえばネーナの「奇跡が起きた」を、彼だけのために歌うようになった。すると彼はわたしを見つめて、歌詞がまったく理解できなかったにもかかわらず、拍子に合わせて首を上下にふった。「わたしは見た、奇跡が起きたの」。曲が終わるたびに、彼は動きを止めて、客がどんなに苛立ってビールを要求しても意に介さず、長々と拍手した。そしてわたしが舞台を下りるときにはかならず、氷のように冷やしたラム入りコーラを準備してくれていた。

　おまえはすばらしい、あのバカ女のサティより一万倍も素敵だ、と彼がわたしの耳にささやいた。セビーリャ出身のサティが、ぼさぼさの黒い長髪と金のフープイヤリングを揺らしながら、赤い水玉模様のフラメンコドレスを着て登場し、情念たっぷりにロラ・フローレスの「ペナ・ペニタ・ペナ」を歌い、すべてのスペイン人が熱烈にいっしょに歌った。(4)そのあとでサティは汚いジョークを披露し、シリコンの乳房の位置をなおし、手術した陰部さえもあやうく露出しそうになる。それによって彼女は毎回観客に大いに受けた。しかしディエゴは、ナイトショーのほんとうのスターはわたしだと言い張った。彼はわたしを称賛し、額にかかった髪をそっと払いのけてくれて、柔らかい胸にわたしを抱いた。彼はレズビアンで、わたしはゲイだったから、自分たちが互いのためにつくられていないことは承知していたが、ある晩、ショーのあと彼がわたしの手を取って、二人でいっしょに家へ帰った。

彼の住んでいるアパートメントへ、すなわちタバコの吸い殻でいっぱいになった灰皿と空っぽのビール瓶が散在する正真正銘の若い男の部屋へ。そして二人がともに驚いたことに、すべてがぴったり合ったのだ。わたしたちはあかりを消した。彼はただ単にディエゴであり、わたしはティーナであって、それ以外のことは気にならなかった。誰がどこでどのようになにを嵌め込もうと、結局はまったくどうでもいい。肝心なのは合うということなのだ。二人があまりにぴったり合ったので、わたしは不安になった。ことがうまく運びすぎると、天なる誰かが機嫌を損ねる。

わたしたちは不完全な身体で夜の闇につつまれて愛し合ったが、それでもいちばんすばらしい時間は朝、たいていはもうほとんど昼近くになってからだった。その時間にわたしたちは起き上がり、自分たちの本来の姿にゆっくり変身していった。わたしは、自分で満足するまで時間をかけて、入念に化粧し、かつらをかぶり、コルサージュとガーターとストッキングを身につけた。それから彼の濃い髪を梳いてポマードを塗りつけた。わたしたちはポマードの香りと、ややいかがわしいラテン・ラヴァー[5]の風貌が好きだったのだ。彼は胸帯を巻き、洗い立てのシャツを着て、ゆったりしたパンツをはき、わたしの目の前で男に、わたしのマッチョ・マンに、わたしのディエゴに変身した。なにか食べるものをつくってくれ、「ムヘール[6]」、なあ、まだかい、と彼がきいた。わたしはくすくす笑いながら、ハイヒールをはき、ネグリジェをはおって台所へ走っていき、二、三個の卵をフライパンに落とした。わたしは日向で寝そべる腹いっぱいの猫のように幸福で満ち足りていた。

　ディエゴの夢が日本へ行って「オナベ」として働くことなのは知っていた。男として生活している女だけが働く東京のナイトクラブを、インターネットでいっしょに検索したこともある。クラブの客は、自宅にいる夫や期待外れだった恋人よりましな男を探している女たちだ。大きすぎるスーツを着た日本の「オナベ」は、わたしの体重のほとんど二倍もあるディエゴとは違って、きゃしゃで小さく見えた。わたしは柔らかいクッションのように身体をつつみこんでくれるディエゴの脂肪がたまらなく好きだった。日本では、太ったこのおれはスターだ、あそこの女たちは太った男に目がないんだ、と彼はよく言っていた。わたしは微笑んで応じた。あたしも同じよ、それを忘れないで！　そう言いながらわたしは、彼の話がすべてたわいもない冗談だと思っていた。

実際またディエゴは、最初に必要なのはせいぜい五〇〇〇ユーロくらいだ、とかなりひんぱんに口にしていた。わたしは、ええ、ええ、と答えながら、なにも考えていなかった。彼にとって、ヨーロッパと日本の違いはほとんどないようだった。メキシコからの道のりがあまりに遠かったので、残りの世界が、熱すぎるお湯で洗ったかのように、小さく縮んで見えたのだった。ディエゴはその道のりについて多くを語らなかった。多くの少年たちと同じように貨物列車に乗ってアメリカに渡ったのだが、少女たちはほとんど途中で挫折した。それらの列車の屋根の上で、彼は、強姦されないように、自分は男だと自称するようになった。ディエゴの兄は、彼より先に国境を越えることを試みたが、アリゾナの砂漠で渇死した。薄青色の棺に入って村に運ばれてきたとき、母親は悲しみのあまり何か月も動けなかった。ディエゴは弟妹たちの面倒をみたが、結局同じように出奔し、母親を見放すと同時に、彼女に、彼の援助でいつかもっといい暮らしができるかもしれないという夢を与えた。彼は約束を守った。毎週、給料の半分をメキシコに送金した。その住所を控えておくべきだった。そうすれば母親と連絡がとれたかもしれない。母親なら、ディエゴがいまどこから送金しているのかを知っているだろう。

ディエゴは世話好きな人間で、わたしのこと、わたしの成功やわたしの衣装のこと、とにかくすべてを気にかけてくれた。縫いもの、繕いもの、それに刺繡もできた。口の隅にタバコをくわえ、縫い針と糸を手に持ち、足を広げて彼の部屋にあるたったひとつの椅子にすわっていた。わたしはベッドから彼を眺め、爪にエナメルを塗った。男が縫ったり繕ったりするのを見るのは妙にセクシーだった。彼はわたしのだらしなさについて小言を言った。おまえは自堕落な女のように裾がほころびた服を着てその辺を歩きまわる。「スィエン・ペソ・プータ」〔百ペソの売春婦〕のように。「チキータ」〔可愛い子ちゃん〕、それじゃだめだ！　それじゃもうおまえを家から出さない、「グアピータ」〔可愛い人〕。彼がわたしの上にボンボンのようにばらまいた「ムヘルシィタ」〔小さな女〕、「テソリート」〔小さな宝物〕、「アモルシィト」〔小さな恋人〕のような言葉、すなわちすべてのものをいっそう可愛らしく許容できるものに変えるメキシコの縮小辞は、いくらもらってももらい足りなかった。いつであれ「今」という言葉もそうだった。なぜならディエゴにとってはいつも「ちっちゃな今」、つまり「アオリタ」〔今〕が「アオリティタ」〔小さな今〕だったから。そしてわたしは彼のティーナティタだった。ときにはティーナテタだったり、ティッテン〔オッパイ〕をもったティーナだったりもした。たしかにわたしの胸は偽物で、ブラジャーに少し布を詰めたものにすぎなかった。ホルモン注入はわたしを愚痴っぽくさせたし、べらぼうに高額だったためにやめてしまっていたのだ。それに対して彼の乳房はほんものであり、憎悪の対象だった。しかし手術を恐れていたし、またそんなぜいたくをする余裕もなかった。わたしたちはみずからの身体的な不十分さを、他の人びとがおそらく腰の脂肪や静脈瘤を受け入れるのと同じように受け入れていた。男であるわたしはディエゴにとって最高の女であり、女である彼はわたしによって最高の男だった。奇跡だった。こんなふうにすべてが突然正しくなるような物事の逆転、つまり、あたかもこれまでずっとシャツを裏返しに着ていたのが、いまようやくそれに気づいて表側にひっくり返したかのような逆転は、一生に一度かぎりのものであることを二人は知っていた。

おれたちは神的な双子だ、と彼が夜の闇のなかでわたしの耳にささやいた。ケツァルコアトル[7]とショロトル[8]、蛇神と犬神だ。おれが羽をもった蛇で、おまえが犬だ、「アモルシィト」。もしおまえがふたたびホルモンを注入したら、おまえはショロイツクインツレ[9]に、アステカ人の無毛犬になる。

彼はわたしの前腕の毛を引っ張った。

なんてひどい人、とわたしはぼやいた。

文句を言うな、と彼が言った。ショロトルは死と不幸の神だ。これ以上強い神などいるものか。

でも、死と不幸の神になんかなりたくないわ、とわたしが言った。

しーっ、ショロトル、おすわり！　静かに！　と彼は押し殺した鋭い声で命令し、それから笑ったので、彼の脂肪がわたしの横で派手にぴょんぴょん跳ねた。

それでアステカ人たちは生贄の心臓を生きたまま胸から取り出したんじゃなかった？　あんたはいつあたしの心臓を取り出すの、とわたしは笑いながら質問した。

ディエゴは全体重をかけてわたしにのしかかった。下敷きにされるとわたしがとても喜ぶことを知っていたのだ。彼は手でわたしの胸を押さえた。ショロトル、と彼がささやいた。おまえの心臓はおれの心臓だ、おれたちは神だ、双子だ、そのことを忘れるな。

わたしたちはそうやって何時間も暗闇のなかで横たわっていた。ついには互いの身体が溶け合って、自分たちの身体がどこで始まり、どこで終わっているのかわからなくなったが、ひとがいま必要とするものをすべて、乳房も尻もペニスもヴァギナも、みな所有していた。わたしは彼の身体の下でもうほとんど息ができなくなり、心臓の動悸が速くなった。ときおり彼はわたしにのしかかったまま眠り込んだので、しばらくしてから彼を慎重に横へ転がして、胸郭を広げ、ふたたび息ができるようになったのだが、そうすると自分が妙に孤独で、みすぼらしく貧弱に感じられた。

ディエゴはやさしい男ではなかった。過剰な男性意識をもったマッチョで、恐ろしく嫉妬深かった。もはやわたしは他の男と口をきくことさえ許されなかった。わたしを数秒でも長く見つめすぎた給仕には、ことごとく腹を立てた。モルボスでわたしを遠慮がちにつかもうとしたり、キスをしようとしたファンは、例外なくすぐに彼の怒りを招き、ときには殴られさえした。しかしわたしはディエゴによる所有権の主張を、小犬が主人の厳しい命令にしたがうように、喜んで受け入れた。わたしはほんとうにショロトル、犬だった。わたしは彼に嬉々としてしたがった。彼の支配下でわたしは花開き、これまで経験したことがないほど陽気になり、遊び好きになり、足どりも軽くなった。

ディエゴは、わたしがペディキュア師として働くことを嫌がっていた。そんな仕事はわたしの沽券にかかわると考えていたからだが、数回モルボスの舞台に立つだけではまったく生活できなかった。めったになかったが、それでもときには、大きなホテルのひとつから出演の依頼があった。するとディエゴはわたしのトランクをひきずって行き、舞台の後ろの小部屋で着替えたり化粧したりする手伝いをしてくれた。たいていわたしは、年金生活者のあいだでいちばん受けがよいギッテの曲だけを持って行った。母が彼女のファンだったので、わたしはこの歌手にひじょうに愛着をもっていた。子どものころすでにすべての曲の歌詞を覚えていたくらいだ。母は、ギッテの「あんなに素敵なひとはいない」のメロディを口ずさみながら、父のことを歌っていた。父はにやにやして頭をふりながら、母が居間をあちこち踊りまわる様子を眺めていた。わたしは、彼女の異常な興奮の陰にひそむ絶望を感じ取って胸が痛んだ。

わたしは母の衣服を保管していて、父が古い衣装箱を最終的に処分しようとするたびに、繰り返しそれを阻止した。ギッテに扮して舞台に上がるとき、わたしは母の細身の白いワンピースを着て、付けまつげをつけ、母のように濃いアイラインを引き、目の隅を少し上にはね上げた。身支度が整ったら、ディエゴがわたしの肩越しにつばを吐き、「ミエルダ、ミエルダ、ミエルダ」と呪文をとなえ、老いた興行師のようにわたしを舞台に送りだして、みずからカーテンをあけた。目の前にはいつも同じ大勢の無口な老夫婦たち。日焼けして、手にドリンクをもち、手首にカラフルな「オールインクルーシブ」のバンドをつけている。後方にはコンクリート、前方には、一度も守られなかった約束のように、ターコイズブルーにちらちら光るプール。ディエゴが音楽の再生をスタートさせ、わたしはパールピンクに塗った唇を開いた。「すべてが欲しい！　控えめに沈黙するのはもう嫌、もう騙されない、ばかにならない。そうよ――すべてが欲しい、すべてが欲しい――しかもいますぐ。心のなかの最後の夢が干からびて粉々になる前に」。女たちは、少なくとも二つ目のリフレインまではいっしょに手をたたいていたが、第三節になると、すでに椅子の上に立ち上がり、蛮声を張りあげて歌った。「長くあきらめすぎていた、くじけて小さくなっていた。すべてが欲しい――すべてが欲しい！　束縛しないで、もうこれからは早々とあきらめたりしない」。夫たちは不安をつのらせながら、解き放たれた妻たちを観察した。その間ディエゴは舞台の奥の隅から、注意深くわたしを見つめていた。そのまなざしがわたしを守った。人生ではじめて、大事にされているのだ、安全なのだと実感した。彼といっしょにいつの日か、老夫婦として、こんなホテルのプールサイドにすわり、結婚指輪のように「オールインクルーシブ」のバンドを手首に巻いて、カンパリをすることになったとしてもちっとも嫌ではなかった。

ショーのあと、ディエゴは、わたしが稼いだほんのわずかな金を数えた。ホテルマネージャーが、危機だ、危機だ、残念だが今後の出演予定は確約できない、と陰気な声で嘆いた。するとディエゴが、しかしこのひとは人気歌手だ！　たったいま、あんたも見ただろう、と怒って叫んだ。それを聞いたマネージャーはうなずき、困った顔で口をつぐんだ。

二人はお金を節約するために歩いて家に帰った。ディエゴはわたしの衣装トランクを引きずるようにして運び、誰にともなく悪態をついた。くそ忌々しい、とにかくもっと金が必要だ。彼は金のことをスペイン語で「ラナ」、すなわち羊毛と呼んだ。

ある日、彼が言った、どうすれば羊毛《カネ》が手に入るのか、アイディアがある。大量の羊毛《カネ》だ！　彼はにやりと満面の笑みを浮かべた。すでになにもかも計画ずみだった。その計画はわたしにも気に入った。ひとつの細かい点を除けば。

だめ、とわたしは言った。その頼みはきけないわ。そんな姿で一日中駆けずりまわるのは嫌よ。

「テソリート」、可愛い子ちゃん、とディエゴが言った、一日中じゃない。わずか二、三時間のことさ。お願いだ！　おまえならやれる、二、三時間だけ男になってくれ！

それが問題なのではなかった。ディエゴがそばにいなくて、きちんと身支度する時間がないときには、昼間しばしば化粧もせず、乳房もかつらもつけずに外出していた。しかしそんなときにはいつも、自分がほんとうの自分ではなくて、まるでなにかの役割を強いられているように感じた。けれどもディエゴといっしょのときは、ティーナ、彼のティーナ以外の何者でもありたくなかった。

「アモルシィート」、なにも変わらないさ。おまえはいまも、そしてこれからも、おれの「ムヘルシィタ」じゃないか、とディエゴがのどを鳴らすような声で言った。

だめ！　そんなしみったれた制服姿でガス会社の社員としてこのあたりを車でうろつくなんて嫌よ。

ひどく苦労したんだぞ、と彼が気を悪くして言った。これはしみったれた制服なんかじゃない。赤いロゴを刺しゅうした純白のオーバーオールで、一着五二ユーロもする。

それでも嫌。

ディエゴはわたしの偽物の髪を撫でた。ばかでがんこな女だなあ、金のことを考えろ、と彼が言った。とにかくちょっと、おれたちが稼ぐことになる大量の羊毛《カネ》のことを考えろ。金持ちになればなんでもできるようになるんだぞ！

うまくいけばね、とわたしが言った。

うまくいくさ。見てろ。

「フエルサ・イ・ルス」、力と光、この文字の前後に雷光——これが車にもオーバーオールにも申込用紙にもしるされている。ディエゴがこの名前を選んだのは、以前、メキシコの電気会社がこの名前だったからだ。そこにはなにか聖書を思わせるものがあった。子どものとき彼は、電気は雷や稲妻のように神が与えるものだと信じていたのだ。わたしにとってディエゴはまさに力と光だったので、わたしはこの「フエルサ・イ・ルス」が気に入った。

休暇用の家の出入り口にとめてある車のナンバープレートを見て訪問先を決めた。危険すぎるので、決してスペイン人は訪問せず、ドイツ人だけに的を絞った。なぜならわたしには、彼らが来訪者について話している内容がわかるので、いざというときに撤退の合図を送ることができたからだ。

わたしたちは勢いよく玄関先まで乗りつけて、微笑みながらドアの前に立った。二人はいつも礼儀正しかった。女性には少しお辞儀をしながら、男性にはしっかり握手して挨拶し、用意した決まり文句をスペイン語で言った。すると彼らは不安そうにこちらをじっと見つめた。プールにいたときに呼び出されたため、男女ともしばしば水泳パンツやビキニ姿のままで、髪からしずくが滴り落ちていた。わたしたちが訪問するのはいつもシエスタの時間だった。スペイン人たちは寝ているが、ドイツ人は決して眠っていなかったからだ。

そういうとき男はきまって、ねえ、おまえ、この人たちがなにを言いたいのかわかったかい、と妻に質問した。たいていいつも妻のほうが夫より上手に片言のスペイン語が話せるのだった。この人たちはガスと電気の会社のひとで、なにかを修理しなければならないんだけど、正確にはわたしも聞き取れなかったわ、と妻が答えた。

おまえ、いくらかかるのか聞いてくれ、と夫が言った。

「クアント・クエスタ」〔いくらですか〕。この質問は誰でもすらすら言えた。太陽はいくらですか。幸福はいくらですか。海辺の休暇の家はいくらですか。

わたしたちは申込用紙をさっと抜き出し、でっち上げの費目を示し、一枚の紙にいくつかの数字を書き、卓上計算器を取り出し、いつも正確に三九九ユーロという数字に行きついた。

そのあと全員がとにかくいったん沈黙する。わたしたちは辛抱強く待つ。とても暑いときにはコップ一杯の水を頼むのだが、そうするとかならず出してもらえるし、それどころかたびたびフルーツやドイツのケーキやコーヒーが提供されることさえあった。とくにドイツのコーヒーは美味だった。そして誰もが、ほんとうに誰もが、少しばかり当惑し躊躇したあと要求に応じた。なぜならわたしたちが、身ぶり手ぶりで爆発を表現し、「ペリグロソ」すなわち危ないという言葉を何度も繰り返して尻をたたいたからだ。彼らはそこから、ガス管の点検修理を頼まなければひじょうに危険だと鋭く推し量り、申込用紙にまじめにサインして、ついにわたしたちをガスボンベのある場所へ連れていった。わたしたちは持参した道具箱をあけた。男は、しばしば腕組みをして横に立ち、疑い深そうにわたしたちを眺めていたが、そういう場合には、彼が退屈して姿を消すまで、まず一度すべてのねじを回してあけていった。それからふたたび全部閉めて、現金払いしかできない請求書を差し出した。

どうして現金なんだい、おまえ。「エン・エフェクティーボ」とはほんとうに「現金で」という意味かい?

妻はいらいらして辞書をめくった。ええ、そういう意味よ、と彼女が言った。

どうして振り込みじゃだめなんだい?

わたしにもわからないわ、と彼女は途方にくれて答えた。この人たちは、現金しかだめだ、それにわたしたちはもうサインしたと言ってるわ。

ドイツ人は契約を信用し、それを守る。それは彼らの感動的なところだ。まったくふつうのやり方じゃない、これまではいつでもすべて振り込みだったのに、と仏頂面をしてぶつぶつ文句を言いながら、彼らはそのあと財布を取りにいき、支払いに応じた。ドイツ人たちがそれほど多くの現金を自宅にもっていることに、わたしたちは一再ならず驚いた。なんとまあ全員がそうだったのだ。

帰宅後はオーバーオールを脱ぎ捨て、ディエゴがビールを一本あけた。二人はお札を数えてペンギンのように喜んだ。

このお金を全部使ってなにをする？　とわたしが質問した。

おまえが乳房を欲しいのであれば乳房を買おう。車が欲しければ車を買おう。ダイヤの指輪が欲しければダイヤの指輪を買おう、「ミ・アモール」〔愛しい人〕、とディエゴが言った。さあ、もうあっちへ行って、きちんとした服を着ろ！

わたしは素直に浴室へ行き、化粧をして、きれいな服に着替え、安堵の吐息をつく。

ガス会社の社員に扮して出歩いているときは、ディエゴはやさしい愛撫などはいっさい許さなかった。そういうときは厳しく拒否的で冷たかった。ほんものの男だった。彼は「オナベ」にはまさにこういう態度が期待されていると考えていた。

ゲームさ、と彼が言った。女たちはぞんざいに扱われることを望んでいる、そうされるのが好きなんだ。猫のように首根っこをつかんで、揺すぶって、遠くへ放り投げてやる——そうすると這い寄ってきて足をなめるんだ。

なんだってまたそんないかれた考え方をするようになったの、とわたしが質問した。

彼は肩をすくめた。お袋がそうだった、と彼が言った。おやじがお袋をぶちのめし虐待したんだが、お袋はめそめそ泣いていた。ぞっとするぜ。

あんたも殴られたの？

ディエゴはこちらを見なかった。おれは泣きわめいたこともないし、そのあとでふたたびおやじに這い寄ったこともない。ただの一度も。決してない。おれはあいつを呪った。やつは、おれに憎まれていることを知っていた。ところがお袋は、あばら骨を骨折していてもなお、やつの好物を料理したんだ。ばかな女だ。おれは女たちを軽蔑している。

あんたは我慢がならないマッチョね。でも幸いあたしは女じゃない、とわたしが言った。

幸運にも、まったく幸運にも、「アモルシィト」、と彼がまじめに言った。

あたしを捨てないで、と無知で愚かな女であるわたしが言った。

彼は漆黒の目でわたしをじっと見て、指でわたしの唇を撫でた。おれのティーナちゃんはなんてばかなんだ。この世界のどこで、おまえのような女にまた会えるというんだい、と彼がささやいた。

彼がわたしのような女を見つけることはもうないだろう。しかし、わたしのほうも彼のような男に出会うことはもうないのだ。

四週間後、二人の稼ぎは総額で六〇〇〇ユーロ以上になっていた。わたしたちはベッドに紙幣を敷きつめて、まるで祭壇の前に立つように、うやうやしくその前に立って、厳粛に互いの手をとった。

あとどのくらいまだ続けるつもりなの、とわたしがきいた。いつか計略がバレるわよ。ディエゴはベッドのお札の上に横たわり、わたしを引き寄せた。

もう少し、もうちょっとだけさ、と彼が言った。そうしたら十分だ。

なにをするのに十分なの、とわたしがきいた。

すべてにさ。キスしてくれ、そしてもう黙れ、と彼が言った。


かつてわたしたちが住んでいた家の前に車をとめたとき、わたしの身体は、あたかも電気プラグをつかんだかのように、ぶるぶる震えはじめた。ハンブルク・ナンバーで後部座席にチャイルドシートを取りつけた赤いVWパサートがドアの前にとまっていた。

小さな子どものいるドイツ人か、こいつはいい、とディエゴが言った。さあ、行くぞ。おや、どうした？

わたしの過去の物語は、突然ぐったり生気を失い、元気を奮い起こして口から出てくることができなかった。そこでわたしは黙って車から降りた。

微笑むんだ、微笑め、とディエゴが言った。年老いた気むずかしいガス会社の人間みたいだぞ。

彼は、緊張をほぐすためにわたしの身体を揺すぶってから、ベルを鳴らした。若い女性がドアをあけた。そばかす、ブロンドの巻き毛、ほっそりした顔。そしてスープスプーンで遊ぶ幼子を抱いている。彼女の微笑みがあまりに爽やかで無邪気だったので、できればすぐにでもその場を立ち去りたかった。

「オラ」と彼女が言った。その一言で彼女の知っているスペイン語は底をついた。

わたしたちが例の決まり文句を唱えると、彼女は、色の薄い目で途方にくれてわたしたちを見つめたが、なおもやさしく微笑みつづけた。子どもが、持っていたスプーンをまるで王笏のようにわたしに手渡し、同じように輝くばかりの目つきで嬉しそうにわたしを見つめた。そこでわたしは、口を開いてドイツ語でこう言うしかなかった。わたしたちはガス会社の者で、ガス管を調べなければなりません。

ディエゴが、ぎらぎらした怒りのまなざしでわたしを見すえた。ドイツ語を話すことは、二人の取り決めに反していたし、そもそもこの時点ですでに、ここではうまくいかないことが明白だった。

まあ、そうですか、と彼女が言った。すぐに夫を呼んできます。夫はスペインふうに昼寝をしています。それが好きなんです。彼女はくすくす笑い、子どもは耳をふさいだ。

そのあとわたしたちは、かつてのわが家の朝食用テーブルにすわっていた。それはプールの横の同じ場所に置かれていた。わが家が三人だったように、この家族も父と母と子どもの三人だった。わたしにはそこにすわっている自分たちの姿が見えた。彼らは青ざめ疲れ果てた様子で、構ってほしくないと言いたげに、遠くから手で合図をした。

きれいな家ですね、とわたしが弱々しい声で言った。

ええ、と妻が誇らしげに答え、夫はため息をついた。彼はスマートで見栄えがよかった。眠っていたために顔がしわくちゃになっていたが、それも魅力的だった。

この家はわれわれを食い尽くします、いつもどこかが壊れるんです、と彼が言った。

いいえ、いいえ、とわたしが言った。わが社のサービスはもちろん無料です。

ディエゴが不信感をもってわたしを凝視し、夫は眉を吊り上げた。これはまた初耳だな、と彼が言った。

はい、とわたしが言った。これはガス会社の毎年のサービスなのです。

ディエゴがテーブルの下でわたしの足を踏みつけた。彼は言葉がまったくわからず、いらいらしていた。

わたしたちは、イースターと長い休暇のときしかここへ来ないのです、と妻が、まるでなにか重要なことを説明するかのように言った。

妻は是が非でもスペインに家を持ちたがったんです、と夫が補足して言った。ところがいまやこのざまだ。

でもこのサービスは無料なのよ、あなた、と彼女が言って、彼の手を握った。

ひとつのアイディアが、一気に飲みすぎた酒の酔いのように回ってきて、わたしはめまいを感じた。

一年の残りの時期に間借りする人を探してみてはいかがですか、とわたしが言った。

二人は熱心にうなずいた。

ご関心があれば協力できます……ここには何人か知り合いがいますから……

ディエゴが立ち上がって、手をたたいた。

さて、とわたしが言った。それではガスボンベを見せてください。点検が終わったらすぐに帰ります。

彼女はわたしたちを台所へ案内し、洗面台の下の小さな物置をあけた。そこに身体をこじ入れて、意味もなくドライバーでガス管をたたいたとき、わたしは、突然ここが昔の隠れ場だったことを思い出した。わたしがそこから母の長い素足と父のズボンの脚を見上げると、二人の頭がはるか遠くの上のほうでゆらゆら揺れていて、理解できない言語で叫んだり言い争ったりしていた。その当時の無力感と不安がわたしに襲いかかってきた。

洗面台の下にしゃがんでいると、やがて先ほどの子どもが台所に入ってきて、立ちどまったままわたしをじっと見つめた。そしてわたしに二本目のスプーンを手渡した。

ありがとう、とわたしが言った。

どういたしまして、とその子が言った。

ディエゴは車のなかで、怒りのあまりわめきちらした。

でも「ミ・アモール」、落ち着いて、なにも起きなかったんだから、とわたしが言った。もしかするとあの家に引っ越すことができるかもしれない。彼らは一年に二回、イースターと八月にしか来ないのだから。ねえ、そうしたらプールまで持てるのよ！

このばか、おまえは自分のアイデンティティを捨てた、ドイツ語をしゃべったんだぞ！

あの人たちは感じがよかったし、なにも知らないのよ。それにあたしたちはお金をとらなかったじゃない。

ディエゴは「ピンチェ・プータ」〔くそ売春婦〕と言うと、家に着くまでもうわたしを見なかった。ベッドに身を投げ出し、テレビをつけ、それからずっとわたしを一瞥もしなかった。

わたしは絨毯にひざまずいて、物乞いをする犬のように、彼を見上げた。彼は身体をひねって壁を向いた。わたしは絨毯にすわりつづけた。三時間。

八時に彼は起き上がり、鍵をとって、モルボスに仕事に行った。

わたしは台所のテーブルに腰を下ろし、ギッテの歌「きょうはひとりにしないで」を一語一語スペイン語に翻訳した。それからブロンドのかつらを選び、化粧をし、白いワンピースを着て、モルボスへ行った。わたしは、ディエゴに見られないように、調理場を通って中に入った。サティと話し合って、彼女から一曲譲ってもらうことに決めたが、この強欲な畜生はそれに対して二〇〇ユーロを要求した。とはいえその代金でディエゴにわたしの手紙を渡してくれることになった。わたしは舞台に上がり、声を震わせて、堰を切ったようにしゃべりはじめた。この歌を、わたしが知る最高の男性に捧げます。それは世界に二人といない男性。わたしの夫です。

ディエゴは視線を上げることなく、ビールを注ぎ、勘定し、わたしに目を向けることはなかった。わたしは、録音した音楽を流しながら、サティがわたしの手紙をディエゴに渡し、彼が手紙を読み、目を逸らすのを観察した。ようやくいちばん最後の節を歌っているときに、彼がわたしを見た。「きょうはひとりにしないで、愛がわたしたちを招いているから。一瞬もむだにしないで、どの瞬間も戻ってはこないのだから」。わたしはこの歌を最後まで歌わなかった。舞台からとびおりて、彼の手をとり、いっしょに家へ帰った。

翌日は日曜日だった。ディエゴがそうしようと言い張ったので、いつものように教会へ行った。彼はひざまずいて長々と祈った。わたしは我慢できなくなり、外で彼を待った。教会から出てきたとき、彼はこれまででいちばんきれいに見えた。堂々たる美男子だった。彼は階段の上に立ってわたしの姿を探した。わたしを見つけたとき、めずらしいほど力を込めてわたしにキスした。それをまだ正確に覚えている。わたしたちは海辺でアイスクリームを食べた。幸福で退屈な一日だった。翌朝わたしが目を覚ましたとき、彼は消えていた。いっしょに金も消えていた。羊毛、「ラ・ルナ」が。

訳注

（1）ノルウェーの歌手（一九四九〜）。一九六〇年代以降世界的なヒット曲を多く出した。

（2）デンマークの歌手、俳優（一九四六〜）。

（3）ドイツの歌手、俳優（一九六〇〜）。一九八七年に解散した同名のバンドのヴォーカル。

（4）ロマの血を引くスペインの歌手、ダンサー、俳優（一九二三〜一九九五）。

（5）戦前、戦後のハリウッド映画が好んで描いた情熱的なラテン気質の男性を指す。イタリア生れの俳優ルドルフ・バレンチノがその代表とされる。

（6）スペイン語で「女」を意味する。ここでは妻（恋人）に対するという呼びかけとして使われている。

（7）アステカ神話の文化神、農耕神。古代ナワトル語で羽毛のある蛇を意味する。

（8）ケツァルコアトルの双子で、犬の頭を持つ神。冥界で死者の魂を導くとされる犬と関連がある。

（9）ショロトルの使いとみなされている犬。

IX　喜びと悲しみ
――アップル

わたしはペットを飼うことが許されませんでした。ただの一度も。動物をこんなひどい目にあわせることはできない、と母はいつも言っていました。引っ越すことがあまりに多かったものですから。

お母さんはたぶん正しかったと思いますよ。ドクター・フェルボルンは、慣れた手つきでわたしの犬を仰向けにして関節を触診しながら言った。動物たちは本質的に偏狭固陋で、何事も変わらずいつも同じであることを望んでいるものです。

わたしの犬は、気持ちよさそうに低い声でうなった。この犬は喜んで診察を受けた。気づかってもらうのが大好きだった。二、三週間前から、もはやまともに歩けないかのようなふりをして一方の脚をひきずり、階段の上り下りを拒否したので、やむなくわたしが抱いて運んでいた。

かつてわたしに許された唯一のペットはコウロギでした。専用のベトナム製の小さな金属籠で飼いました。どうやらベトナムではコウロギを飼うことが上品な嗜みだったようです。

ドクター・フェルボルンはわたしをぼんやり見つめた。彼はおそらく四十歳くらいだが、それより若く見えた。後ろから見ると、くり色の巻き毛がエルゼおばさんのパーマに似ていたが、前から見るとても美男子だった。がっしりした体格と力強い手の持ち主で、わたしはその手を一目で好きになった。自分でもわかっているのだが、きれいな手をした男性には用心しなければならない。わたしはきれいな手に弱くて、ほかのことをとかく忘れがちだから。

コウロギは、ラジオをつけるといつも鳴きはじめました、とわたしが言葉を継いだ。でも一週間後に死にました。籠に入れてやった葉っぱを一枚も食べようとしなかったのです。

ドクター・フェルボルンはにっこり笑った。感じのよい、こぼれるような笑み。その笑みに彼の手とほとんど同じくらい心をひかれた。なぜそんなに度々引っ越したのですか、と彼は質問しながら、低い声でうなっているわたしの犬を、あちこちもみつづけた。

ごく素朴な質問だった。なぜ自分が、もう久しくやらなかったことをしてしまったのかわからない。家族について嘘をついたのだ。父は舞台監督でした、とわたしは言った。世界中で演出を担当していました。ベトナムでも。

わたしの犬は、腰の関節をドクター・フェルボルンに触診されているあいだ、鼻に皺を寄せてわたしをじっと見ていた。この犬は、わたしが嘘をつくとちゃんとそれを察知するのだ。

なんとも刺激的ですね、とドクター・フェルボルンが言った。わたしは残念ながらあまり劇場へは行かないのです。

同じですよ、とわたしは断言した。

フェルボルンは笑みを浮かべた。この犬には、事によると新しい股関節が必要かもしれません、と彼が言った。こんなに若いのに、関節がもう完全にだめになっている。極端な品種改良の結果です、かわいそうに。薬で安楽死させることもできますが……。でもそれはお望みではないでしょうね。

はい、とわたしは小声で答えた。この犬が可愛くてたまりません。

ドクター・フェルボルンはうなずいた。いつも同じ問題です。

いったいどうしましょう。

ひとは愛するものによって、遅かれ早かれ悲しみを与えられます。そういうものなんです。

彼はわたしの犬をポンとたたいた。たたかれた犬は、荒い鼻息をしながら、回転して腹ばいになったが、まるでもっと治療を受けたがっているかのように、診察台に横たわったままだった。フェルボルンは犬の股関節のレントゲン写真を光にかざした。わたしたちは、三人で、インドネシアの影絵芝居を見物するように、その写真を眺めた。

フェルボルンはため息をついた。これは両脚の股関節形成異常と脊椎症、つまり脊柱の硬直化、初期の膝関節症です。かわいそうな奴。

わたしは泣きはじめた。犬とフェルボルンが心配そうにわたしを見ていた。

まず一方の股関節を処置して、そのあとリハビリ、つぎにもう一方の股関節をやりましょう、とドクター・フェルボルンが力強く言って腕組みをした。

わたしは泣きやんだ。母も一年前に腰の手術をしました、とわたしが言った。でも彼女は、人工股関節を必要としただけでリハビリは必要ありませんでした。六十歳をとうに超えているのですが。

でも保険に入っている、とドクター・フェルボルンが続けて言った。

犬の健康保険には入らないほうがいいと忠告されていたんです、とわたしが説明した。保険は高すぎるし、特定の種における多くの病気は、いずれにせよ保険から除外されていると。

まあそうですね、とフェルボルンは、あたかも犬の健康と同様にわたしの健康が大きな問題になっているかのように、気づかわしげに言った。そうなると高くつきます。さきほど説明したように、安楽死させることもできますが、そうでない場合は……

だめです、とわたしはすぐに反対した。

実際またいい奴ですからね、と彼は、まるでパーティで話の種が尽きたときのように、ピリッとしない口調で言った。

彼なしでは生きられません、彼はわたしのテラピストなのです、とわたしはあやうく言いかけたが、かろうじて思いとどまった。しかし、たとえそう言ったとしても、ドクター・フェルボルンはおそらくたいして驚かなかっただろう。犬の飼い主はたいていい頭がおかしいのだ。それでもわたしは、犬の名前を明かしはしなかった。

だいたいいくらぐらいかかるのでしょうか？

フェルボルンは、わたしがすぐにまたどっと泣き出すことを恐れているかのように、用心深くわたしをじっと見た。リハビリを含めておおよそ三五〇〇は覚悟してください。でも申し上げたとおり、別の不特定の選択肢《アルタナティーフ》もあります。

選択肢は残されたもう一方しかない、別の不特定の選択肢など存在しない、とわたしは腹を立てて考えた。「アルター」とはラテン語で「もう片方」という意味です、医者なんだからラテン語は習ったはずですよね、まったく。

わたしの犬が頭を上げた。その目は懇願していた。どうか、いまは重箱の隅をつつくようなまねはやめてくれ。生きるか死ぬかの問題なんだ。

可能なことはすべてやりましょう、とわたしは決然として言った。

可能なことはたくさんあります、とドクター・フェルボルンが言って、診察台からフロイトを抱きあげ、まるで赤ん坊のようにわたしの腕に押しつけた。フェルボルンは健康で若く、その診断は正しい。彼は続けて言う。それに動物を安楽死させなければならないことほど嫌なことはありません。自分が神のように思えると同時に、ひじょうに気分が悪くなります。

もしかすると神もたいていの場合、気分が悪いのかもしれませんよ、とわたしが言った。犬がわたしの耳をなめた。

かもしれませんね、とドクター・フェルボルンが言って、とてもやさしくわたしを見つめたので、わたしも彼をなめたくてたまらなくなった。彼の耳を。

二〇一〇年九月一日、四十代初めのA嬢の飼い犬となった小生は、A嬢の苦悩と人格にひじょうに関心をそそられたため、彼女に己の時間の大半をささげ、彼女の治療を自己の課題とすることに決めた。小生の前には、上品な顔立ちの、まだ若々しく見える女性が寝椅子に横たわっている。彼女は、理路整然と、明らかに教養のある話し方をする。彼女の主要な訴えは、過去の男性関係と母親に関するものだ。それによれば、彼女は一般的な生の不安と、決定を下す能力の欠如に悩んでいる。小生は、小生と共に長い散歩をするように、そして母親との電話の回数を減らすように指示する。A嬢はヒステリー症者で、いともたやすく催眠状態に導かれる。小生はただじっと見つめればよい。そうすればA嬢はただちに子どものように喜色満面でわたしの前にくずおれ、こう叫ぶ。あなたに出会えたことはなんとすばらしいことでしょう、フロイト博士！

この犬に出会えたことはなんとすばらしいことだろう。この一風変わった犬は、最初の瞬間から、あたかもわたしを知っているかのように、茶色のまん丸な目でわたしを見つめた。まだ子犬で、酔ったようにふらふらしながらわたしのほうへ歩いてきたのだが、彼が正確に相手を選び出していることは間違いなかった。

そうですとも、この犬はあなたの喜びになりますよ、とブリーダーの女性が叫んだ。わたしはその犬の、物事を心得た強烈な視線を見てピンときた。フロイトだ、ジークムント・フロイト博士だ。彼ならば、これまでの誰にも増して注意深くわたしの話に耳を傾けてくれるだろう。これまで誰もやってくれなかったような心づかいを示してしてくれるだろう。

まったく自明なことのように、フロイト《フロイト》は子犬のときからわたしのベッドに入り、少し充血した目をしっかり固定して長いあいだわたしを見つめたので、ついにわたしは催眠状態に落ちたように話しはじめた。わたしは自分のことを全部話し、フロイトはよく理解しながら聞いていた。もちろん実際はそうでないことはわかっていた。わたしは頭が狂っているわけではない。しかし人間の頭脳をもったわたしは、まさに人間的にしか犬とコミュニケーションがとれないし、犬の頭脳をもったフロイトは、おそらくわたしのことを、一匹の巨大に発育した、ひどい神経症にかかった犬だと、いずれにせよ同種の仲間だと考えていただろう——わたしにそれができないというのに、どうしてフロイトが自分自身の種を度外視することができようか。

それに、たとえフロイトがわたしの果てしのないおしゃべりを一言も理解できなかったとしても、彼は彼のやり方でわたしの心を深々とのぞき込んでいた。注意深く、忍耐強く、わたしを観察した。わたしの弱点と過ちのどれひとつとして、これまで彼にとって荷が重すぎるということはなかった。

心のバランスをとって今を生きる方法をわたしに教えるために、彼は最善を尽くした。雨の朝、水滴をたっぷりのせた草むらをうろつきまわり、喜びに身体をぶるぶる震わせ、濡れた地面をガリガリ掘り、鼻を深々となかに突っ込むこと以上にすばらしいことはないと、繰り返しわたしに教えてくれた。わたしは彼といっしょに草原に腹ばいになり、草の香りを嗅いだ。木の幹で背中をこすった。アパートメントの寄せ木張りの床の上を転げまわった。ゴム製の骨を奪い合った。

一瞬たりとも、恋人がいなくて寂しいと思ったことはない。突然わたしは、赤ん坊と伴侶とテラピストを同時に獲得したのだ。

ブリーダーの助言を受けて、最初の数か月のあいだはパンパースのおしめを買った。ドラッグストアでは、すべてのストレスをかかえた若い母親たちと自分が繋がっているように感じたのだが、彼女たちは、わたしのバッグにフロイトが入っているのをレジのところで発見したとたん、わたしを蔑むように見つめるのだった。

夜遅く、わたしはフロイトを連れて通りを歩きまわった。彼は、ばかばかしいほどちっぽけで、誰かを打ち負かして追い払うようなことはきっとなかっただろうが、わたしは自分を安全だと感じた。

そしてわたしたちがベッドに入るときはいつも、フロイトはベッドの頭部にすわり、食い入るような犬のまなざしでわたしに催眠術をかけた。

いったいなんのご用ですか、フロイト博士、とわたしはため息をついて取りすました。しかしとにかく彼に長々と見つめられ、ついに語りはじめると、際限なく語りつづけた。わたしの頭のなかには嵐が吹き荒れていて、相変わらずあの不実なゲオルクがぐるぐる回転していたのだが、話をすると、その嵐が不思議におさまるのだった。わたしは自分がとくに狂っているとは思わなかった。誰もわたしを見ていないし、話も聞いていないのだから――フロイト博士以外は。

小生は催眠状態に入ったA嬢に質問する。人生におけるどの出来事が彼女にいちばん長く影響を与えつづけ、そしていちばん頻繁に思い出としてよみがえったか。彼女は途切れがちに、母親といっしょにスペインの海辺でテント生活をおくっていたこと、そして母親がある日、目をあけず、起こそうとしても起きず、硬直して死んだようになっていたことを話した。助けてくれるかもしれない人が、近くに誰もいなかった。A嬢は、筆舌に尽くしがたい悲しみをもって、死んだと思われる母親の横にすわり、自分はこの先もう二度と幸福になれないと考えた。正確に測ることはできなかったが、とてつもなく長い時間が過ぎたあと、母親が目をあけて、死にたいと言った。A嬢は、死人がしゃべったと思った。母親はおそらく恋に悩んでいて、その苦痛をまぎらすために、相当量の麻薬を摂取したのだった。しかしそれはあとになってはじめてわかったことだった。A嬢は、母親が泳ぎにいくたびに、母親が入水するつもりではないか、もう二度と戻ってこないのではないかと心配した。そのとき以来A嬢は、絶えず母親に注意をはらい、恐ろしいほど気をもみ、そのせいで母親を憎み、遠くへ行ってしまいたいと切実に願った。しかしそれはできなかったので、少なくとも自分の不幸を共にする仲間が、動物がほしかった。つまりペットが。母親は、自分たちは流浪の民のような生活をしているのだから、動物を同じ目にあわせることはできないといって、ペットを飼うことを許さなかった。そのうえ娘は動物を恐れているし、とにかく動物好きではないと考えていた。そうなんです、わたしは多くの動物が、とくに虫がとても怖いんです、と患者は認めた。彼女は子どものころ一度母親から枕をもらったのだが、ある朝、その枕から何百匹もの小さな虫が這い出てきたのだった——たぶん蕎麦の詰め物が完全に乾いていなかったのだろう。母親は笑っただけだった。患者は、母親のことを、総じて皮肉屋で思いやりに欠ける人間として描写する。また別のあるとき、A嬢は、長いたてがみのポニーの玩具を持っていて、それをとても慈しみ、世話をし、面倒をみていたのだが、そこにカモメが飛んできて、どうやら食べ物だと思ったらしく、その小さなポニーをつかんで逃げ去った。A嬢は大声で泣き叫んだが、母親は面白がった。それどころかポニーをくちばしにくわえたカモメの写真までとったのだった。

それ以来、彼女はカモメを恐れている。カエルも蛇も気持ちが悪い。とくに、彼女をいつも大いなる敵意をもってにらんでいたトカゲが嫌いだという。

彼女には、自分の手がぞっとする動物に変わるのではないかという恐れから、誰とも握手できない時期があった。しばしば母親は可笑しそうに、見ず知らずの他人を相手に、娘は完全にヒステリーなのだと話した。そんなとき彼女はなにも反論できず、まぬけ面をして、ただ黙って母親の横に立っていた。

遠くへ行ってしまいたいという願望はますます強くなっていった。のちに母親がオランダ人の男性に恋をし、その一方でA嬢がドイツの学校へ通わなければならなくなったとき、A嬢はしばらくのあいだ、ある教師の家庭に預けられた。その家で幸福に暮らしながら、彼女は母親がふたたび迎えにくる日をひたすら恐れた。

八時ちょうどにフロイトは手術台にのせられた。ドクター・フェルボルンがわたしの手を強く握りしめ、きっとうまくいきますよ、と言ってわたしをドアの外に出した。母の手術のときはもっと冷静でいられた。実際またそのときには、放送局の仕事を休むために全日休暇をとりもしなかった。今回はコーヒーを飲みにも行かず、ほかのことで息抜きをすることもなく、四時間廊下にすわりつづけて、太った犬を連れた、脚のむくんだ肥満の老女たちを眺めていた。彼女たちは、神経質そうにあちこち歩きまわり、診断がおりるのを待ちながらレントゲン写真を眺め、全員が同じように漫然とうめき、うなり、ため息をつくのだった。かつてフェルボルンは、辛辣な口調でこう言ったことがある。ますます多くの犬が、だらしない飼い主と同じように糖尿病や高血圧や肥満に苦しんでいます。概して人間と犬は、治療法に関してもますます似通ってきています。最近、一羽のオウムに人工の膝蓋骨をつけました。なぜなら、膝の悪いオウムはもはや立つことができず、ぬいぐるみの動物のように倒れてしまって、生きることができないからです。フェルボルンによれば、その手術は可能だった、だから執刀したのだという。

わたしは、たしかに自分が年老いて滑稽だという気がしたが——いまではわたしも、子どもや夫と暮らすように一匹の小犬と暮らしている飼い主のひとりだ——しかしフロイトといっしょにいると以前より体調がいいと認めざるをえない。犬の脳にそんなものは存在しないとわかっていたが、わたしはフロイトからなにか愛情のようなものを感じ取った。フロイトといっしょにいると、男性といるより簡単に自分を騙すことができた。もしかしたらそれだけのせいだったかもしれない。しかしだからこそ、フロイトを失うことはわたしをひじょうに不安にさせた。まさに最初の診察日にフェルボルンが予言したとおりだった。ひとは愛するものによって、いつか悲しみを与えられる。

フロイトの手術のせいで年休をとって放送局を休まざるをえなかったので、もう休暇旅行に行くことはできないだろう。母はわたしをトレモリノスに招待していた。母はそこで新しい「親友たち」、つまり彼女の元恋人とその息子のところへ引っ越したのだった。この息子はわたしと同年代で、子どものとき一度ちょっと会ったことがあったのだが、彼はいつの間にか女

ったた。

性になっていた。母がすることはなにもかも、彼女に関するわたしの嘘より信じがたいものだ
った。

わたしは、フェルボルンに対して、父が舞台監督だったと嘘をついたことを深く後悔してい
た。というのは彼が、わたしの子ども時代はなんとも面白かったに違いない、と何度も繰り返
しその件を話題にして、期待にあふれた表情でわたしをじっと見つめたからだった。彼を失望
させないために、わたしは母を成功したバレエダンサーに仕立て上げ、バレエのせいで高齢に
なってから腰に問題をかかえていることにした。

フェルボルンは、フロイトにコーチゾン剤を注射し、わたしにその前脚をつかませながら、
ええ、ええ、と即座に肯定した。トップクラスのスポーツ選手にありがちなことです。あなた
は、毎晩カーテンの陰に隠れて、お母さんが瀕死の白鳥を踊っているのを見たのですか？　映
画ではそうなってますよね。

彼はわたしを感嘆のまなざしで見つめたが、わたしを通して母の経歴に感嘆していたにすぎ
なかった。このまなざしにわたしは慣れていた。そこではわたしの小さな嘘はまったく問題に
ならなかった。わたしが真実を語った場合には、きみのお母さんはほんもののヒッピーだった
の？　きみたちはテントで生活したの？　みんな裸で、いつも麻薬をやってたの？　というふ
うに、感嘆につねに漠然とした同情が加わったのだが、その同情が欠けているだけだった。

いいえ、とわたしは答えた。じつはいつも楽屋にばかりいて、そこで宿題をしていました。

わたしはどちらかというと楽屋の人間なんです。

フェルボルンは顔をほころばせて笑顔になった。それが彼をとても若く見せた。

それではわたしも白状していいですね、と彼が言った。わたしはこれまでの人生でたった一度、学校の授業で「セチュアンの善人」を見るために劇場へ行ったことがあるだけです。そのうえそこで眠ってしまいました。


手術は滞りなく進み、フロイトは、わたしが手術に踏み切ったことを感謝しているように見えた。というのは、フロイトを家に連れて帰ったとき、わたしの手を絶え間なくなめつづけたからだ。このときからわたしは自宅に要介護犬をかかえることになった。わたしはフロイトにふたたびおしめをつけたが、大便のときには、彼を五階下までかかえていき、角の小さな公園へ行ってそこの草むらにすわらせ、後ろ脚を押しひらき、それからやさしく言葉をかけてやらなければならなかった。どうか、どうか、急いでよ、通行人に怒られたり、雨でずぶぬれになったりしないうちに。わたしたちが外へ出なければならないときにはいつも雨だった。

フロイトは途方にくれ、深く貶められてわたしを見つめた。そこでわたしは同じようにひざまずいて、力んでいるかのように、あてもなく低い声でうなったのだが、そうすると多少はうまくいった。白状すると、そのあとなお排泄物をビニール袋で拾い上げてコートのポケットに入れることはたいてい断念した。というのも、そこに入れたことをすっかり忘れてしまい、あとで家の鍵を探そうとして手をつっこんでしまったことがよくあったからだ。

　事を済ませたあと、わたしはフロイトを抱いてふたたび五階まで上がった。延々と抱いていたために腕が痛かったが、フロイトは一センチたりとも自分では動けなかった。腰に包帯をして、床に腹ばいになったときには、餌鉢に近づくために頭を持ち上げようとさえしなかった。そこでわたしは彼を抱いて、スプーンで餌を食べさせた。肉にはぞっとして嘔吐せざるをえなかった。しかし野菜の餌に切り替えようとする試みは、とっくの昔にことごとく失敗していた。自分が犬のせいで、無理やり肉をつかんだり、細かく分けたり、臭いを嗅いだりすることになろうとは、まったく夢にも思っていなかった。気持ち悪さを軽減するために、最初のころ、行きつけの歯医者に頼んで呼吸保護用のマスクを手に入れたのだが、そこで明白になったのは、肉は目で見るほうが臭いを嗅ぐより耐えがたいということだった。たしかにフロイトはわたしのために多くのことをしてくれたが、どうしてもベジタリアンにはなろうとせず、むしろ餓死することを望んだ。

　朝食後、わたしは、動物病院の物理療法士に教わったとおり、フロイトの背中をマッサージ棒（三八〇ユーロ）で一時間マッサージした。そのあとで彼の大嫌いなストレッチ運動。昼には水泳治療（一時間七〇ユーロ）に連れて行った。そこで彼は水中の歩行バンドの上を歩くよう指示されるのだが、その間わたしは、大量の犬の毛が漂っている、なまぬるい水槽のなかに立っていた。午後は赤外線療法（半時間三五ユーロ）を受けて、フロイトはちょっと居眠りしたが、わたしもたいてい同様に眠り込んだ。週に二回、フロイトはスランバー・タッチ・マッサージ（一時間九〇ユーロ）の恩恵を受けた。ひじょうに無愛想な、ひょろひょろに痩せた女性療法士が彼の頭から足まで筋肉の張りをもみほぐしたのだが、そのマッサージは女性療法士に大いなる鎮静効果をもたらした。なぜならそのあと彼女はかならず前より親切で穏やかになったからだ。フロイトは治療を楽しんでいるように見えたので、わたしは代金を支払った。

夕方はまた餌をやり、階段を下りて公園へ行き、ひざまずいて、早くするように懇願した。最後は運動だが、これは毎回フロイトの機嫌を損ねる危険をともなった。そのあとで二人とも疲れきってベッドに倒れこみ、わたしたちのくつろいだ「対話治療」はたいていお流れになった。

A嬢は疲れきっているようだ。彼女は「対話治療」をおろそかにしている。小生がそれについての見解を求めたところ、彼女は、神経が苛立っていて、彼女が言うところの頭のなかの嵐にまたしてもひどく苦しめられていると答える。子ども時代の映像が彼女をすっかり混乱させて、たとえば教師の家庭に引き取られていた生活が快適なだけではなかったことを、突然また思い出したと言う。たとえば彼女が肉を食べないことは容認されなかった。一家の母であるガビおばさんは、とても厳格で、肉が完全に冷めてしまい、脂が白く固まるまで、延々と彼女を皿の前にすわらせつづけた。歯の一本が少し歪んでいたそのときのフォークがまだありありと目に浮かぶ。ほかの子どもたちが外の庭で遊んでいるあいだ、彼女はたった一人でそこにすわっていた。とにかく肉を呑み込むことができなかったし、なぜそれを絶対に食べなければならないのか理解することもできなかった。このようなときには、母親や彼女の風変りな恋人たちや、規則を一切もたない彼らの即興的な生活が恋しかった。母親は娘になにかを強要したことが一度もなかった。反対に、絶えずA嬢に、いったいなにをしたいのか質問した。ところが彼女が母親とは違うものを望むと、感情を害するのだった。A嬢は、母親とはつねに根本的に異なる感じ方をしたが、しかし教師の家族のもとでは、こんどは彼女がまたほかの人たち全員と異なっていた。どちらにいても彼女は不幸だった。A嬢は、そのように一人で食卓の皿の前にすわっているあいだ、とにかくこれ以上地上に存在したくないと思った。消えてなくなること、タバコの煙のように小さな煙柱となって立ちのぼり、ふわふわと漂って消え去ること。彼女はつぎのような情景を想像した。ガビおばさんが部屋に入ってくると、彼女がそこにいない。おばさんは激怒して庭を探し、ほかの子どもたちに彼女の行方を尋ねる。子どもたちは彼女を探しまわるが、A嬢はとにかく姿を消したまま。その間に脂の硬直したぞっとする肉をのせた皿は相変わらず食卓に置かれている——小生はこの患者が心配である。快復の兆しが見えない。

三週間が過ぎてわたしの休暇が終わったとき、フロイトの容体は少しもよくなっていなかった。わたしは彼を一人にすることができなかったが、昼間に八時間も重度身体障害の犬の面倒をみてくれる人はいなかった。

こうなるとフロイトを放送局に連れていくほかはなかった。編集部の部長は、オフィスに犬を連れてくることを全面的に禁止していた。そのためわたしは編集の仕事をする座席の下の奥にフロイトを押し込んで、うなり声をあげることを禁止し、かつ誰からも密告されないことを願った。

職場には、赤ん坊用マットレスと、柔らかい布切れと、すでに子犬のときから傍に置いてどうしても放そうとしなかった添い寝用の人形と餌とおしめを持参した。これだけの品々をすべて地下鉄で運ぶことなど到底できなかったので、重い荷物をかかえて毎日タクシーで通勤した。

わたしは必死でフロイトを少なくとも二、三歩歩かせようと試みた。自宅の廊下の壁にもたせかけて、鼻先にレッカーリをかざし、目の前でこちらへ動かしたが、三、四歩、小幅でちょこちょこ歩いたあと、寄せ木張りの床で足をすべらせ、後ろ足をくずし、ピシャッと音をたてて腹ばいになり、ひどく悲しそうにわたしを見つめた。彼は、わがフロイトは、どんなにわたしに喜び《フロイデ》を与えたかったことか。わたしは、自分の声に怒りも失望も含ませないように努力した。廊下にバスマットを敷いて滑りどめにしたが、それでもなんの進展もなかった。

我慢、我慢、とフェルボルンが言った。お母さんのことをちょっと考えてください。腰の手術のあと、どのくらい長くかかったかを。

いまはそもそも母のことなど考えたくありません、とわたしは激怒して言った。もし彼女が同年齢のほかの母親たちのようにここにいてくれたら、ときどきはフロイトの面倒をみることができたかもしれないのに、母ときたら、スペインであちこちほっつき歩いているのです。しかもわたしにはとにかく犬の世話人を雇う余裕がありません。なにもかもものすごく高くつくのです。

彼は微笑んで、ものわかりよくうなずいた。上向きの短い鼻をした丸い顔と巻き毛が、年をとった智天使を連想させた。思いがけずわたしの目に涙がこみあげてきた。

まあ、まあ、と彼が言って、不器用にわたしの肩をたたいた。フロイトが困惑してきょろきょろと交互に二人を見た。あなたにはちょっと休息が必要なようですね、とフェルボルンが言葉を継ぎ、いつやめたらいいのかよくわからずに、なお少し肩をたたきつづけた。一度食事に招待しましょうか。

この言葉もひじょうに自信なさそうな、あいまいな響きをもっていたので、本来ならば即座に断るべきだっただろうが、わたしは自分の肩に置かれた彼のきれいな手を凝視して、すぐに、はいと返事をした。

でもわたしが料理します。そうでなければ、フロイト同伴でどこへ行けばいいのかわかりませんから。

もしかすると、料理がおいしくなかったせいかもしれない。わたしは——フェルボルンが度しがたい肉好きだと思っていたので——彼が肉のことをすっかり忘れるくらいのすばらしい野菜料理をつくりたかった。ところがすべてがうまくいかなかった。豆腐スフレは堅くて包装紙のように味気なく、何時間もかけて調合したソースは苦くて、ライスはどろどろしていた。

彼は気丈に食べてくれたが、おいしくないことは見ていてわかった。格子縞のフランネルのシャツを着た彼は、若くてふっくらして見えた。髪は洗い立てで、巻き毛はもじゃもじゃの山になっていた。食べる以上にワインを飲んでいたので、頬が赤く染まっていた。わたしも彼のまねをしながら、いくつかの家具が欠けていることや書棚に空きがあることに、彼が気づかなければいいのにと思った。それはゲオルクが出ていったことを明らかに示すものだった。

フロイトは籠のなかに横たわって、わたしたちを不機嫌そうに眺めていた。ふだんとは違う時間に公園に連れ出されたことで気を悪くしているのだった。さらにこのアパートメントに彼の担当医がいることも、あきらかに気に入っていない様子だった。

あなたの犬はヒポコンデリーです、とフェルボルンが言った。

そうは思いません、とわたしは否定した。いまもまだひどい痛みがあるのです。

いいえ、とフェルボルンが言った。この犬は患者の役割が気に入っています。あなたは面倒のみすぎですよ。

いずれにせよ彼のおかげでわたしの生活には秩序がもたらされています、とわたしは微笑んで言った。彼がいなかったら、往々にして人生が、ほどくことのできない綱の巨大な結び目のように、とてもこんがらかって見えるのです。それをほどこうとすると、綱が突然蛇に見えて、もう触る気にもなれません。

フェルボルンは戸惑ってわたしを凝視し、グラスにワインを注ぎ足した。たいていの蛇には毒はありませんよ、と彼がゆっくり言った。そのあと二人にはなんの話題も思い浮かばなかった。

ごめんなさい、とわたしが言った。

なにが、と彼は驚いてきいた。

料理が。おいしくないですよね。

予想どおりです、と彼が言って、生意気ににやりと笑った。とにかく料理上手な女性には見えませんでしたから。用心のために前もってレバーペーストパンを食べてきました。

彼はきれいな手をわたしの手に重ねた。わたしはその手を眺め、その魅力に負けまいとした。

フロイトは閉じた寝室のドアの外に横たわり、悲しそうにクンクン鳴いた。フェルボルンはわたしに覆いかぶさり、低い声でグーグーと喘いだ。フェルボルンは、眠っているときのフロイトと同じような、いびきに似た声を出したのだ。フロイトのいびきは、短い鼻のせいで多くのパッグ犬を苦しめている呼吸困難に起因していた。そのためパッグ犬の飼い主たちは、多少なりとも睡眠を妨害されないように、犬を夜中に「いびき箱」に入れることを勧める。だがわたしは、いびきをかくフロイトを好んでベッドの隣に寝かせていた。彼のおかげで、半睡状態のわたしは、心を落ち着かせてくれる男性がそばにいるような気がしたからだ。だがいまわたしは、ドアの外のフロイトのクンクン鳴く声と、わたしに覆いかぶさったフェルボルンの喘ぎ声を聞きながら、それ以外のことに集中できなかった。わたしは、フェルボルンの口からレバーペーストの臭いがするので首を横にひねり、同時に、腹部の脂肪を見られないように、彼をそばにぴったり引き寄せようとした。とはいえ彼はこの間たいてい目を閉じていたので、それはそれでわたしにとって屈辱的だった。自分が間違いを犯したことはわかっていた。飼い犬の獣医と寝てしまったのだ。今後は彼を訪問するたびに問題が生じるだろう。わたしは、フェルボルンを鼓舞して事を終わらせるために呼吸を速めた。彼のグーグーうなる声は突然激しさを増し、わたしは、そう、そう、そう、とつぶやいた。彼は短いうなり声をあげ、そのあとどすんとわたしの上に倒れこんだ。わたしは彼の高鳴る心臓を胸に感じとり、短い間、錯覚ではあるが、彼に親密さを覚えた。

フェルボルンは頭を上げ、あたかもスーパーマーケットのレジで他人を押しのけて前へ出ようとしたときのように、申し訳なさそうににやりと笑いかけ、くるりと回転して身を離した。フロイトが、満月の狼のように、ドアの外でワォーン、ワォーンと鳴いた。

中に入れてもいいかしら、とわたしが尋ねた。

フェルボルンは肩をすくめた。タバコを吸ってもいいかな、と彼が尋ねた。

わたしはうなずいた。なぜならそれがフロイトを室内へ入れるための条件のように聞こえたからだ。彼はタバコに火をつけた。わたしは立ち上がり、お尻を見られないように、横向きにドアまで歩いていった。わたしは、実際はなにも知らないのに、蜂巣炎になることを恐れていた。街中で、波形トタン板のような太ももにミニスカートをはいた女性たちの後ろを歩くたびに――いったいあなたたちは後姿がどう見えているのか知らないのですか――しばしば蜂巣炎になるのではないかというぞっとする考えに襲われた。

フロイトは腹ばいでこちらに寄ってくると、鼻先を空中にのばしてクンクン嗅ぎ、それからわたしを咎めるようにじろじろ見た。

歩行車が必要だな、さもなければもうどうしようもない、とフェルボルンが言った。


A嬢は、きわめて体調がいいときには決まって悪い予感に襲われるのだが、それらの予感は、あとになると高い確率で当たっていることが判明する。編集部でこれまで誰にも告発されなくて、ほんとによかったわ――もし解雇されたら首を吊るわ、と彼女は月曜日に上機嫌で小生に言った。ところが火曜日には無期限解雇されたのである。それはいつも、無意識において前もって出来上がっていたものの仄かな予感なのだ。彼女はこう言う。ひとは幸福を自慢すべきではないし、また悪魔を壁に描いてはならない。そんなことをすれば実際に悪魔が姿を現す。そもそもひとは、不幸がすでに待ち受けているときに、はじめて幸福を自慢するのであり、予感を自慢の形で表現するのだ、と。

たしかに彼女はまだ首を吊っていないが（そうなったら小生はどうなるのか心配だ）、激しい生の不安に苦しめられている。小生は、彼女の頭のなかの「嵐」を、型どおりの仕事や義務や戸外での運動によって和らげようとあらゆる努力をしたが、どうにもならなかった。小生が思うに、A嬢は小生の教えを、中世の苦行僧と同じくらいまともに聞いていない。すなわち中世の苦行僧は、どんな些細な体験にも悪魔の誘惑と神の試練を見出し、ほんの短いあいだでさえも、またどんなに小さな片隅にいても、世界を自分自身との関係なしには想像することができないのである。A嬢は眠りが不安定で、戦慄が走るような夢を見る。椅子の脚や安楽椅子の背もたれが蛇になったと話す。ハゲタカの嘴をもった怪物が彼女をつつき、身体から肉片をひきちぎり、一匹の巨大なカエルがとびかかってきて、おまえはのろわしい心気症患者だ、無能な人間だ、と叫んで彼女のクレジットカードを引き裂いたという。

わたしはフロイトに歩行車を買い与えた。ゲオルクが持っていたメタリカとモーターヘッド(1)のすべてのCDを蚤の市で売ったおかげで、かろうじて代金を支払うことができた。ゲオルクはそれらのCDを引き取りたいといつも言っていたので、わたしは、彼がまた来てくれるかもしれないという希望をいだいていた。だから先日彼がフェイスブックで、恋人としてのわたしを削除したとき、いっそ頭を便器につっこんで溺死したいと思った。幸いわたしはフロイト博士のもとで長い治療を受け、いまかかえている心痛、心の傷、怒りのすべてを仔細に説明することができた。その話は、ずいぶん前からもう誰も、わたしの忠実な友であるズージィさえも、聞いてくれなくなっていた。

CDの売り上げはほとんど二六〇ユーロに達した。わたしは、ブリジット・バルドーが愛犬ドリーを助けてもらった礼状を書いたという会社にインターネットで歩行車を注文した。歩行車が届き、わたしが幸福と誇りでいっぱいになってフロイトと仕事にでかけた日、通行人たちは、フロイトの小型車を目にし、交互に、恍惚とした叫び声を上げるか、あるいは世界がいかに堕落しているかについて怒りをぶちまけることになったのだが、まさにこの日わたしは解雇されたのだった。

おそらく仕事机の下に隠したフロイトのせいだけではなく、わたしに面白さや陽気さが十分備わっておらず、また刺激を与える能力に欠けていたせいだろう。フロイトは、わたしを追い出して編集部の全員をもっと楽しませてくれそうな誰かと交代させるための、都合のいい口実にすぎなかった。

こうしてわたしは生まれて初めて失業したのだが、ほとんどそのことを自分に対して認めることができずにいた。ましてや母に対して認める勇気はなかった。すべてが崩れ落ち、もはやどこにもしっかりつかまる場所がなかった。わたしは平衡障害とめまいの発作に苦しめられ、ただ犬を世話することによってのみ、どうやら現実は存在しているらしいと認識し、一日を組み立てることができた。いまでは毎日わたしはフロイトと「対話治療」を行っていた。なぜなら、しゃべっていないと自分が消えてなくなりそうな不安に襲われたからだ。フロイトはわたしの言うことに辛抱強く耳を傾け、わたしから視線を外さず、自分なりに考えを巡らせていた。ヒステリー患者。精神病質者。不安神経症患者、狂った女。もし誰もいないところでひとりごとをぼんやりつぶやいていたならば、わたしはとっくに自分を狂人の仲間だとみなしていただろう。しかしフロイトがいれば、ひとりごとが飼い犬との単なる会話になる——なんだかんだ言っても誰だって飼い犬と話をするではないか——さらにこの犬自身が、安心感を得るために人間の声を必要とする要介護犬なのだ。

フロイトがわたしの沈黙を好まないのは火を見るより明らかだった。黙っていると、彼は首をかしげていっそう深くわたしの目をのぞき込み、ふたたび話しはじめるまで、前足でわたしを軽くたたたいた。

フロイトの二つ目の股関節はついに手術を必要とするようになったが、どうしてもフェルボルンのところへ行く決心がつかなかった。あの忌々しいほくそ笑みと、完璧ではない裸身を彼に見られたことが耐えられなかった。またフロイトが明らかに痛みに苦しんでいて、その痛みに禁欲的に耐えていたにもかかわらず、彼をヒポコンデリー呼ばわりしたことも気に入らなかった。わたしが思うに、フロイトはたいていの人間より強く、賢く、また親切だった。厳密に言えば、わたしを含めたどの人間よりもそうだった。彼は自分の運命に耐えている。一方わたしは、運命に絶えず抵抗し、めそめそ泣いて愚痴をこぼし、今度もまた間違うかもしれないという不安から、何ひとつ決定を下せずにいる。実際またいつも失敗の連続だった。わたしは人生に全面的に敗れた。あらゆる男たちがわたしを欺き、搾取し、捨てた。わたしは仕事を失い、もっぱら一匹のパッグとともに時間を過ごし、ほかの誰にも語れない話をするために、彼に精神分析の創始者の名前を与えた。自分が問題をかかえていることは重々承知しているが、その問題との関わりを不快に思っているわけではない。少なくとも、過去にかかえていたどんな問題よりもまだましだ。

お金が底をついてきた。クレジットカードが停止された。わたしは、フロイトの餌代を工面するために食事を減らしたのだが、そうすると数週間のうちに、十八歳以降は経験のなかった理想の体重に到達した。いまではときどきビキニを着て寝室の鏡の前に立ち、自分の姿を見て楽しんでいる。まったく新しい経験だ。

新しい仕事を探したり、職業安定所に行ったりするような時間はなかった。わたしはもはや誰にも会わず、イビサにいるズージィにさえ電話をかけなかった。彼女がわたしをばかにして笑ったり、わたしに治療を勧めたりすることを恐れたからだ。

その代わりに、動物治療師のティルマン・ヴェストファールを訪れた。彼はわたしに、というかフロイトにグロブリンを処方し、フェルデンクライス・メソッド(2)による定期的な関節運動を行うように指示した。またフロイトは関節の運動障害に陥っているという診断を下し、ある動物心理学者を紹介した。さらにヴェストファールは、わたしに対して、どうやら疲弊しきっているように見えるので医者にかかったほうがいいかもしれないと言った。

母の主治医は、はるか昔に、ある色恋沙汰のせいで手当てが必要だった母を、健康保険診療券なしで治療したことがあったのだが、今回は、実際わたしに疲労症候群とビタミンB不足症状があることを確認し、そのあとで、スペインにいるお母さんにどうぞよろしく伝えてくれ、新生活をはじめたお母さんがとてもうらやましい、と言った。そして、きみにもちょっと作戦タイムが必要だね、と思いやりのある診断を下した。

治療師と動物心理学者に支払う費用を工面するために、わたしはピアノを売った。いずれにせよほとんど弾いていなかったし、購入したのは、ただそれが居間にけっこう市民的な印象を与えるからという理由にすぎなかった。

動物心理学者のシュタイドレ夫人は、髪を粗雑に赤く染め、カラフルなメガネをかけた五十歳前後の女性で、憂鬱そうに見えた。彼女はフロイトの前足を彼女の一方の手に、わたしの手をもう一方の手に取り、両方をぎゅっと握りしめて床を見ていた。フロイトとわたしは目を見合わせて、くすくす笑いださないように努力した。

あなたがた二人を苦しめているのは相互補足障害です、とシュタイドレ夫人がようやく口を開いて、わたしの手を放した。しかしフロイトの前足は放さなかった。片方が他方から離れることができないのです。あなたはみずからに問わなければなりません。どんな生活を自分のために望んでいるのか、そしてどんな生活を犬のために望んでいるのか。

両者にとって幸福な生活です、とわたしは即座に答えた。シュタイドレ夫人はため息をつき、同情のまなざしを向けた。幸福とはなんですか、と彼女はかすれた声で尋ねた。動物は痛みに苦しみますが、人間は否定的な感情に苦しみます。人間の敵は人間自身であり、動物の敵は人間です。

でもときどきは別の動物も敵になりますよ、とわたしは反抗的に異議を唱えた。

シュタイドレ夫人は首をふった。

動物は別の動物を不当に扱いません。それが本性だから動物は相手を殺しますが、不当な扱いをすることは決してありません。

わたしはこの犬をとても大事に扱っています。

この犬があなたを大事に扱っているのです、とシュタイドレ夫人は辛辣に言った。あなたの犬はあなたを見放しません。

催眠状態になったA嬢は、一度も会ったことがない父親について母親がなにを語ったのか報告したのだが、そのとき小生は、Ａ嬢が恒常的にいだいている不幸に対する恐れの根源を突きとめた。Ａ嬢の父親は友人たちといっしょにインドへ行く途中、アフガニスタンの国境で長髪を理由に入国を拒否された。彼らは、髪を切る代わりに引き返したのだが、そこで運転手がハンドルを握ったまま眠り込んでしまい、車が山の斜面から転落して、父親を含む同乗者全員が死亡したのだった。

患者が続けた報告によると、彼女はいつも、母親にも同じようなことが起こるのではないかという不安を覚え、世界全体が「とてもぐらぐらしている」ような気がした。またある日の午後、家を出て通りを下りて行き、どんどん先へ歩いていったとき、小さな犬を連れたひとりの視覚障害のある老女を発見した。彼女が言うには、その老女は、とても感じがよくて、信用できるように思われた。彼女はあとをつけていって、扉のベルを鳴らし、自分は孫娘であり母親はすぐにあとから来ると嘘をついた。老女は少し躊躇したが、そのあとほんとうにそれを信じた。というのは彼女には、赤ん坊のとき以来会っていないＡ嬢と同年齢の孫がいたからだ。Ａ嬢はその日の午後と夕方ずっとそこで過ごし、ソファーにすわってテレビを見た。犬が彼女の足をなめた。二人は笑い、そしておしゃべりをした。老女は彼女のためにリンゴソースを添えたカルトッフェルブライをつくり、ソファーに彼女のベッドを準備した。老女が寝る前に浴室に行ったとき、ようやくＡ嬢はしぶしぶその家を出て母親のもとに戻った。母親は、ひどく心配していたので、迎えの挨拶として、娘に平手打ちをくらわせた。

わたしは電話で母に質問した。わたしがいつかほとんど丸一日姿を消して、ほんとうはどこにいたのか言わなかったことがあったのを覚えてる？

母は服装倒錯者のバーで職を得たせいで最近携帯電話を持つようになり、わたしにたびたび電話をかけてきたが、そんなときは、わたしからもうぜんぜん電話がないとひたすら文句を言った。わたしはスペインへの電話代を払う余裕がなくなったことを打ち明けなかった。

いつ姿を消したって？　と母が心ここにあらずという様子で質問した。

とにかく一度行方不明になったのよ。わたしたちがブラウンシュヴァイクに住んでいて、ママがエーヴァルトといっしょだったとき。午後と夕方ずっといなくなったので、ママはものすごく心配したのよ。

エーヴァルトのことは、もうずいぶん前から考えたこともないわ、と母が言った。いまはブラジルに住んでいて太ったと聞いているけど。よりにもよってあのエーヴァルトがね。がりがりに痩せているから、世界の何らかの不正に抗議するハンガーストライキの最中なのだろうと考える人が多かったくらいなのに。で、犬はどうしてるの？

まあまあよ、と言ってわたしはため息をついた。

どうしてため息をつくの？

ただなんとなくよ。

あなたは元気なんでしょう？

元気よ、ママ。で、そっちは？

絶好調よ。いつになったら来てくれるの？

わからないわ。スペインはいまとても暑いし。

いったいどういう意味？

最近は、あまり暑さに耐えられなくなったの。

どうしていつも、まるでわたしより年上みたいな口をきくの？

いつもわたしのほうが年上だったからよ、ママ。

母は笑った。わたしも少しだけいっしょに笑った。

電話をかけてくれるなら午後になってからにしてね、と母が言った。朝の四時まで居酒屋で働いてるの。眠る必要があるから。どうして一度も電話をかけてくれないの。

ママが居酒屋にいるか、眠っているからよ。

今度は母がため息をついた。ああ、アップルちゃん、とにかく来て。ここは素敵よ。ほんとうに。

もう行かなければ。

オーケー。なにをきこうとしてたの？　一度行方不明になったとき、どこにいたか、わたしが知っているかどうか？　あなたは、しょっちゅう行方不明になっていたわ。ほとんど我慢ができないほどわたしに気まずい思いをさせられていたから。

行かなくちゃ。じゃあね、ママ。

わたしはフロイトを小型歩行車につないだ。それから、景品くじを探して応募用紙に記入するためにオイロ・ショッピング・センターに繰り出した。わざわざこの目的のために住所スタンプを調達し、きらきら光る星を買ったのだ。そして毎日欠かさず五十枚から六十枚のはがきを書いた。インターネットで読んだ情報によると、きらきら光る星を貼りつけた皺くちゃのはがきは、くじびきのさいにつかみ取られる可能性が高いので、すべすべした目立たないはがきよりもチャンスが大きいのだという。また多数の会社が、応募はがきよりも多くの懸賞を準備しているらしい。こうして熱意と勤勉と規律をもって励んだ結果、手に入れた賞品をイーベイのネットオークションにかけて獲得した金額は、先月、ほとんど二〇〇〇ユーロに及んだ。そのほかにも、手元に残したナイフセットや新品のテレビ、自転車、そして半年間毎週アパートメントを掃除してくれる清掃サービスなどを獲得した。このサービスはよかったし、多少の気分転換になったが、ほんとうは必要なかった。というのはこの間にわたしは、もはや以前のアパートメントを維持する余裕がなくて、ワンルームに引っ越していたからだ。あの住居にはゲオルクの思い出が害虫のように割れ目に巣くっていたので、別れは難しくなかった。引っ越し先では、若返って解放されたような気分になった。くじで生計を立てるのは驚くほど簡単だった。こうしてフロイトとわたしは毎日いくつものデパートやショッピングセンターをうろついた。ほかにも競争相手がいたし、いくつかの懸賞はひじょうに人気が高かったので、わたしたちはすでに朝早くから出かけた。昔ならもっとましな格好をしていたのだが、フロイトにとっても、世界の残りの人たちにとっても、結局わたしの外見などどうでもよかった。わたしはもはや化粧もせず、節約するために美容院へも行かず、ほとんどいつも同じぼろ服を着ていた。快適なジョギングパンツとTシャツとパーカー。いまではとても痩せていることが、わたしの自信を尋常ではないほど高めていたが、にもかかわらずショーウィンドーのガラスに映った自分の姿に目をやるたびにぎょっとした。そして自分は、昔、民放の午後の番組で驚愕して見たような種類の人間に徐々に近づいているのだろうかと疑った。しかし、わたしの生活だけではなく、フロイトの生活と治療代を賄えるような職を見つけることは、もうほとんどできないだろう。

わたしはすでに、フロイトの痛みを和らげてくれる鍼師と、関節の運動障害を緩和する指圧マッサージ師を捜し出していた。また引きつづき定期的に水泳治療と赤外線治療に通っていた。そしてエッセンで、二度目の腰の手術と、さらに背中の手術もやってくれるという動物総合病院を見つけ出していた。手術のさいには、わたしが一週間ホテルに滞在する必要があったので、この計画には四〇〇〇ユーロ以上の費用がかかるだろう。

歩行車を装着したフロイトとわたしはショッピングセンターを迅速に通り抜けた。自分たちの賛美者と批判者に、女王のように慈悲深く会釈し、決して立ち止まらないことにわたしはもう慣れていた。一軒のベトナム・ネイルスタジオで、ベトナム休暇旅行が当たる懸賞応募券をすぐに二十枚書き込んで外へ出た。すると、あたかもすでに長いあいだわたしたちを待っていたかのように、ドクター・フェルボルンがドアの外に立っていた。

いやまた、なんてことだ、と彼はむっとした表情で言うと、巻き毛を手で撫でた。

ごめんなさい、とわたしは早口で答えた。

少なくとも検診に来てくれてもよかったのに。きみの犬はいまだに歩くことができないんだね。

でももう痛みはないのよ、とわたしが言った。

フロイトは、まるで自分にはまったく関係がないかのように、あたりを見まわした。

フェルボルンは相変わらずまだ巻き毛を撫でつけていた。なにを間違ったのか、ぼくにはわからない。

なにも、とわたしが言った。

だからさ。だからぼくは、なぜきみたちが来なくなってしまったのか疑問に思っているんだ。

わたしは黙った。

それで、調子はどうなんだい、と彼がようやく質問した。

いいわ、元気よ、とわたしは微笑みながら答えた。いまでは豚のように暮らしてるわ。豚は楽観主義者だと立証されているのよ。肯定的な経験をすると、豚は、将来についても最上の結果だけを予想するようになるの。

幸福の豚、と彼が言って、不機嫌そうにわたしを凝視した。

ええ、いまでは自分を幸福の豚みたいなものだと思っているわ、とわたしは相変わらず微笑んで言った。

フェルボルンは神経質にまばたきした。それで、質問してもいいかな、きみの肯定的な経験とは何なんだい？

わたしは、彼の顔がそもそも体格の割りに小さすぎること、そして巻き毛が彼にどこか女性的な印象を与えていることに気づいた。まあ、あれやこれやよ、とわたしは答えた。最近は肯定的な経験を些細なことに見出すようになったの。

そうかい、と彼が言った。ぼくから見れば、ちょっと老人めいているね。

わたしは肩をすくめた。

フェルボルンはわたしを、つぎにフロイトをじろじろ観察した。ちょっときみの犬を見てごらん、と彼が言った。彼はきみのまねをしている。きみが首をかしげると、彼も首をかしげる。

ええ、とわたしが言った。彼が首をかしげると、わたしも首をかしげる。こうしてわたしたちは最高に補いあうの。

そう、じゃ、きみたち元気で、と彼は冷たく言って、逃げるようにさっさとそこから立ち去った。
フロイトとわたしはなおしばらく彼を見送ったあと、懸賞に応募する作業を再開した。それが終わると公園へ行き、みずみずしい、しっとり濡れた草むらに腹ばいになって、湿った大地の匂いを嗅ぎ、深呼吸をした。やがてわたしたちはその匂いにすっかり圧倒され、最上の結果だけを予想するようになった。

訳注

（1）メタリカは一九八一年に結成されたアメリカのメタルバンド。モーターヘッドは一九七五年に結成されたイングランド出身のロックバンド。

（2）モーシェ・フェルデンクライス（一九〇四～一九八四年）によって体系化されたメソッド。動きの探究によって大脳を中心とした神経・筋協働システムに働きかけ、人間の潜在能力の覚醒を目指す。

X　聖ヨハネの前夜祭
――ズージィ

アップルを元気づけるために、マラガへ向かう飛行機のなかで、彼女に機内誌を読んできかせる。「スペインでの休暇中は六月二三日のラ・ノーチェ・デ・サン・ファアン〔聖ヨハネの前夜祭〕を逃すことなかれ！」

聖ヨハネの前夜祭は六月二三日ではなくて二一日よ、とアップルが不愛想に言う。手の施しようがない。スペインに、そして彼女の母親に近づけば近づくほど、アップルは落ち込んでいく。だがこの旅行を提案したのは彼女自身だった。彼女が懸賞で二人分のマラガ行き航空券を当てたのだ。わたしは、苦労して家を無菌状態に保ち、ラルフに規則正しく免疫抑制剤を投与しているというのに、彼が新しい腎臓を移植された身体でイビサのクラブに通う姿をこれ以上見たくなかったので、アップルの招待を受けた。

わたしはミュンヘンに飛んで、まず歯の検診を受け、それからアップルを迎えに行った。彼女はとてもほっそりして見栄えがよくなっていた。アップルは、わたしが幸せではないことをすぐに見てとったが、ありがたいことになにも言わなかった。わたしは、彼女がギプスのコルセットをつけたパッグ犬を抱いていることに一言も触れなかった。つまり二人はお相子だった。

わたしは、いかに自分が憤慨し悲しんでいるか、いかに見捨てられたような孤独を感じているか、ラルフの感染症を恐れていかに悶々としているか、彼女に話さなかった。ラルフは最近ダークルームに通っている。彼は感染を予防していると断言する。わたしはダークルームにいるときのラルフが何者なのか知りたくない。わたしの知らない他人。ときどきわたしはこう願うことがある。彼がわたしを暗がりのなかで探す。わたしたちは慎重に相手を手で触り、ゆっくり互いを見分け、再認識する。しかもわたしには彼の気持ちが理解できる。ひとは誰もが、ひょっとすると生きていくうえで、ひとつの暗室を、すなわちその中に入って、夢見ることさえできなかったなにかを体験できるような暗室を必要とするのかもしれない。計り知れぬほど深い闇によって、ひとはふだん引きずっている人格から解放され、暗がりのなかで別の誰かになっているあいだ、その人格をとにかくドアの外に立たせて待たせるのだ。わたしもそんな暗室が欲しくてたまらない。

あきらかにアップルは相当に懐がさびしそうなので、わたしがその忌々しい犬の追加料金を支払う。離陸前の途方もなく高額な朝食と新聞とヘッドフォンの料金も。アップルは、放送局をたたき出されたあとそもそもなにをしているのか話してくれない。母がわたしたち二人のために休暇用のアパートメントを準備してくれたの、まったくただでそこに住むことができるそうよ、と彼女が言う。わたしはその話を疑うべきだった。

聖ヨハネの前夜祭は六月二一日よ、二三日ではないわ、とアップルが不機嫌そうに繰り返す。

でもスペインでは二三日なのよ、とわたしが言う。

間違ってる。とにかく間違ってる。

そんなことスペイン人にとってはどうでもいいのよ、とわたしは言って、穏やかな声で先を読む。「この夜は生成と消滅が均衡する瞬間であり、これ以降は昼が短くなり、夜が長くなる。この夜は、自然の循環に心をゆだね、願い事をするのに申し分のない瞬間である」。

このときアップルは思わず小さく笑みを漏らす。なぜならわたしが苦労して、民放の深夜番組を解雇されたヒンドゥー教の導師の口まねをしたからだ。「われわれのすべての行動が途方もない力をもつことになる魔術的な夜。巨大な炎は太陽の謂いであり、新たな力を生み出し新たに始めるために、すべての否定的な考えと経験を焼き尽くす。炎を突き抜けて跳べ。そうすれば幸福が手に入るであろう。みずからの生命力を喜べ、そして何ひとつ永遠に続かぬことを自覚せよ」。

そうね、とアップルが冷淡に言う。母との休暇が永遠に続かないことは嬉しいわ。でももしかしたらわたしはもう死んでいて、母と過ごすこの休暇がわたしの浄罪火だというがわかっていないだけかもしれない。

あなたのそんな否定的なところ大好きよ、とわたしは言って、彼女のトマトジュースを飲み干す。最近ではもうアップルのほかに機内でトマトジュースを注文する乗客はいない。でもそれじゃあどうしてわたしたちはお母さんのところへ行くの？

アップルは沈黙し、あたかも洗顔しているかのように、両手で顔を撫でる。わたしは親孝行の娘なの。それにわたしにはこの母しかいない。

もう一人いるじゃないの、とわたしは言って、彼女の腕をやさしく撫でる。

アップルの母親は嘘をついていた。ただしアップルがそれを知って凝乳のように青ざめるのは、あとになってからだ。とにかく、もう一度踵を返してつぎのドイツ行きの飛行機に乗るには遅すぎた。

彼女の母親はわたしたちをマラガで出迎える。褐色に日焼けしていて、いまなお美しい。アップルによれば彼女はかつてヒッピーだったらしいが、束ねていない灰色の長い髪とインド製の小鈴のアンクレットだけが、わたしにそのことを思い出させる。それ以外の点では、暗褐色の仕立てのよい亜麻布のワンピースを着た姿は上品な印象を与える。臆することのないまなざし、アップルが遺伝で受け継いでいる表情豊かな目、官能的な口もと。彼女はアップルをぎゅっと抱きしめる。わたしも同じように抱擁され、チュッと音をたてて二回[1]キスされる。香水の香りがする。それがシャネルの五番——古典的で時代遅れ——であってパチョリではないことに、わたしは妙にほっとする。

イングリトよ、とアップルの母親がわたしに挨拶する。もしわたしに一度でも敬語を使ったら罰金よ。

アップルがわたしの背後でうめき声をあげる。ズージィです、とわたしが言う。

知ってるわよ、とイングリトが言う。まだそんなに物忘れはひどくないわ。彼女は口を大きく開けてあくびをする。こんなに朝早く到着する必要があったの？ まだちゃんと目が覚めてないのよ。それに今朝は、暗がりのなかで下着を見つけられなかったわ。

まあ、けっこうなことね、とアップルが言う。

わたしはイングリトのワンピースをもっとよく観察し、実際にブラジャーやパンティの型が浮き出ていないことを確めて愉快に思う。

到着時間をママに都合よく設定できなくて悪かったわ、とアップルが辛辣な口調で言う。

これはまた大変なことになるかもしれない、と心配したが、イングリトはただ笑って、娘から果敢にトランクを奪い取り、でも犬は自分で運んでね、と言う。

アップルはそうでなくとも、パッグ犬を入れたプラスチック容器をひとの手に渡さなかっただろう。この犬は客室への持ち込みが許された。飛行中ずっと誰にともなく低い声でうなりつづけ、繰り返し放屁したが、わたしは我慢して悪口を言わないようにした。犬は、あたかも自分がどう思われているのかよくわかっているかのように、傷ついた表情でわたしをじっと見た。

アップルが主張するには、この犬は彼女のことを他のどの人間よりもよく理解しているらしい。彼女は彼をフロイトと命名したのだが、わたしはそれを名《な》祖《おや》に対する侮辱と感じて、その名前で呼びかけることを拒否している。しかもアップルは犬に対して敬語を使い、礼儀正しく、ほとんどへりくだるような態度をとっている。とはいえその犬は彼女によい影響を与えているようだ。たしかに彼女は以前より穏やかになり、わずかながら物事を気にしなくなった。またどうやらその犬は、不幸な結果をもたらす新たな男性関係からも彼女を遠ざけているようだ。わたしはいまイングリトのなかに、このぞっとする動物に対抗する同盟者を見出した。イングリトは犬を古いルノー・トゥインゴのトランクルームに追放しようとしたのだ。わたしは早くも小躍りして喜んだが、アップルが憤慨してそれを拒否した。犬は、助手席のアップルの膝にのることが許され、得意然として彼女の肩越しにわたしを凝視した。

　フロイトねえ、とイングリトが頭をふりながら言う。あなたの犬はギプスコルセットをつけていると、むしろフリーダ・カーロ[2]みたい。

　アップルは感情を害して息を荒らげ、助手席の窓から外を見る。

　イングリトは車を猛スピードで走らせ、ひとりで快活にべらべらしゃべりつづけるが、アップルはかたくなに黙り込んでいる。そのためイングリトはまもなくわたしに話しかけてきて、何度も繰り返しわたしのほうを完全にふり向いた。そしてわたしが、つぎの瞬間にはもうみんな生きてはいないだろうと確信したときになって、ようやく視線を車道に戻すのだった。恐怖のあまり手のひらに滴り落ちるほどの汗が噴き出てきた。

もちろんイビサとは比べものにならないわ、わたしたちはここではプレカリアート[3]よ、とイングリトが陽気にわたしに言う。わたしたちはハルツ第Ⅳ法[4]の生活保護費を日焼けどめクリームとサングリアに遣い果たしているわ。

彼女は笑ってハンドルを切り高速道路へ入る。高速道路の縁に立ち並んでいるのは、城塞に似たコスタ・デル・ソルのコンクリートのホテル群や、丘を越えてはるか内陸部まで広がっている半分完成したウルバニサシオネスや、工事を中断したままのショッピングセンターやアパートメントの建造物だ。

なんてこと、とアップルが驚愕してつぶやく。昔の面影が何ひとつ残ってないわ!

焦らないで、とイングリトが言う。

トレモリノスでわたしたちは高速道路をおり、際限なく続く渋滞のなかを、ひとつの横断歩道からつぎの横断歩道へとのろのろ進む。新聞や動物型浮き輪をわきに抱えた旅行者たちの流れが、どろどろに煮た粥のように浜辺へ向かって移動している。その粥は長年のあいだにあらゆる切れ目に流れ込み、スペインの生活を残らず窒息させていた。どこもかしこもピルゼンビール酒場、ピザ店、ドイツふうのパン屋と焼きソーセージの屋台。

反吐が出そう、とアップルがつぶやく。ママはこれでも平気なの?

ときどきバターつきブレーツェルとかレバーペーストを無性に食べたくなるわねえ、とイングリトが言う。それどころかときどき、あの先の角にあるアルペンシュトューベルルに行って、白ビールをぐいっと一杯やるのよ。

いったい村はどうなったの、とアップルがあっけにとられて叫ぶ。小さな漁村だったじゃないの！

イングリトはただ笑うだけ。

最後にわたしたちは方向を変えて住宅地に入り、海の方向へ走る。いまでは通りの両側に小さな別荘や、やや古びた休暇の家、松の木、おとなの背丈ほどのキョウチクトウの茂みなどが立ち並んでいる。イングリトが横からアップルを観察する。わたしは後部座席から、アップルが肩をすくめ、緊張して窓の外を眺めている様子を見ることができる。

どこへ行くの、とアップルが不安そうな声で尋ねる。

イングリトは答えない。しかしもはや笑いもしない。彼女はいくつかの角を曲がり、ついに、ぎらぎらと紫色に輝くブーゲンビリアが玄関口に咲きほこっている、白漆喰を塗ったバンガロー式住宅の前に停車する。

着いたわ、とイングリトが観光客のガイドのように大声で言う。

まさか、とアップルがつぶやく。本気じゃないわよね。

本気よ、とイングリトが上機嫌で言う。さあ、降りましょう。

わたしはおとなしく降りる。アップルはすわったままだ。彼女は犬を抱いて、頭を毛のなかに突っ込む。

ちょっと時間が必要ね、とイングリトが言う。先に中へ入ったほうがいいわ。

わたしたちは荷物を降ろす。わたしはもう一度窓ガラスをたたくが、アップルは視線を上げない。

家に入ると、白い夏用スーツを来た年配の男性が、手を伸ばしてわたしのほうへ近づいてくる。あきらかに感動した様子で、アップル、なんとまあ久しぶりの再会だね、じつに嬉しいよ、と言う。

いいえ、いいえ、とわたしは否定するが、イングリトがわたしの言葉をさえぎる。娘だとわかる？

男性は首をかしげて、わたしを自信なさそうに眺める。

わたしはアップルではありません、彼女はまだ車に残っています、とわたしが説明する。

男性は、まるで火傷したかのように、慌てて手を引っ込める。

こちらはズージィ、アップルのお友達。こちらはカール、とイングリトがわたしたちを紹介する。カールはもう一度ほっそりした柔らかい手を差し出す。

それにしても、いったいなぜアップルは入ってこないんだ、と彼は大声を出す。

過敏なのよ、あの子は、とイングリトが言う。この世界に対してとにかく過敏なのよ。

この家になんの文句があるのかしら、とわたしは混乱して質問するが、そもそもいま誰がここに住んでいるのか理解していない。

カールとイングリトは、考えごとをしているかのように、わたしをじっと見る。

それからイングリトが、いらっしゃい、案内するわ、とわたしに言う。

休暇用の家がしばしばそうであるように、一年を通して手入れをする人がいないので、かなり老朽化している。家具は貧弱で醜い。庭に立ってみる。玄関口と同じように、ここでも力強いブーゲンビリアの茂みが、この家を美しく飾ろうと精いっぱい努力している。

ティーナ、下りてらっしゃい、と上の開いた窓に向かってイングリトが叫ぶ。到着したのよ。寝てるわ、と叫ぶ野太い声の返事。わたしは、ティーナが以前はティムという名前だったことを、アップルから聞いて知っている。

イングリトは肩をすくめる。ここの人間はみんな狂っている、と彼女が言う。カール、少なくともあなたはつき合ってよ。

カールは、プールと、いっぱいに開け放たれたテラスの扉のあいだで、少しぼんやりした様子で立っていたが、最後には自信なげな足取りでこちらにやって来る。しかし、あたかも中に落ちるのを恐れているかのように、プールを大きく迂回する。イングリトは彼に、色あせた赤いクッションを置いた寝椅子を勧める。彼は慎重にそこにすわる。

ぼくはそもそもここにまったく住んでいないんです、とカールがまるで弁解するようにわたしに言う。

たいていここに住んでるわ、とイングリトが言って、彼の膝をやさしく撫でる。

彼女に我慢できるかぎりはね。彼はわたしに目くばせする。

わたしがあなたに我慢できるかぎりよ、とイングリトが訂正する。

彼はわざとため息をつき、はき古した布靴のつま先を見る。

プールが、餌をむさぼる獣のようにピチャピチャ音をたてる。プールに藻がはびこっているのが一目でわかる。一羽の鳥が、頭上の松の木にとまり、なんの変哲もなくピーピー鳴いている。イングリトが脚が組むと、インド製のアンクレットが柔らかく音をたてる。

そう、ここはこんなふうよ、とイングリトが言う。

素敵です、とわたしは答えるが、ほんとうはそう思っていない。

突然、アップルがパッグ犬とともにドアのところに立ち、目を細めて太陽を見ている。その顔は凝乳のように白い。なぜわたしに嘘をついたの、どうして、と彼女はイングリトに向かって怒鳴る。

まずなにか食べたほうがいいわ、とイングリトが言う。そのとき彼女が夢想しているようにぼんやり微笑んだので、わたしは、彼女がなにか吸ったのではないかと考える。

カールがパンとトマトを外へ運んできて、イングリトがトルティージャをテーブルにのせ、小さなグラスにワインを注ぐ。アップルは犬にタッパーウェアの容器に入れたブレッキーズを食べさせるが、わたしたちにはいっさい目を向けない。犬はギプスのズボンをはいている。アップルがわたしにまじめに説明したところによれば、手術直後の股関節を正しい位置に保つためらしい。この新しい股関節にいくらかかったのかというわたしの質問には返事がなかった。

わたしたちはこの家を新しい所有者から一時的に借りているだけなのよ、とイングリトが説明する。

八月に彼らが来ると、あたしたちはまた出ていかなければならない、とティーナがその説明を補足し、タバコの灰をプールに落とす。彼は化粧していないので、古風なピンク色のスリップを男性的な胸の上に着ていることを除けば、無精ひげを生やし、禿げはじめた、ごく普通の男に見える。わたしには、彼にティーナと呼びかけることは難しそうだ。

そしてぼくは八月に老人ホームに戻る、とカールが軽く微笑みながら言う。そしたらようやくまた馴染みのロールキャベツとシュヴァルツヴェルダー・キルシュトルテが食べられる。こら、プールに灰を落とすな！

ティーナが笑う。ああ、パパ、興奮しないで。毎回、同じことを言う必要はないわ。

おまえがいつも繰り返すから、こちらもそのつど言うことになるのだ。

あなたもとにかくやめてちょうだい、とイングリトがティーナに言う。

そうね、とティーナが面倒くさそうに答える。

アップルは髪で顔を隠す。

ここにいっしょに住むことはひとつの実験なの、とイングリトが少し大きすぎる声で言う。アップル、あなたは興奮しているたったひとりの人間よ。だから話さなかった。興奮するのはわかっていたから。わたしたちがここにいるのは幽霊を追い払うためよ、それがわからないの？

イングリトはアップルの二の腕をつかむ。アップルの膝にのっていたパッグ犬がうなり声をあげたので、イングリトはびっくりしてつかんだ腕を離す。すると犬は、あたかも自分が特別な手柄を立てたかのように、アップルの手をなめる。彼女は犬のしわくちゃの顔をそっと撫でる。

わたしは三個目のトルティージャを食べる。

母は幽霊じゃない、とティーナが辛辣な口調で言う。

ごめんなさい、もちろんそういう意味じゃないのよ、とイングリトが応じる。わたしたちが過去と向き合っていて、それが全員のためになると言いたかっただけ。

ああ、ばかばかしい、単にここのほうが安いだけ、それにここには誰も泳がないプールがある。ティーナは伸びをする。わき毛がていねいに剃ってある。それから彼はアップルに言う。ところで、このことがあんたになんの関係があるの？

アップルはゆっくり顔を上げる。彼女は泣いていたわけではない。泣いていればわたしたちが気づいていただろう。にもかかわらず、その目は泣きはらしたように見える。この間ずっとわたしに嘘をついていたのね、と彼女がイングリトに言う。そしてわたしは愚かにも、そもそも存在しないアパートメントの家賃を、可能なかぎり送りつづけていたのね！

そのお金でここの家賃の分担金を払ったわ、とイングリトはにこりともせずに言う。それにいまではバーで仕事をしているのよ。

いまではあんたがモルボスで働き、あたしはもう舞台に上がらせてもらえない、とティーナが苦々しげに言う。

ああ、可愛い人、わたしにはどうしようもないことよ、とイングリトが言う。彼女はテーブルの上にかがみこみ、ティーナの頭にキスをする。その様子をアップルは食い入るように見守っている。

そろそろ帰ったほうがいいみたいね、わたしにはここのすべてがトゥー・マッチよ、とアップルは自分の犬に言う。

じゃあ、とわたしは憤慨して考える。じゃあ、わたしはどうなるの？

あたしにとってはすべてがちょっと旧弊的すぎるわ、とティーナが言って立ち上がる。彼は陰嚢のあたりをピンクの下着の上から掻く。そしてカールがすぐに恥じ入って目を逸らすのを見て愉快がる。薬草女のティーナがこれから聖ヨハネの前夜祭のために薬草を集めに行くけど、誰かいっしょに行きたければ……

行くわ、とわたしが間髪を入れずに叫ぶ。みんながびっくりしてわたしを見つめる。

それは七種の草でなければならない。わたしたちはフランスギクを安全地帯の花壇から盗み、クマツヅラ茶をスーパーマーケットで買ってクマツヅラを手に入れる。ラヴェンダーは通りすがりに高級ホテルの車寄せからむしり取り、バジリコは市場で購入する。カミツレは埃まみれになって道端に生えている。きつね狩りでもしているかのように、わたしたちは笑いながらあたりを駆けまわる。ティーナはいまではジーンズとTシャツ姿になっていて、先ほどよりもいっそう男性然としている。いかにも魅力的な男性、体格がよくて、背が高く、すらりとしていて、小さく引き締まった尻の持ち主。彼は、恋人のようにわたしの手を取る。わたしはイビサでラルフといっしょにいるときよりも、自分が若くて生き生きしているように感じる。

ローズマリーは台所にあるから、これでもう足りないのはオトギリソウだけ、とティーナが言う。でもオトギリソウはいったいどこに生えてるの？

見た目がどんな植物かさえ知らないわ。

あたしもよ、とティーナが言う。でも今年は、新しい男を見つけるために、すべてをきちんと規則どおりにやるつもりよ。彼は草を指で数える、フランスギク、クマツヅラ、ラヴェンダー、バジリコ、カミツレ、ローズマリー、そしてオトギリソウ、この七草を小さな亜麻布のクッションに入れて、赤いリボンで結び、枕の下に置く、そうすると夢のなかに未来の恋人が現れる。聖ヨハネの祝日前夜、つまり今晩、枕を火に投げ入れると、翌年にその男が姿を現すのよ。

それじゃ、いずれにせよわたしもいっしょにやるわ、とわたしが応じる。あとまだオトギリソウがどうしても必要というわけね。

昔の恋人を取り戻そうとする試みも可能よ、でもそれには五本の薔薇が必要なの、とティーナが説明する。

どうしようかな、とわたしが言う。昔の恋人に関しては、見込みが薄いような気がするの。ティーナは、まるでわたしの心労を理解しているかのようにうなずく。あたしは元カレに嘘で騙され、最後には金まで盗まれたの。それでもなお彼をすぐにでも取り戻したいわ、と彼が言う。そしてため息をついて、埃っぽいカミツレの花束の匂いを嗅ぐ。

それじゃあなたのために五本の薔薇が必要ね、とわたしが言う。

むだよ。ティーナが激しく頭をふって、突然、泣きはじめる。

ビーチウェアを着た汗まみれの家族が、わたしたちのそばを通り過ぎる。赤い翼型浮袋をつけた幼い少女が立ちどまって、興味津々でティーナを見つめるので、最後にティーナが蛇のようにシュッという音を吐きかける。少女はぎくりとして、悲鳴を上げながら両親のあとを追いかける。

「ホデール」。ティーナはわたしのTシャツの縁をつかみ、目をこすって拭く。それからわたしたちはゆっくりだらだらと歩いていく。わたしたちのエネルギーは風船から空気が抜けたように失せてしまった。

夫は七年間腎臓を患っていたの、とわたしはできるだけさりげなく言う。生命にかかわるほどの重病。そしてようやく新しい腎臓を移植したんだけど、そしたら突然、同性愛者になったの。

ティーナは立ちどまり、大声で笑う。冗談でしょう！

いいえ。正確に言うと、彼は以前から同性愛者だったのに、その勇気がなかったのね。彼はわたしを誰よりも愛してくれるけど、セックスはもうしたがらない。それが悲しいのよ。でも同時にこう思うの、このばか女、誰かがおまえを愛していることを喜びなさい。ほんの少しのセックス、そんなものは諦めてもいいでしょう！　セックスなんてつまるところ、鼻の穴をほじくることとたいして違わないのだから。でもそうはいっても、セックスがないのは寂しいし、自分がひどく拒絶されているようで、老いと悲しさを感じるのよ。

ティーナは、同情してわたしをじっと見つめる。それほど同情されることにわたしは慣れていない。

数か月前から、鬱病のせいでオトギリソウの錠剤をのんでいるの、とわたしは言い足す。回りくどかったけど、そもそも言いたかったのはそのことよ。

すごい、とティーナが言う。それじゃ七草が全部そろったわけね。彼は思いがけない身ぶりでわたしを引き寄せ、強く抱きしめる。わたしたちは他人同士だが、この知らない男性の慰めは友人たちの慰めより重みがある。彼に抱擁されたまま、わたしは、深い泉に落ちるように自分の悲しみに沈み込む。時間がくると、彼が確実にわたしをふたたび引き上げてくれる。彼は、目覚めさせようとするかのように、両手でわたしの頬をピシャッとたたく。

さて、あんたにはいまペディキュアが必要ね、と彼が言う。いまあんたに必要なのは、まさにそれよ。

スペイン人の年配の女性たちがわたしの横にすわり、退屈そうに雑誌をぱらぱらめくっている。一方ティーナは白い上っぱりを着て、献身的にわたしの足の爪にやすりをかけ、磨いてきれいにしている。どうやら彼はここでときどき代役として仕事をしているらしくて――どういう割りふりなのか正確にはわからないが――サロンの若い女性たちをひじょうによく知っている。その女性たちが目前に迫った「ノーチェ・デ・サン・フアン」や、色恋沙汰を起こした夫を取り戻すための正確な手順について、興奮してぺちゃくちゃとしゃべっている。

わたしの隣にすわっていた、灰色がかった薔薇色のパーマで髪をコンクリートのように固めたばかりのやや太った女性が、雑誌から視線を上げないまま口をはさむ。「五本の薔薇を用意して、一本を鳥の巣がある木の下に置きなさい」。

彼女の世話をしていた若いマニキュア師が、あたかも童謡か祈禱文を思い出したかのように興奮して続ける。「二本目の薔薇は教会の敷居に置きなさい」。三本目は交差する道に置くのよね、それから四本目は？　四本目はどこだった？

「四本目は流れる水の近くに」、とわたしの隣の女性が落ち着き払って答える。

何色がいい、とティーナが質問する。

そうねえ、赤い足爪は下品だと思うし、ピンクは俗物的だし、ブルーは古臭いし――ほかに何色があるかしら？

淡い銀色、とても流行っているし、すごく上品よ、とティーナが専門家らしく言う。彼はすでに爪に塗るエナメルの小瓶を手にしている。つまりわたしの意見などまったく意に介していなかったのだ。

わたしは夫を取り戻したいけど、いまみたいな彼ではなく、まだ健康だったときの彼を取り戻したいの、とわたしが言う。その場合はどうしたらいいの？　五本の薔薇、それとも七草？あるいは、とにかく彼のために喜んであげることかしら？　ティーナは爪を塗る作業を中断して目を上げる。彼はいま同性愛者として幸せなんでしょう、違う？

ティーナは他人の不幸を喜ぶ気持を隠そうとしているが、うまく隠せていない。わたしはラルフの話をしたことを後悔する。

昔の彼はわたしとだって幸せだったのよ、とわたしは腹を立てて言う。

それで、五本目の薔薇はどこへ置くの、とわたしの隣人がまるで教師のようにその場の人たちに質問する。そして返事がないのを見て、まくしたてるように言う。「最後の一本は枕の下へ」。あんたたち、急ぎなさい。急がないと今年はもう間に合わないよ！

「ミエルダ」と若いマニュキュア師が言って、客の爪に息を吹きかけて乾かす。

わたしはやった、と老いた女性が言う。毎年、全部規則どおりにやった。でも取り戻したい男はもう五年前に死んでいる。彼女はとげとげしく笑い声をあげるが、同時に満足した表情で自分の爪を眺める。


わたしたちが薔薇の花束と草をかかえて家に戻ったとき、犬が死んでいた。プールに落ちて、ギプスコルセットのせいで泳ぐことができず溺れたのだ。犬は赤いバスタオルの上に仰向けに横たわり、あたかも空を持ち上げているかのように、四肢を空中に伸ばしていた。アップルが、沈黙したまま真っ蒼な顔をして犬の横であぐらをかいている。

イングリトが興奮してこちらへ駆けてきて、ティーナの腕をつかむ。お願い、ティーナ、興奮しないで。わかってる、不気味よね。カールはまったく対応できないの。横になって休むしかなかった。お願い、興奮しないで！

ティーナはイングリトをふり払い、花を落とし、まっすぐアップルとパッグ犬のもとへ走っていく。

このばか犬、と彼は叫んでひざまずき、犬を揺り動かす。反応がないので、一方の手で胸郭を押さえ、もう一方の手で鼻づらをつかみ、犬の唇に自分の口を押しつける。くすくす笑いださないように、わたしは唇を噛む。アップルは不安げにわたしたちを眺め、立ち上がり、ティーナと犬の周囲を小股で歩く。ティーナは、まるで動物型浮き輪を膨らまそうとするかのような力で犬に息を吹き込む。犬がなおも硬直して四肢を伸ばしているにもかかわらず、粘り強く口から口へ人工呼吸を続ける。イングリトはやめさせるために、ティーナの背中にそっと触るが、彼はやめない。あたりは静まり返り、ティーナの息づかいしか聞こえない。イングリトのアンクレットの鈴の音がかすかに響くだけだ。

息をしろ、このばかやろう、とティーナが喘ぎながら叫ぶ。

アップルがわたしの手をつかむ。死んだのよ、と彼女がささやく。完全に死んでしまったのよ。もうどうしようもないわ。

彼女はわたしの肩に頭をうずめる。ティーナはなおも犬に人工呼吸を続ける。

わたしが最初にそれに気づいたが、信じられない。そのあと左の後ろ足がふたたびぴくっと動く。イングリトが、耳をつんざくような甲高い悲鳴をあげたので、全員が縮み上がる。アップルがいちばん最後に事態をのみこんだ。彼女は夢遊病者のように犬に歩み寄る。ティーナは立ち上がって不快そうに口もとをぬぐう。

とにかくこのプールで自殺することは許さない、とティーナが一同に言う。彼はテーブルにのっていたミネラルウォーターのビンからぐいと一口水を飲み、口をすすぎ、その水をプールに吐きだし、それから笑いだす。あまりに笑いすぎたので、日光浴用の寝椅子に横たわって腹をかかえざるをえない。

ティーナが哄笑しながら言う。ジークムント・フロイト博士はあたしたちを一瞥し、その結果自殺することに決めたのよ。あたしたちにはお手あげだ、とにかくお手あげだってね！　この犬が気に入ったわ、この犬は理解したのよ！　どうしようもないってね！

家の上階、つまり二階で窓のシャッターが上がり、カールが身を乗りだす。髪が山のように逆立っている。彼は困惑して、下にいるアップルが、低い声でうなりながら喘ぐパッグ犬を赤ん坊のように抱いて耳もとでなにかをささやいているのを見る。さらに、寝椅子に横たわって笑い転げているティーナを、そして途方にくれて中央に立ち、上を見上げているイングリトとわたしを見る。問題はすべて解決したわ、ティーナが犬を生き返らせたのよ、とイングリトがカールに向かって叫ぶ。

カールは信じられないというふうに首をふる。まるで芝居のように、イングリトが空に向かって両手を上げる。すべてが元どおりよ、と彼女が歓声をあげる。すべてが元どおり！

台所のテーブルの上で、ティーナとわたしは、六種類の草をHBというイニシャルが刺繡されたた二枚の少しかび臭い古びたナプキンにくるむ。そしてわたしはそれぞれにオトギリソウの錠剤を添える。

まあ、わたしもそんな小包がほしいわ、わたしはまだ希望を捨ててないのよ、と二人を眺めていたイングリトが言う。自分の幸運をまだまったく知らないひとりの男性が、どこかでわたしを待っているわ。お願い！

イングリトは後ろからティーナに両腕をからませ、彼の禿げ頭にキスする。ため息をつきながら彼はイングリトに六種類の草を与え、わたしが錠剤を与える。

成分にオトギリソウが含まれてるの、とわたしが説明する。

まあ、これ知ってる、よく効くのよね、と彼女が言う。もっと持ってる？　アップルのミュースリに混ぜたほうがいいわ。

イングリトは腰かけて、すべてを慎重にナプキンでつつみ、人差し指でイニシャルを撫でる。あなたのお母さんのナプキンね、と彼女はティーナに言う。いったいどこで見つけたの？

食料貯蔵室の戸棚よ、とティーナが答える。理解に苦しむわ、でも母は実際にこれをスペインまで運んできたのよね、ここでもすべてが自宅となにも変わらないように。とにかくなにもかもふだんどおりであるように、ただし太陽のもとでね。

会話が途絶える。そのとき、戸外のセミの音量が増し、最後にはほかの音をことごとく消してしまう。そのあとふたたび、あたかも誰かがスイッチを切り替えたかのように、鳴き声がぴたりとやむ。

イングリトが少し大麻を吸ったような印象を与える独特の笑い方でぼんやりと微笑む。わたしが知っているやり方はね、と彼女が言う。聖ヨハネの前夜祭に、真夜中直前に海辺へ行き、背を向けて、愛のために一本の薔薇を、健康のために一個のリンゴを、金持ちになるために一枚の硬貨を左の肩越しに海中に投げるの。

それじゃ、あたしたちもやりましょう、とにかくすべてやりましょう、とティーナが言う。

わたしが子どもだったころはね、とイングリトが続けて言う。聖ヨハネの前夜祭には山の上の至るところで火を見ることができたわ。最初に飛んでくる一群のホタルは、聖ヨハネのホタルと呼ばれていた。

あたしも闇のなかで、ほんの少しぼんやり光りさえすれば、恋人を発見できるといいんだけどねえ、とティーナがため息をつく。

ルシフェリン、ルシフェラーゼ、アデノシン三リン酸とわたしがつぶやく。

なに？

ホタルを発光させる物質よ。

なんてロマンチックなの、とティーナが言う。

昔、学術編集部で働いたことがあるの。

イングリトが一方のまゆをつり上げる。それなのにいまは枕の下に置く薬草を信じるの？

わたしは肩をすくめる。害にはならないわ。

イングリトが話を続ける。わたしの母は、聖ヨハネの祝日前夜のニワトコには特別な治癒力があるというので、当日になるとニワトコのケーキを焼いたわ。母はその種の話を信じていた。

そして八月になると、冬に備えて肺を鍛えるために、濃紺のニワトコジュースを飲まされた。実際またわたしは、子どものころほとんど病気にならなかったのよ。その臭いを急に思い出したわ。ニワトコの花は汗ばんだ足の臭いにちょっと似ている。ドイツの樹木と花々が懐かしいわ。

ああ、もう、とティーナが言う。いつも同じことの繰り返し、なんだってあんたたちはみな失くしたものの話ばかりするの？

イングリトは長い灰色の髪をアップにして、頭の上に巣をつくる。わたしには、彼女がかつてどんなに美しかったかがわかる。

なぜならわたしたちがつねに過去か未来にしか生きていないからよ、とイングリトが言う。ちっとも経験を積んでいない。以前と同じように愚かなまま。彼女は髪をおろし、ふたたび老人に戻る。ああ、あなたがこのばか犬を死者たちのなかから呼び戻してくれて嬉しいわ、と彼女がささやく。さもなければアップルは立ち直ることができなかったでしょう。

そうね、とティーナは冷ややかに応じて、タバコに火をつける。多くの人にとっては、一匹の犬の死がこの世で最悪のことだものね。

苦痛を比べてはいけないわ、とイングリトが言う。彼女は注意深くナプキンを一本のひもでしばる。

いけないの？　とティーナがきく。

そう、いけないわ、とイングリトが言って立ち上がる。ばかげているように思えるかもしれないわね、おかしいし、論理にかなっていないって。でも比較してはいけない。さあ、それじゃ薬草を枕の下に敷いて、急いで昼寝をしましょう。そもそも昼寝でも効力があるの？　一晩中寝てなくてもいいのかしら？　まあ、いまはとにかくそれを信じるわ。もしうまくいかなかったら、あなたのせいにするわ。彼女はくすくす笑いながら台所から出ていく。

あたしの母はここのプールで溺死したの、とティーナが言う。

知らなかったわ、とわたしは仰天して言う。適切な言葉を探したが、どうしても見つからない。

ティーナがわたしの顔に煙を吹きかける。自殺したのよ。父がイングリトと色恋沙汰を起こしたの。ところがいまではそのイングリトが母のナプキンを枕に敷いて別の男が現れるのを願っているというわけ。そう言うとティーナもまた立ち上がる。さあ、もうわかったでしょ、ここにいるみんながどんなにいかれているか。じゃあ、またあとで。

通り過ぎるときに、彼はわたしにキスをする。そして言う。ここではあんたがたった一人のまともな人間よ。

暑熱が、つり鐘形のチーズケースのように、この家と眠っている住人たちの上にかぶさっている。わたしはプールを眺めるが、そこで泳ぎたいとはつゆほども思わない。

居間のソファーではアップルが犬を抱いて眠っている。両者はともに苦労の皺を眉間に深く刻んでいる。

わたしは階段をのぼって、自分に与えられた屋根裏の小さな部屋へ行く。空気がよどんでいる。ベッドにすわると、まるで病気になったかのように、息が苦しい。しかしわずか数分後には、ふたたび階段を駆け下り、花瓶から五本の薔薇を抜きとって家を出る。

通りに人影はない。暑熱が、頭と背中と胸を太鼓のようにドンドンたたく。わたしはつぎの交差点まで歩きつづけ、通りの真ん中に一本の薔薇を置く。われながら愚かだと思う。

それでもわたしはさらに先へ進み、ついに教会を発見する。

赤い鼻と青いプラスチック製のかつらをつけたクラウンが、日陰になった教会の階段にすわり、腕に籠を下げている。

ブレーツェルはいかがですか、と彼は東欧のアクセントで尋ね、籠を覆っていた赤い格子模様のハンカチをはねのける。決められた調理法どおりのドイツのブレーツェルです。

決められた調理法とはいったいなに、とわたしは質問する。

アルカリ溶液につけることです。さもなければ調理法どおりのドイツのブレーツェルとは言えない。

彼は物憂げに肩をすくめる。

わたしは彼から四個のブレーツェルを買う。びっくりするほど高価だったので、それ以上買うお金がない。

なぜクラウンの格好をしているの?

クラウンの扮装つきだとブレーツェルが二ユーロ、扮装なしなら一ユーロだから、と彼が不機嫌そうに答える。

じゃあ、扮装なしでブレーツェル四個のほうがよかったわ、とわたしが即座に言う。

彼はため息をつきながらわたしに背を向けて、もらったお金をしまいこむ。わたしはすでに子どものころからどうしてもクラウンが好きになれなかった。サーカスではクラウンが登場するたびに泣きわめいたので、いつも外へ連れだされた。

教会のなかはひんやりして静かだった。香煙の匂いが、古い約束のように、宙に漂っている。いつものようにわたしは、十字架にかけられた血まみれの男を、わたしの身代わりとなった彼の犠牲を、そして永遠の生命を、できれば信じたいものだと思う。なんと複雑で、納得のいかない物語だろう。もしわたしたち全員が最後にほんとうに復活するのであれば、そのときラルフの臓器提供者は腎臓がないことをひどく悲しんで、彼のもとを訪れ、腎臓を返してほしいと強く要求するだろうか。復活の日に完全な身体であるために正統派のユダヤ教徒が臓器提供を認めていないことを、わたしは知っている。

きみはなんということを考えているんだい、たとえそうしたくても、ぼくにはそんなことはまったく考えられない、とラルフは頭をふって言うだろう。

二本目の薔薇をすり減った教会の敷居に置く。クラウンは姿を消していた。わたしはブレーツェルを一個かじってみる。当然のことながらそれはかりかりの焼きたてではなく、古くなっている。ふるさとへの郷愁がわいてくる。あの国では、すべての人間がひたすら不機嫌であろうとし、スペインとは違ってそのことを弁解する必要がない。スペインでは、機嫌が悪いことを「マラ・レチェ」すなわち腐ったミルクと言う。腐ったミルクは、すぐに吐き出すのがいちばんよい。

わたしは、どこへ行けば三本目の薔薇のために流水を見つけられるのかじっくり考え、結局汗まみれになって家に戻ってくる。薔薇を便器に投げ入れ、水洗装置のひもを引く。これで十分に違いない。四本目は枕の下へ、そして五本目は？　五本目はどこだったかしら？　どうしても思い出せない。しかし、いずれにせよむだだ。わたしが以前のラルフを取り戻すことはないだろう。わたしは、アップルが相変わらずまだ眠っているソファーの横の冷たいタイル床に横になり、大きな棘のついた五本目の薔薇を用心深く両手で握る。そして、魔法や呪術や迷信を、慰めを与えてくれる食べ物のように体内に取りこむことのできるすべてのひとをうらやましいと思う。なるようにしかならない、だからそれほどひどくはない、とわたしは自分に言い聞かせようとする。しかし効果がない。わたしはいまの状態をひどいと思う。わたしはラルフだけではなく、自分自身を、遠い昔にそうであった状態で、つまり勝手きままで恐れを知らなかった状態で取り返したい。

パッグ犬がわたしの上にかがみこみ、敵意に満ちた表情でわたしを凝視する。わたしは、犬が目を細めてまばたきし不快そうに顔をそむけるまで、にらみ返す。わたしは七草を包んだ自分のナプキンをアップルの枕の下に押し込み、彼女がこのばか犬と同じくらい理解に満ちた男性に出会うことを願う。

しばらくのあいだ、わたしは意味もなく庭のあちこちに立ち、それからプールサイドの寝椅子に大の字に横たわり、乾燥した古いヤシの木を見上げる。そのとき、最後の薔薇をどこへ置くべきなのか思い出す。鳥の巣がある木の下。木は一本あるが、見渡すかぎり巣はどこにもない。いかにもわたしらしいと思う。

午後イングリトが、アップルとわたしに、浜辺で夕方ピクニックをするので買い物に行ってほしいと頼む。わたしが支払うことになるのは明らかだ。実際またこの家族は、誰もがバッグに一セントも持っていないらしい。

ペディキュアの代金として、結局ティーナに三〇ユーロを巻き上げられた。わたしはできるだけ気を悪くしないように努力する。わたしはお金を、ラルフのお金をもっている。ラルフのせいでジャーナリストとして働くことをほとんどやめてしまったのだから、わたしにはそれを使う権利があると考えてはいるものの、家では節約して暮らしている。いままでは、わたしはもう彼に必要とされていないのに、わたしを雇ってくれるひとがいない。編集部のひとたちはわたしのことを、趣味でブログをやり、絵をかいたり、ガーデニングをやったり、さもなければアムネシアかパチャで徹夜して遊んでいる、いつも褐色に日焼けした「イビサ女」のひとりだと思っている。イビサ島は十一月から三月まで事実上封鎖されている。無限に続く冬の数か月を暴風の吹き荒れる島で過ごすとどういう気分になるのか、想像できるひとはまったくいない。

わたしはパスタの棚の前で、鳥の巣の代わりに、巣のように見える一袋のバリラのパスタを、きまぐれな運命の手に押しつけてはどうだろうかと真剣に考える。アップルはその間に犬のすぐ鼻先で、いちばん高価なステーキをカートのなかに積み上げている。犬は少し朦朧とした目つきをしているが、そんな様子なのは、ひょっとすると強烈な肉の臭いのせいというより、むしろ、生きている者たちのなかへ無理やり引き戻されたせいかもしれない。

どうしてティーナの母親の自殺のことをなにも話してくれなかったの、とわたしは質問しながら、アップルの背後で、Tボーン・ステーキを七面鳥のシュニッツェルと交換する。鳥の巣パスタはあきらめる。すべてがもう十分にばかげているのだから。

その話をするのはほんとうに嫌なの、とアップルが言葉少なに答える。あそこは家全体が掃除機のようにひとを吸い込んで過去に取り込むのよ。

彼女は七面鳥のシュニッツェルをふたたびショッピングカートから取り出し、交換しなおす。七面鳥の肉はひとを不安にさせる、と彼女がやさしく言う。七面鳥はストレスにとても弱くて、屠殺されそうになると死の恐怖に襲われるのよ。

わたしだって同じよ、とわたしが不愛想に言う。だから肉には大量のアドレナリンが分泌されている、とアップルが動じることなく話を続ける。七面鳥のストレスをすべていっしょに食べることになるのよ。フロイトにも七面鳥の肉は与えない。

わたしは、彼女が経済的にまったく無能であるにもかかわらず贅沢な要求をしていることに激怒し、すんでのところで爆発しそうになる。

アップルは牛肉のステーキをふり動かす。犬は彼女を注意深く観察する。

生き返らせたことがフロイトにとって最善だったのかどうか、ほんとうにわからないわ、と彼女は物思わしげに言う。フロイトがプールでもがいているのを見たとき、彼を解放してやるべきだと悟ったの。無意味なのよ。彼は二度と健康にならない。わたしはプールにとび込んでフロイトを救うことができたかもしれない。でもそうしなかった。彼がゆっくり穏やかに沈んでいくあいだ、ただそこに立って、どうぞ安らかにと祈っていた。彼が死んだと確信したとき、ようやくプールから引き上げた。実際また、フロイトがいまとくに喜んでいるとは思えないわ。どんなに悲しい目をしているか、ごらんなさい。

そうかしら、とわたしは言う。パッグ犬はみな、皺が多いせいで悲しそうに見えるんだと思うわ。

まあ、とんでもない、とアップルが猛烈に異議を唱える、笑うこともできるのよ。昔はよく笑ったわ。

ええ、もちろん、きっとそうでしょう、とわたしが言う。木炭も必要かしら？　わたしがショッピングカートを強く前に押したので、フロイトは格子にぶつかって倒れ、ギプスコルセットをつけているためひどく苦労してふたたび立ち上げる。

アップルはわたしを追い越してカートをつかみ、ブレーキをかけてわたしの行く手を阻む。

わたしのことを完全にいかれてると思ってるんでしょう、違う？

いいえ、とわたしは言う。少し頭が混乱していて、いまだに大人になりきっていないと思っているだけよ。

それであなたは大人になってるっていうの？　あなたの考えではひとはいったいいつ大人になるの？　彼女はぎらぎらした怒りのまなざしでわたしを見すえる。

死ぬ直前よ、とわたしは言いたい。しかしわたしは彼女の気持ちをさらに落ち込ませたくないので、笑うことに決めてこう言う。自宅にあるすべての植物がまだ生きていて、しかもそれらが大麻じゃないときよ。アップルはわたしを気の毒そうに見る。

あるいは規則正しく朝食をとるとき。天気予報を見て、それから傘を持っていくとき。突然、花や鳥に夢中になるとき。

薔薇のカタログを注文するのは年老いたせいよ、大人になったせいじゃないわ、とアップルが反論する。それにあなたはばかげた戯言を口にして急場を切り抜けようとしている。いつもそうよね。でもそれではあなたは救われない。

そうね、とわたしは小声で言う。

わたしはかろうじてまだ若いといえる年頃だった、いまもほとんど大人になっていない、それなのにもう年老いている、とアップルが言う。彼女は牛乳の商品棚の台座に腰かけてうなだれる。フロイトとわたしは、好奇心と心配のまじりあった気持ちで彼女を眺める。

とても不公平だと思うのよ。母がここで幸福そうにあちこちとびまわり、過去に起こした悲劇的事件がまったくもうどうでもよくなっているというのに、一方のわたしが……

アップルは口をつぐむ。フロイトとわたしは辛抱強く待つ。スペイン人の家族がそばを通り過ぎながら、興味深そうにわたしたちをじろじろ観察する。ひとりの老人がアップルの肩越しに手を伸ばし、背後から一パックの牛乳を取り出し、彼女の肩を軽くたたく。

ようやく頭をあげたとき、彼女は、ひとの心臓をほとんど破りかねないような、幼児のように大きく開いたまなざしでわたしたちを見つめる。フロイトは落ち着かない様子で、ショッピングカートのなかで左右の前足を交互に踏みかえている。

将来のことを考えるとパニックになるの、と彼女が小声で言う。

考えてはだめ、とわたしが力をこめて言う。とにかくそれを考えてはだめ！　いずれにせよ最後にはすべてが、あなたが思い描いた最悪の空想とは違っている。必ずしもましというわけではないけれど、とにかく違っている。わたしはますます確信を強めているのよ、なにもコントロールできないと認めてしまうほうが、コントロールできなくなることを不安がるより楽だってこと。それどころか往々にして愉快でさえあるわ。

彼女はわたしの手を取り、ぎゅっと握りしめる。

ここの牛乳のそばはとてもひんやりしていて気持ちがいい、と彼女が言う。もう少しここにいましょう、もうちょっとだけ。

こうしてわたしたち、つまりフロイトとアップルとわたしは冷蔵品の売り台の前に立ちどまったまま、将来のことを考えまいとする。その間、爽やかな弱風が、慰撫する手のようにわたしたちの額を撫でていく。

浜全体がちらちら光る炎に縁どられている。何百人もの人間が、まるでガンジス川のように、水中でひしめき合っている。老人たちは服を着たまま足を踏みしめて寄せ波に入り、子どもたちは動物型浮き輪にのり、若い男女は波のなかで抱き合ってキスしている。わたしの横にティーナが立っている。彼はとっておきの服を着て化粧している。彼女は、赤銅色のかつらをつけ、風になびく白いシフォンのドレスを着用している。わたしの頭脳は、すでに自分で気づかぬうちにティーナの性を男性から女性に切り替えている。ティーナはいまや女性であり、エレガントな淑女である。そのため午後のわたしたちの友情は、もはや完全なる真実とは言えなくなっている。彼女は、ぼんやりとしか思い出せない遠く離れた知り合いのように、縁遠い人に見える。彼女のドレスが帆のように風にひるがえっている。彼女は慎重に七回、顔に軽く水をつける。わたしたちは、身を清めて去年のあらゆる邪悪な感情や経験を洗い落とすために、海水で身体を洗う。わたしは、自分が恩知らずであることを知っている。ラルフは生きている。わたしは顔をごしごし洗い、妬みや嫉妬や孤独を捨てようと試みる。

イングリトとカールは海に足を踏み入れ、お互いを支え合っている。アップルはクラゲを恐れて、くるぶしまでしか水中に入らないが、自分の身体をぬらし、フロイトの顔にも水をかけている。

わたしたちは、まわりにいるみんなと同じように笑い、歓声をあげる。わたしはさらに沖へ泳いでいく。やがて背後で明滅していた炎のあかりが消えてゆき、目の前には暗闇が未知の空間のように広がっている。波が押し寄せてきて身体が水没する。ふたたび浮かび上がったとき、わたしはさらに沖へ押し流されている。遠くの炎と濃煙が、ヴァーラーナシー[5]のガート[6]を思い出させる。実際また叫び声は葬送の歌といってもよいくらいだ。

わたしはふたたび暗闇のほうに向きなおり、軽々と、かつ奇妙に幸福な気持ちで暗闇の奥に向かって泳いでいく。わたしは仰向けになる。子どものころ、死人と呼ばれていた泳ぎ方だ。星々が冷ややかに超然とわたしを見下ろしている。その遠さ、そしてわたしが眺めているのは過去であって星々はとっくの昔に燃え尽きているという事実は、まったく理解の範疇を越えている。

わたしの考えでは、そもそも未来のイメージというのはいずれも過去の経験からの推測にすぎない。水がわたしを赤ん坊のように抱いて、ゆする。水はわたしにひとつのトリックを教えようとして、わたしがそれを理解するまで辛抱強く待っている。それにしてもいったいなんだったかしら？　ああ、そうだ、水がわたしを浮かせていることへの信頼。オーケー、とわたしは、暗い地中海で、ひとりきりで大声で叫ぶ、オーケー、そしてありがとう。

わたしは回転して腹ばいになり、泳いで戻る。いつものように、復路は往路よりも長くて退屈に思われる。

ビニール袋や、水に浸され柔らかくなったパンや、海藻や、空のコーラビンや、できれば犬の糞であってほしくない得体の知れない塊などが、わたしのまわりを流れていく。いまでは教会の真夜中の鐘がいっそうはっきり聞こえる。この時間にまだ聖ヨハネの前夜祭の儀式を終えていない者は急がなければならない。ますます多くの人びとが水中に駆け込み、キャッキャッとはしゃぎ、水をはね、笑い、歌っている。観光客の姿はほとんど見えない。彼らはすでに城塞のようなホテルのベッドで寝ているか、あるいは添乗員の話に耳を傾けている。これは純粋にスペイン人の祭りだ。今夜、トレモリノスの海岸はふたたび住民のものになった。リンゴや薔薇や硬貨が水中に投げ込まれ、一個のリンゴがわたしの胸の真ん中に当たる。

わたしは、自分たちの火のところへ戻る。ステーキは食べつくされ、ワインは飲みほされていた。結婚式のドレスのような長くゆったりした白い服を着たティーナが砂に横たわっている。

水泳パンツをはいた美しい若者が突然姿を現して、彼女と長いキスを交わしている。

カールはスーツ姿であぐらをかき、静かに海を眺めている。アップルは濡れた服を着て、砂のなかを犬といっしょに転げまわっている。

衣をつけたシュニッツェルね、とイングリトがアップルに言う。

そのとおり、昔いつもわたしにそう言ってたわね、とアップルが応じる。彼女は四つん這いになって母親に近寄り、キスする。イングリトはびっくりして微笑む。フロイトがうなり声をあげる。

跳ばなければ、とアップルが叫ぶ、早く！　まだこれから火を通り抜けて跳ばなければ！

イングリトは手まねで拒否する。ティーナはキスにすっかり夢中になっている。

来て、さあ来てよ！　少なくともあなたは、ズージィ！

アップルがわたしを砂のなかから引っ張り出す。わたしたちは二人で火花が飛び散っている炎を抜けて跳ぶ。最初は相前後して、つぎに手に手をとって。フロイトは喉が傷つくほど吠えまくり、イングリトはカールの背中に頭をのせて、彼に紙巻き大麻タバコを渡す。二人の背後には大きな岩が、クジラの浅黒い背中のように水面から空高くそびえている。

わたしの携帯電話がどこかで鳴っている。ようやく見つけて手に取ったとき、いまちょうど目が覚めたところだ、とラルフが言う。掃除婦のマリロリがぼくの枕の下に一束のくさいオトギリソウを置いたんだ。するとたちまち放埒な夢を見たというわけさ。

それで？　とわたしは質問する。マリロリとは楽しめたの？　時代遅れのヘテロセックスをしたの？　それとも上半身を剃毛したぴちぴちした若者の夢を見たの？
ばかだな、と彼が言う。きみの夢を見たのさ。きみだけの夢だよ。

訳注

（1）ハーブのひとつでインド原産。古くから香や香水に用いられている。墨の香りに似たオリエンタルな香料で、ヒッピーたちに人気があったことで知られる。
（2）メキシコの画家（一九〇七〜一九五四年）。インディヘニスモの代表的美術作家。幼いころに患ったポリオや交通事故の後遺症に生涯苦しめられた。
（3）「不安定な」と「プロレタリアート」を組み合わせた語で、「不安定な雇用を強いられた人びと」の意味。
（4）「ハルツ第Ⅳ法」と称される二〇〇五年に施行された「労働市場政策現代化法」のこと。「失業扶助」と「社会扶助」を統合した「失業給付金Ⅱ」を導入し、長期失業者の就労を促すことを目的として施行されたが、期待された成果は得られなかった。
（5）ガンジス川沿いに位置するヒンドゥー教の一大聖地。インド国内外から多くの信者、巡礼者、観光客が訪れる。
（6）池や川岸に設置された階段。炊事や洗濯場のほか、ヒンドゥー教徒の沐浴や葬礼の場として用いられる。

謝辞

以下の方々に心から感謝いたします。

長期にわたる協力、熱烈な支援、絶えざる激励、そして誠実な友情を示してくれたルート・シュタードラー、ジャネット・イッシンガー、グンダ・ボルゲスト、アリーナ・テオドレスク、ステファニー・シチョルト、マヤ・ライヘルトに。

見知らぬ土地へ一緒に旅行してくれたミュンヘン・テレビ・映画大学の学生たちに。

批評と提案および精確な仕事をしてくれた編集者のマルゴー・ド・ヴェクに。

最後に、その卓越した新聞記事「若きBの新たな悩み」によって、フロイト博士の物語の着想を与えてくれたケルスティーン・グライナーに。

ドーリス・デリエ

訳者あとがき

本書は、現代ドイツの著名な作家であり、同時に多才な映画監督としても知られるドーリス・デリエの長篇小説『奇跡にそっと手を伸ばす』（Doris Dörrie: *Alles inklusive*. Roman. Diogenes Verlag, Zürich 2011）の全訳である。

小説家、映画監督、オペラ演出家、児童文学作家など、さまざまな顔を持つドーリス・デリエであるが、日本では、映画監督としての知名度がいちばん高いかもしれない。親日家として知られ、これまでに何本も日本に関係する映画を制作しているからである。最近では震災後の福島を扱った映画『フクシマ・モナムール』（桃井かおり、ロザリー・トマス主演）が二〇一六年のベルリン国際映画祭でハイナー・カーロウ賞と国際アートシアター連盟賞をダブル受賞して話題になったので、その関係で名前をご存知の方も多いだろう。

一方、小説家としてのデリエは、初期のころから、どちらかというと哲学的で重厚なイメージのあるドイツ文学とは対蹠的な、スリリングで独創的な短篇小説を得意としてきたが、最近では長篇小説に活動の重心を移し、多くの力作を発表している。そうした仕事のなかで本作は最高の傑作と言ってもよい仕上がりになっている。複数の語り手の声を幾重にも響かせながら、しだいに終局に向かって渦巻くように高揚していくストーリー構成は、見事というほかはない。

ドイツ語の原題「Alles inklusive」（英語の「オールインクルーシブ」に相当する）は、本来「すべて込み」という意味であり、一般的には旅行用語として、旅行代金にホテル内の飲食代や各種施設の利用料金を含むホテルプランを指すときに用いられる。

主人公の一人であるイングリトが、南スペインのトレモリノスへこの種のツアーに出かけたことがタイトルの由来であるが、同時にこのタイトルは、「著者まえがき」でも言及されているとおり、ツアーに参加する小市民的な旅行者たちが、「すべて込み」という言葉に触発されて、旅行中に、日焼けした若々しい肉体を取り戻し、別の人間に生まれ変わって「幸福」を手に入れたいと望んでいること、すなわち南国の太陽や紺碧の海は言うに及ばず、「若さ」や「健康」、はたまた「恋のアバンチュール」さえ期待していることを皮肉っているのである。

しかしこの言葉は日本では馴染みが薄く、読者にとっては、この原題から、その意味や隠された含意を読み解くことが難しい。そのため邦訳では、「奇跡にそっと手を伸ばす」を新しいタイトルに選んだ。これは、ユダヤ系ドイツ詩人で、ナチス時代に長い亡命生活を余儀なくされたヒルデ・ドミーンの詩の一節である。作中に、食べるものにも事欠くほど貧しかったイングリトと幼い娘が、この詩をまるで呪文のように唱えることによって希望を保ちつづけたというエピソードが描かれている。失意のどん底にあっても希望を失うまいとする心の在り方は、他の登場人物たちにも共通して見られるものであり、これが作品の基調をなしている。邦訳のタイトルとしてふさわしいと考えた所以である。

ちなみに日本語版におけるタイトルの変更に関しては、事前に作者に報告し、了承を得ていることを付言しておきたい。

小説中の出来事は、時系列的には、三十年以上も前にイングリトがトレモリノスの海岸でヒッピーとして自由を謳歌していたころ、彼女の心に深い傷跡を残すことになる宿命的な情事を経験したことから始まる。その同じ場所に六十六歳になったイングリトが、腰の手術を受けたあと、療養のために戻ってくる。そして情事の相手だったカールの息子ティムと偶然再会し、カールが当地の老人ホームに入居していることを知る。驚いたことに、当時少年だったティムはいまではティーナという女性名を名乗り、ペディキュア師として働くかたわら、異性装者の歌手として舞台に上がっていた。

加えてこの町に、イングリトの娘で、不実な男たちと不毛な恋愛を繰り返しているアップルと、その女友達で、同性愛者の男と結婚しているズージィがやってくる。この四人、すなわちイングリト、ティム（ティーナ）、アップル、ズージィをめぐる物語が、互いに絡み合いながら、過去と現在、ドイツとスペインを往復し、最終話の「聖ヨハネの前夜祭」へ向かって、ときにはさざなみのように静かに、ときにはうねる大波のように激しく、けれども確実に緊張を高めながら進んでいく。つまりこれは、親と子、男と女、あるいは既成の性の範疇を超えた人間同士の相克と宥和を描いた物語であり、現代社会のなかで、今の自分とは異なる別の人間になることを夢見て試行錯誤を繰り返す人びとが主人公である。

このようにテーマは決して易しいものではないが、スピード感のある文章と意表を突くストーリー展開によって、最後まで読者を飽きさせることがない。どんなに深刻な状況を、人間の心の奥深くまで分け入って描いていても、彼らに対する深い愛情と理解を感じさせる作者の筆は、重苦しさや絶望とは無縁である。

ここで作者の経歴について簡単に触れておきたい。ドーリス・デリエは、一九五五年に医者の娘としてハノーファーに生まれ、高校卒業後に二年間アメリカにわたり演劇と映画を学んでいる。作者自身の言葉によれば、このアメリカ滞在中に、映画ばかりでなく文学にも大いなる関心をもって取り組んだという。なかでも短篇小説の名手と謳われるレイモンド・カーヴァーやアリス・マンローに魅了され、彼らの小説を「一語一語書き写す」ことによって、「映画のカットのリズム」に等しい物語のリズム感を習得した。帰国後は、映画制作者としてのキャリアプランを実現するために、一九七五年から七八年までミュンヘンのテレビ・映画大学で学びながらテレビドラマやドキュメンタリー映画を撮影し、実践的な経験を積む。

そして一九八五年の映画『メン』の成功によって一躍スターダムにのし上がる。妻の浮気を知った夫が、正体を隠して浮気相手に接近し、まるで洗脳するかのように、ボヘミアンの芸術家気取りだった男を面白味のない小市民に変えてしまい、最後には妻を取り戻すというストーリーだが、この作品が当時の西ドイツで五〇〇万人を超える異例の観客数を記録したのである。その後も立て続けに話題作を発表し、映画制作者としての地位と名声を確実なものとする。

この経歴が示すとおり、ドーリス・デリエの輝かしいキャリアは映画を出発点としているのだが、じつは彼女の作家活動も、ほとんど映画制作と並行して始まっている。彼女が小説を書くようになったきっかけは、エッセイ「なぜ書くのか？」の記述によれば、脚本に取り組むようになったテレビ・映画大学在学中に、映画の脚本が登場人物を外側からしか描けないことに気づいたことだという。

しかし、自分の主人公たちを、内側から知ることなしに、外側からだけ描写することは、わたしにはまったく不可能に思われた。わたしには、彼らのなかにもぐり込み、彼らの気持ちや考えを知るための秘策が必要だった。わたしは彼らがそもそも何者なのか、彼らがなぜそのような行動をとったのか肌で感じ取るために、彼らについて小説を書きはじめた。短篇小説によってそうしたことを理解したあとではじめてわたしは脚本を書いた。これがのちに映画を撮影したときに大いに役立った。わたしはすべての役者のために、「なぜ」という彼らの正当なスタンダードな質問に、いつも必ず答えることができたのである。

こうして書きためられていた小説が、ディオゲネス出版社のダニエル・キールの関心を引き、彼の勧めで最初の短篇集『愛、苦しみ、こんちくしょう』（一九八七年）が公刊されるに至った。この短篇集以降、デリエは、つぎつぎに短篇集を発表する。ほとんどの作品は平凡な日常を舞台としながら、ふとした非日常的な出来事に遭遇したさいに人びとが示す意外な反応、そのとき彼らが垣間見せる苦悩や欲望や憧憬などに光を当てたものである。そうして照らし出された人びとの内面が、装飾をそぎ落とした簡潔な文体によって、皮肉とユーモアを込めて描き出される。

ドーリス・デリエは劇場公開映画のほかにテレビ映画も制作しているので、すべての作品を網羅することは到底できないが、劇場公開映画と小説のうち、代表的なものは以下のとおりである。

映画

一九八三年『心臓を一突き Mitten ins Herz』
一九八五年『メン Männer』
一九八六年『パラダイス Paradies』
一九八八年『ミー・アンド・ヒム Ich und Er』
一九八九年『かね Geld』
一九九二年『ハッピー・バースデイ、トルコ人！ Happy Birthday, Türke!』
一九九五年『愛され作戦 Keiner liebt mich』

小説

一九八七年 短篇集『愛、苦しみ、こんちくしょう Liebe, Schmerz und das ganze verdammte Zeug』
一九八九年 短篇集『なんのご用？ Was wollen Sie von mir?』（邦訳『素敵な男性と知り合うには』下山峯子訳、太陽出版、一九九二年）
一九九一年 短篇集『とこしえに Für immer und ewig』
一九九四年 短篇集『あたし、きれい？ Bin ich schön?』（抄訳『あたし、きれい？』西川賢一訳、集英社、一九九七年）
一九九六年 短篇集『サンサーラ Samsara』（邦訳『サンサーラ』小川さくえ訳、同学社、二〇一九九八年『アム・アイ・ビューティフル？ Bin ich schön?』
一九九九年『モンゼン Erleuchtung garantiert』
二〇〇二年『裸 Nackt』
二〇〇五年『漁師とその妻 Der Fischer und seine Frau』
二〇〇七年『人生の料理法 How to Cook Your Life』
二〇〇八年『ハナミ Kirschblüten – Hanami』
二〇一〇年『ヘアドレッサー Die Friseuse』
二〇一二年『犯罪「幸運」Glück』
二〇一四年『奇跡にそっと手を伸ばす Alles inklusive』
二〇一六年『フクシマ、モナムール Grüße aus Fukushima』

一六年）
二〇〇〇年 長篇小説『さあ、どうしよう？ Was machne wir jetzt?』
二〇〇二年 長篇小説『青いワンピース Das blaue Kleid』
二〇〇七年 長篇小説『それでわたしはどうなるの？ Und was wird aus mir?』
二〇一一年 長篇小説『奇跡にそっと手を伸ばす Alles inklusive』

この一覧表が示すように、ドーリス・デリエは、たしかに脚本の準備として小説を書きはじめたかもしれないが、最初の短篇集を上梓したあとは、必ずしも映画とは結びつかない独立した作品のために多くの時間を割いている。また二〇〇〇年前後から、あらかじめ相当の労力をつぎ込む覚悟が必要とされる長篇を書くようになっている。デリエにとって、作家としての活動が、映画制作と対等な位置を占めるようになったことの証左と言えるだろう。

最後に、『奇跡にそっと手を伸ばす』の映画化について述べておきたい。この小説は、作者自身によって二〇一四年に映画化され大きな評判を呼んだ。小説との違いで目につくのは、読者または観客が依拠する視点の変化である。すなわち小説では、登場人物四人が交代で主役を務めているため、読者が自己同一化する人物もそのつど変化していくのだが、映画の場合は、一貫して第三者的な視点が採用されている。また、小説で主役を演じた四人のうちの一人ズージィが映画では削除され、彼女が担っていた役割が他の登場人物に可能な限り割りふられているのも大きな違いである。そのため映画の主要な登場人物は、残った三人にカールを加えた四人になり、この四人が、二組の親子と二組の恋人という交差する二重の関係を形成している。ここには、小説中に描かれていたアップルとズージィ、そしてティムとズージィの友情は存在しない。最終的には、親子と男女の関係にテーマが絞られているため、人間関係の構図はそれだけわかりやすくなっているが、原作小説にあった複雑で曖昧な部分が減少している分、うまくまとまりすぎているという印象はぬぐえない。

しかし結局のところわれわれは、この小説を、映画作品とはいったん切り離して、ただ小説として読むことから始めればよいのではなかろうか。ドーリス・デリエは、初期のころから、機知とユーモアを絶妙に織り交ぜた、読後に淡い憂愁を感じさせる短篇を得意としてきたが、その短篇の手法は、長篇においても変わることなく引き継がれている。『奇跡にそっと手を伸ばす』の場合も、珠玉の短篇を立体的なジグソーパズルのように組み合わせた構成になっていて、ひとつひとつの物語が、全体を繋ぎ合わせながら、他とは異なる独自の輝きを放っている。

小説家として円熟期を迎えたドーリス・デリエが語りの名手としての技量を遺憾なく発揮した本作を日本の読者に読んでいただければ、これ以上の喜びはない。

なお、本書の翻訳にあたっては、現在岡山大学で教壇に立っておられるアネッテ・シリング氏と、旧同僚の社会学者ウルズラ・リヒター氏に、多くの貴重な助言をいただいた。いつも丁寧に質問に答えてくださったお二人に心から感謝の意を表したい。

また、作者のドーリス・デリエ氏には日本語版への「まえがき」を書いていただいた。氏は折しも二〇〇八年に公開された映画「ハナミ」の第二部を撮影するために来日中だった。多忙な中、核心をつく率直な言葉を寄せてくださった氏の親切な対応に心からお礼を申し上げたい。

加えて末尾ながら、本書の翻訳と出版にさいし、多岐にわたる精確な助言をいただいた鳥影社の樋口至宏氏にも、厚くお礼を申し上げたい。

小川さくえ

著者紹介

ドーリス・デリエ（Doris Dörrie）

1955 年ハノーファー生まれ。作家、映画監督。

映画：『フクシマ、モナムール』（2016 年）、『ハナミ』（2008 年）、『モンゼン』（1999 年）、『愛され作戦』（1995 年）、『メン』（1985 年）他多数。

邦訳：長篇小説『サンサーラ』（同学社、2016 年）、短篇集『あたし、きれい？』（集英社、1997 年）、短篇集『素敵な男性と知り合うには』（太陽出版、1992 年）他。

訳者紹介

小川さくえ（おがわ・さくえ）

1951 年長崎県生まれ。専門はドイツ語圏の文学、ジェンダー論。
宮崎大学名誉教授。

著書：『オリエンタリズムとジェンダー～「蝶々夫人」の系譜』（法政大学出版局、2007 年）

訳書：D. デリエ『サンサーラ』（同学社、2016 年）、W. シヴェルブシュ『光と影のドラマトゥルギー』（法政大学出版局、1997 年）、C. v. リンネ『神罰』（法政大学出版局、1995 年）、W. レペニース『十八世紀の文人科学者たち』（法政大学出版局、1992 年）、W. シヴェルブシュ『闇をひらく光』（法政大学出版局、1988 年）他。

奇跡にそっと手を伸ばす

二〇一八年一〇月二〇日初版第一刷印刷
二〇一八年一一月一日初版第一刷発行

定価（本体二二五〇円＋税）

著者　ドーリス・デリエ
訳者　小川さくえ
発行者　樋口至宏
発行所　鳥影社・ロゴス企画
長野県諏訪市四賀二二九—一（編集室）
電話　〇二六六—五三—二九〇三
東京都新宿区西新宿三—五—一二—7F
電話　〇三—五九四八—六四七〇
印刷　モリモト印刷
製本　高地製本

乱丁・落丁はお取り替えいたします

ISBN 978-4-86265-702-2 C0097